12039

SE LLAMABA VASCONCELOS
Una evocación crítica

JOSÉ JOAQUÍN BLANCO

SE LLAMABA VASCONCELOS
Una evocación crítica

FONDO DE CULTURA ECONÓMICA
MÉXICO

Primera edición,   1977
  Primera reimpresión, 1980
  Segunda reimpresión, 1983

ISBN 968-16-0495-4

Impreso en México

A

CARLOS MONSIVÁIS
(to a never master
from an ever fan)

INTRODUCCIÓN

Al evocar a José Vasconcelos se confunden su acción histórica y su concepción alegórica, su obra y su biografía, los hechos y los mitos en una figura compleja y dinámica: un personaje que escapa a la definición y se instala en el espacio de la contradicción y la polémica. *Una acción histórica*: un intelectual de la clase media porfiriana, especialmente vigoroso y audaz, participa en la Revolución Mexicana, funda la política cultural y educativa del Estado posrevolucionario, se enemista ruidosamente con los caudillos y trata de vencerlos en la lucha democrática; al fracasar se convierte en un crítico del gobierno mexicano con tal furia que pronto ya lo es también del país, de su historia e incluso llega a abanderar las peores causas (como el nazismo) a través de treinta años de textos y actitudes excepcionalmente diestros en la imprecación y el insulto. *Una concepción alegórica*: formado y conformado en el siglo XIX, en la tradición liberal humanista, Vasconcelos establece una identidad nacional con mitos e impulsos diversos —la lucha de Quetzalcóatl y Huichilobos, la estética bárbara, la raza cósmica, el mesianismo nacionalista, la redención misionera, la felicidad del Espíritu— con los que no sólo debía lograrse una nueva nación, sino una nueva humanidad; esta alegoría constituyó la palanca cultural básica del México moderno y comprometió a su autor en una biografía que pretendió cumplir el destino romántico aprendido en la noción humanista del genio. De ahí que en Vasconcelos al destino personal se trence el destino de una cultura, a una acción histórica la práctica empedernida de un pensamiento, y que su fracaso biográfico sea aún una herida en la optimista cultura liberal latinoamericana de la que, desde los tiempos de la independencia, se esperó la liberación, la civilización, el progreso y hasta la grandeza de nuestros países.

Como puede observarse, tal vida y tal obra asumen proporciones enredadas y gigantescas. Para desentrañarlas son posibles prácticamente todos los métodos, pues se les ha estudiado poco y mal. He optado por, acaso, el más discutible —es decir, por el más literario— y es el de leerlo. Por supuesto, las apreciaciones que aquí se hacen deberán confrontarse con las que se obtengan con estudios de otra índole y desde otros puntos de referencia. Los defectos de una evocación que parte de los libros del evocado (aunque frecuentemente tomo en consideración otras fuentes) tienen como origen principal el de admitir en principio la imagen que el propio Vasconcelos hizo de sí mismo, su versión personal, el tejido autobiográfico urdido por él. Quizá otra investigación llegue a la conclusión de que hay imágenes más correctas: las de informantes, documentos de archivo, testimonios ajenos, etcétera. Yo me propongo defender lo contrario y demostrar que dentro de las múltiples cosas en que Vasconcelos fue excepcional está la de ser su mayor detractor, su crítico más perspicaz, y que una lectura crítica de sus libros y artículos lo ubica con bastante exactitud.

Por otra parte, esta evocación cumple un sentido de divulgación: una crónica de hechos y libros con los que actualmente el público no tiene contacto directo, sino legendario; en muchos casos he preferido fatigar y reiterar un tanto la narración con el objetivo de dar un informe completo, situado y connotado, de su obra desde la perspectiva en que se trenza con su vida pública. Sin embargo, este ensayo de investigación textual lleva como finalidad un deseo literario, evocarlo; y como origen y culpa, la pasión del biógrafo por el biografiado. Las intenciones, los métodos, los sistemas de investigación y crítica que ensayé durante el curso de este trabajo se me estrellaron frente al complejísimo y nervioso conjunto de aspectos que no admiten otro denominador común que el de llamarse todos ellos, contradictorios y disonantes, Vasconcelos. Reducirlos a un esquema, a las modalidades de un proyecto expositivo más académico, habría sido un servicio a la academia y no a Vasconcelos. Opté, en consecuencia, por aceptar la mole del personaje y exponerla en la forma personal en que me impactó su lectura: evocarlo es mostrar la huella, una de las huellas posibles, que imprime su lectura.

Esta investigación fue realizada entre 1974 y 1975 en el Departamento de Investigaciones Históricas, INAH, a cuyo director, el doctor Enrique Florescano, debo orientaciones y estímulo, así como a los miembros de su Seminario de Historia de la Cultura que me proporcionaron datos y crítica: Nicole Giron, Carlos Monsiváis, José Emilio Pacheco y Cecilia Noriega. Los minuciosos y generosos comentarios de Héctor Aguilar Camín a la primera versión, así como las acertadas opciones que me sugirió, modificaron muchos aspectos de composición e interpretación, sobre todo en algunas partes difíciles en las que la forma expositiva empleada no lograba aprehender los matices necesarios o los aprehendía exactamente mal. Carlos Pellicer, Elena Poniatowska, Héctor Vasconcelos, Manuel Fernández Perera, Felipe Campuzano y María Eugenia Gaona criticaron el manuscrito o me proporcionaron material útil. Sin embargo, mi mayor gratitud se debe a dos cronistas literarios ya difuntos, Van Wyck Brooks y Edmund Wilson, en cuyos libros (*The Ordeal of Mark Twain, The Flowering of New England*, del primero, y prácticamente todos los del segundo) encontré los trucos, las perspectivas y el tono que intenté dar al mío.

Por último, un reconocimiento autobiográfico: en la ciudad de Tulancingo, Hgo., hubo un maestro de escuela que trató de hacer en ese espacio municipal algo de lo que Vasconcelos quería para el país. Don Aurelio Jiménez Patiño (1888-1971), mi tío abuelo, a quien la ciudad honró póstumamente dedicándole una calle, vivió en la mística y la acción vasconcelistas. De niño, me hablaba de Vasconcelos y me enseñaba con fervor sus libros, los mismos que usé para este estudio: en muchos casos, las anotaciones y subrayados (con caligrafía decimonónica) que dejó en ellos, orientaron y sugirieron mi exposición.

"Un libro, como un viaje —dice Vasconcelos—, se comienza con inquietud y se acaba con melancolía". Con melancolía y con una inquietud acrecentada. Después de haberlo estudiado minuciosamente —y del refinadísimo tormento oriental de leer sus libros filosóficos—, después de haber intentado exponerlo con coherencia, tengo que confesarme excedido por completo por el tema que, un poco irreflexiva y bravuconamente, en un principio me sentí capaz de dominar. La acumulación y el análisis de la información abundantísima no acabaron con el misterio de Vasconcelos, casi ni lo tocaron; ni con su fascinación de hombre capaz de asignarse un gran destino y atreverse a practicarlo radicalmente. Al terminar este libro me siento tan intrigado y tan apasionado por Vasconcelos como en aquel tiempo feliz en que empecé a investigarlo. Hay viajes, y libros, que se recomienzan siempre. Acaso éste sea uno de ellos.

José Joaquín Blanco

I. CRÓNICA DE UNA INFANCIA

José Vasconcelos nació el 27 de febrero de 1882 en la ciudad de Oaxaca, pero sus primeras imágenes lo detienen en la frontera con los Estados Unidos, en los desiertos confines de la patria: Sásabe, Sonora, y Piedras Negras, Coahuila, donde su padre trabajó como empleado aduanal. Vasconcelos confirió a este ambiente la formación decisiva de su personalidad: la contradicción entre el Norte violento y criollo y el Sur indígena sometido como una variación del conflicto latinoamericano entre civilización y barbarie. Como figura cultural y política es un "hombre del Norte", y su personaje se incorpora a la galería de norteños que dominaron el país de Carranza a Calles; los norteños fueron sus amigos, sus jefes, sus partidarios, mientras que el Sur indígena le pareció ajeno y mitológico.

El puesto fronterizo mexicano en que trabajó su padre y residió su familia se convirtió para él en un símbolo obsesivo de la patria: un bastión pequeño e improvisado como única civilización en mitad del desierto, expuesto a dos enemigos esenciales: los asaltos terribles de los apaches y la eficaz voracidad de los Estados Unidos.

Otros niños porfirianos tuvieron la experiencia temprana del indígena como nana cariñosa o sirviente sumiso: Vasconcelos recordó perdurablemente el momento en que, cuando era niño, "cundió la alarma y de boca en boca el grito aterido: ¡Los indios...! ¡Allí vienen los indios!" Mientras él rezaba con su madre, sus pequeños hermanos y su abuela a la Virgen Perpetua, su padre defendía a la familia y el mínimo bastión fronterizo de la patria, apuntando fríamente a los indios con su *winchester*.[1]

El otro enemigo también se desembcó pronto: la Comi-

---

[1] *Ulises criollo*, 9ª ed., México, Ediciones Botas, 1945, p. 9.

sión Norteamericana de Límites decidió que el campamento fronterizo de Sásabe pertenecía al territorio de los Estados Unidos, y Porfirio Díaz acató esa decisión; la familia tuvo que abandonarlo y retroceder a un nuevo lugar, a fundar un nuevo Sásabe en la nueva y retrocedida frontera.

La nacionalidad fue para el niño algo imaginario e idealizado, extremadamente frágil y siempre a punto de verse asaltado y finalmente anulado por indios y norteamericanos. Contra la realidad, había que arraigarse en un México vislumbrado a través de los recuerdos de la madre y la abuela, de textos y grabados como el atlas de García Cubas, de la religión y de las anécdotas de la historia nacional. El nacionalismo de la clase media porfiriana a que perteneció Vasconcelos era tan débil como ese grupo minoritario que el maderismo habría de representar.

En el porfiriato más del 80 % de la población era analfabeta, la movilidad sociorracial que había ocurrido en el bajo clero y en las tropas de las rebeliones decimonónicas se había congelado en la estabilidad posterior al triunfo de Juárez, el país estaba escasamente comunicado y muy dividido en regionalismos y comunidades indígenas. Los únicos denominadores comunes que podrían unificar todo el conjunto social y geográfico en un proyecto político eran dos tiranías: la religión católica y el poder central de Porfirio Díaz, ambos aliados a las oligarquías y al capital extranjero. La clase media propuso otra: el nacionalismo y la democracia instaurados por los liberales: un sistema político soberano, democrático, con un tejido de costumbres, instituciones y mitos que unificaran en una jerarquía armónica la diversidad social, económica y cultural del país. Y aunque de ese mismo sector surgieron hombres como Ricardo Flores Magón y grupos socialistas y anarquistas que rechazaban las concepciones nacionalistas, por considerarlas instrumentos de la clase dominante, el afán generalizado en las postrimerías del porfiriato era lograr la "nación" liberal, unificar en un sistema cultural y político el país contradictorio y establecer la vida democrática que habría de suceder naturalmente a la era de las dictaduras. Maestros, artesanos, burócratas, comerciantes, miembros menores del clero y del ejército, campesinos prósperos, empleados, profesionales, dispersos en el país, configuraban un espacio que buscaba imponerse.

Las clases medias porfirianas eran débiles y minoritarias, pero se consideraban herederas del nacionalismo liberal por derechos de conciencia: se veían a sí mismas como "mexicanas" y no indias o extranjeras, conocían su historia y se juzgaban capaces de realizar el proyecto de nación del liberalismo. La "nación" eran ellas; los enemigos de México resultaban tanto los extranjeros que con el apoyo del Estado se iban adueñando de la riqueza, como las masas que anteponían reivindicaciones inmediatas y regionalistas.

En su autobiografía, Vasconcelos sintió a menudo la necesidad de subrayar que era más mexicano que sus enemigos (a Calles lo llamó "el Turco" y a Abelardo Rodríguez "el Pocho") y de construir su personaje como el del mexicano prototípico. Lo hizo a través de la genética y de la genealogía.

La genealogía: su padre, Ignacio Vasconcelos, fue hijo ilegítimo de Joaquín Vasconcelos y de Perfecta Varela. Joaquín Vasconcelos era un próspero comerciante de Oaxaca, todavía más identificado con España que con la incipiente nacionalidad mexicana (se hacía llamar Marqués de Monserrat). Había ayudado al joven Porfirio Díaz regalándole el texto escolar y el "barragán" de estudiante, aunque no lo consideró apto para admitirlo como dependiente en su comercio. Por parte de Perfecta Varela hay una familia de españoles que en Puebla se habían enriquecido con el cultivo de la cochinilla, hasta que los arruinó la industria alemana de la anilina; esta familia, como muchos otros españoles, fue expulsada del país por Gómez Farías, pero regresó después de un breve exilio en Cuba.

Es más clara y decisiva su ascendencia materna. Su madre, Carmen Calderón, era hija de Dolores Conde y de todo un personaje decimonónico y liberal: el doctor Esteban Calderón y Candiani, oaxaqueño, que huyendo de Santa Anna se había exiliado en Nueva Orleáns, donde conoció y se unió a Juárez. En 1857 dio refugio en su rancho de Tlaxiaco a Porfirio Díaz y a sus tropas, y le curó una herida; peleó contra los franceses, apoyó a Lerdo y terminó como senador porfiriano. "El doctor —escribe Richard Phillips— no pudo localizar una bala que tenía en la región abdominal, pero Díaz sintió que una incisión que Calderón le había hecho en la pierna fracturada le había salvado la vida. Años más tarde, el aún agradecido Díaz hizo a Calderón senador vitalicio por Oaxaca."[2]

Su hija Carmen, "después de algunos años de ir a misa y estar a la ventana", se enamoró de "un pobre empleado de botica", Ignacio Vasconcelos, que pertenecía al sector ínfimo de la clase media. Tanto por su padre como por su madre, Ignacio descendía de familias que habían conocido la riqueza, pero no tenía recursos porque su madre se había arruinado y su padre lo tenía abandonado como a hijo ilegítimo que era. El senador Calderón se opuso a la boda. Carmen e Ignacio se casaron en secreto un amanecer, y gracias a las influencias del general Vicente Mariscal, tío de Carmen y luego padrino de José, Ignacio Vasconcelos consiguió empleo como agente aduanal en el Soconusco, frontera con Guatemala (donde trabajó hasta 1885) y luego en Sásabe y Piedras Negras.

Carmen Calderón dejó su alta familia porfiriana por seguir al marido, y José Vasconcelos, alejado de grandezas económicas, sociales y militares, creció como miembro típico de la clase media norteña, a la que representó y quiso llevar al po-

---

[2] Phillips, Richard: *José Vasconcelos and the Mexican Revolution of 1910*, Stanford University, 1953, thesis Ph. D., pp. 9-12. *Cf. Ulises criollo*, pp. 7-22, y *Memorias de Porfirio Díaz*, capítulos "La lucha por la vida" (III) e "Ixcapa" (VII).

der en 1929. Cuando Vasconcelos llegó a ser un brillante abogado al servicio de compañías norteamericanas, hacia 1908, visitó a Porfirio Díaz para defender los intereses de sus clientes; el viejo dictador se conmovió al conocer al hijo de aquella Carmencita Calderón que lo había cuidado y cambiado las vendas durante su curación y convalecencia en Tlaxiaco. Respecto a Esteban Calderón, Vasconcelos no lo llegó a conocer: supo por su madre que era "un gran hombre" (lo que significó en la imaginación del niño algo semejante a Juárez) y un día vio llegar a Piedras Negras cajas llenas de monedas de plata que habían cruzado la República por ferrocarril: la parte de la herencia que al morir el doctor le correspondió a su madre, y que ella inmediatamente dilapidó en ropa, libros y regalos para la familia.

La genética tuvo dos versiones. En el momento en que el populismo mexicano no liquidaba aún los sueños liberales de la vieja clase media porfiriana, y con esos sueños Vasconcelos actuaba como vanguardia revolucionaria del Continente, se declaró en obras como *Indología* (1926) mexicano y latino-americano arquetípico por mestizo, parangonándose con Bolívar y Albizu Campos, mulatos para él: "¡Como si ser mulato no fuese la carta de ciudadanía más ilustre de América! Si creo que hasta Bolívar lo fue... Desgraciadamente yo no tengo sangre negra, pero cargo una corta porción de sangre indígena y creo que a ella debo una amplitud de sentimiento mayor que la de la mayoría de los blancos y un grano de una cultura que ya era ilustre cuando Europa era bárbara."[3] En cambio, en *Ulises criollo*, una década después, cuando el Maximato y la CROM no habían dejado a Vasconcelos otro juego cultural y político que el de baluarte de la "reacción", se declaró hispánico y criollo puro, y al definir a sus padres como la mejor posibilidad de procrear al mexicano prototípico en la tradición del "superhombre", no encontró mejores

---

[3] *Indología, Obras Completas* (México, Libreros Mexicanos Unidos, 1958, 4 tomos), t. II, pp. 1088-1089.

palabras que: "Eugenésicamente, la pareja estaba bien concertada. Rubia y pálida, delicada mi madre; y su marido, sanguíneo, robusto. Criollos puros los dos."[4]

La genealogía: una nacionalidad por herencia, de los criollos a los liberales del 57 y de éstos a la clase media porfiriana. La genética: resabios positivistas y deterministas de su educación porfiriana que buscaron en el clima, la raza y la geografía argumentos de identidad, tanto en elogio del mestizaje como en su vituperio.

En 1888 la familia se trasladó de Sásabe a Piedras Negras, un poblado mayor. Ahí prosperó rápidamente por los porcentajes que el padre ganaba sobre las multas al contrabando y los privilegios de zona libre de comercio internacional. Lejos de instituciones dictatoriales como el ejército y el clero; lejos de las haciendas y las fábricas, de las matanzas porfirianas y los fastuosos centros de poder y riqueza, Vasconcelos fue construyendo su idea de la nación.

La narración de su infancia y las descripciones de Piedras Negras, como luego las de Campeche, fueron las de un idílico paraíso de la clase media. En el desahogo muelle, la familia creía vivir cierta sencillez evangélica; sin la necesidad de luchar por la subsistencia (la familia estaba sólo de paso en Piedras Negras y por ello no buscó arraigarse económicamente en el lugar ni prosperar demasiado) la moral familiar seguía el engañoso rumbo de una "honestidad natural", sin conciencia del mecanismo económico y social en que estaba incrustada. El dinero surgía, casi mágicamente, de las compensaciones aduanales y de las nóminas, como ajena a todo tipo de conexiones con el proceso económico del país. Parecería que la clase media fuera un México ideal, quintaesenciado, fuera de las luchas de clase y de raza, del despotismo militar y de la dependencia colonial. Sólo cobraba conciencia de "lo otro" en el papel de víctima, cuando las masas se amotinaban y cuando la sometían y humillaban los caudillos.

[4] *Ulises criollo*, p. 21.

La familia y los amigos de Vasconcelos, en su infancia y juventud, podían tranquilamente atacar a don Porfirio, sin considerarse ligados a él ni beneficiarios de su orden. La clase media se identificaba por su moralidad: "familias decentes", una moralidad de grupo que llegó a satanizar al dictador y a las masas violentas, que en el Norte apoyaba campañas como las de Bernardo Reyes contra los indios y en el Sur estaba situada en la jerarquía social de castas. Esa moralidad se indignaba contra el "mátalos en caliente" y las fantásticas opulencias del grupo en el poder y de los extranjeros, y ante la servidumbre absoluta de las masas. Proponía tratar a los indios no como esclavos, sino como a menores de edad con derecho a la caridad paternalista de ese grupo, que no debía explotarlos salvajemente, sino con mayores consideraciones.

Esta moralidad prevaleció en el comportamiento y el personaje de Vasconcelos y se acentuó, tanto en su idea de la redención despótica y vertical de las masas como en su condena por irredimibles. La clase media porfiriana concedía a los indios y a los mestizos un lugar mejor al porfiriano y hasta cósmico en la jerarquía de su proyecto nacionalista, pero no un reconocimiento de iguales. En su mejor momento, Vasconcelos consideró que a través de la educación las masas podían llegar a ser "mexicanos", nuevas "familias decentes", nuevos ciudadanos. Cuando las masas desbordaron el maderismo, la clase media nacionalista y sus intelectuales apoyaron a Victoriano Huerta como salvador de la Nación. Posteriormente y hasta el cardenismo, el culto nacionalista a las masas e instituciones como la CROM, desecharon los proyectos culturales y políticos como los de Vasconcelos y Madero. Vasconcelos sintió, a partir de la ascensión de Calles, que la chusma, la gleba, la indiada o el populacho, esos mexicanos de segunda clase o "mexicanos en potencia", estaban invadiendo la Nación, como criados que se apoderan de la residencia y echan fuera (exilio) a sus benévolos amos.

La prosperidad y la novedad de Piedras Negras, que en nada correspondían a la sociedad mexicana real, permitían la ilusión de una vida democrática, sin indiada, sin ejército ni terratenientes; tan alejada de la capital, sólo tenía como presencia del Estado un retrato de don Porfirio, y como presencia de la Iglesia un pobre templo a medio techar. Hay una obra equiparable a la descripción que Vasconcelos hace de Piedras Negras, en cuanto a imaginación de una patria ideal, tan idílicamente concebida y expresada: *La Navidad en las montañas*, único libro liberal que Vasconcelos admiró en su vejez. En esa patria no hay lucha de clases; no hay enfrentamiento de razas, culturas ni geografías; la barbarie no estalla en tropas revolucionarias ni es muchedumbre de siervos expoliados por la paz porfiriana. En esas páginas de *Ulises criollo* apenas aparecen trazos superficiales sobre la dependencia económica respecto a los Estados Unidos desde el punto de vista de una competencia metafísica entre los espíritus sajón y latino. Y un dato básico: no hay producción industrial ni agrícola. La patria ideal de Piedras Negras que Vasconcelos habría de evocar se movía en el terreno del pequeño comercio, los servicios, las artesanías y los oficios propios de la clase media. La Nación era eso, y no las masas ni los amos en las haciendas y fábricas.

México, para Vasconcelos como para tantos otros, era una nación que existía por encima del trabajo productivo; como en las naciones griegas, los ciudadanos hacían cultura, política y negocios, mientras los no ciudadanos, los que estaban dentro de la geografía del país pero no entre los beneficiarios del espacio político de "nación", hacían el trabajo material. En la patria ideal "los cocheros, los aguadores, entraban en la misma cantina que el funcionario y el propietario".[5] La experiencia de la patria dolorosa vino después y Vasconcelos jamás dejó de ver con asombro e indignación la realidad de indígenas, caudillos, ignorancia, explotación, opulencia, cruel-

---

[5] *Ibid.*, p. 22.

dad; la consideró una impertinencia corregible mediante la educación, la reforma agraria y la moral.

La vida en Piedras Negras discurría entre oraciones, bailes franceses, construcciones fin-de-siglo y festividades patrias con *La marcha de Zacatecas* y *Sobre las olas*. En una de estas celebraciones se descubrió solemnemente un retrato de cuerpo entero de don Porfirio. Vasconcelos escuchó por primera vez, desconcertado, la crítica desdeñosa de la clase media al caudillo:

—Papá, ¿y por qué le dicen Caudillo?...

Mi padre sonrió. Después, reflexionando, expresó:

—Pues será por aquello de "mátalos en caliente"...

—Pero entonces, mamá, ¿por qué tú hacías vendas para curar al "caudillo" en Tlaxiaco, y por qué tu papá le sanaba las heridas?

—Hijo, entonces peleaba contra el invasor extranjero... Además, hijo mío, Lerdo tuvo la culpa; era honrado, pero le metió el diablo la manía de perseguir monjas; expulsó a las hermanas de la caridad, que Juárez mismo había perdonado, y el país sintió alivio al verlo partir...[6]

La clase media, que gracias a la paz y a la prosperidad porfirianas podía vivir civilizada y honorablemente, no comprendía la necesidad de los excesos brutales del Porfiriato para la conservación de su propio bienestar; por el contrario, creía que la construcción de la nueva etapa del país, que parecía haber superado el caos decimonónico, podía realizarse sin dictaduras salvajes. Se quería ilusamente un Porfiriato sin mecanismos porfirianos. Vasconcelos jamás comprendió a las masas ni a las oligarquías, ni cómo se las explotaba y controlaba en México. Llegó a ser un hombre de ciudades y categorías mentales que tampoco habría de comprender las necesidades que permitieron y propiciaron el callismo, y sólo pudo aterrarse ante el espectáculo sangriento de sus métodos.

Piedras Negras no tenía escuela. Vasconcelos cruzaba diariamente el puente internacional para asistir a la de Eagle Pass, Texas. En la frontera, "el odio de raza, los recuerdos

[6] *Ibid.* p. 25.

del cuarenta y siete, mantenían el rencor. Sin motivo, y sólo por el grito de *greasers* o de 'gringos', solían producirse choques sangrientos".[7] En la escuela también; el niño Vasconcelos, que conocía sólo imaginariamente su patria, se veía obligado a defenderla a puñetazos contra los niños norteamericanos que sostenían su superioridad frente al semisalvaje mexicano. El mejor retrato del nacionalista es el de un adolescente. De pronto, en clase, Vasconcelos se vio encarnando a su nación, defendiéndola con sus cualidades personales. Decía la maestra: "But look at Joe, isn't he civilized?"[8] Y el niño de once o doce años había descubierto, acaso por la confrontación en la escuela y en la frontera, que lo hacía arraigarse en toda una visión imaginaria de la patria y lo aguijoneaba a competir y a ganar para que no lo sometieran o inhibieran sus compañeros, un juguete inagotable: la ambición individualista, fruto romántico que movía al individuo a aspirar al heroísmo y a la genialidad y que, en situación nacionalista, lo llamaba a convertirse en un hombre representativo: quintaesencia y redención de su nación o su raza. El relato que el Vasconcelos escritor hizo de su adolescencia fue el de la adolescencia de un genio. Arraigado en la realidad libresca decimonónica, llena de destinos heroicos y delirios de grandeza, partió a la construcción de su personaje; pocos años después se nutriría de grandezas radicales: Schopenhauer, Nietzsche, Wagner, Carlyle, Emerson, Bergson, Tolstoi y las vidas heroicas de Romain Rolland. Su frase identificatoria llegó a ser: "Actuar en grande".

La pasión por los libros: *México a través de los siglos*, la geografía y el atlas de García Cubas; la pequeña biblioteca ambulante de su madre, lo inició, asimismo, en la práctica nacionalista del catolicismo: barricada contra la protestante invasión cultural norteamericana: Calderón, Balmes, San Agustín, Tertuliano!, la *Historia de Jesucristo* de Louis

[7] *Ibid.*, p. 31.
[8] *Ibid.*, p. 43.

Veuillot, entre los que él cita (el lector tiene derecho a dudar que un niño de trece años hubiera agotado catálogo semejante, pues dice haber leído esas obras en Piedras Negras, o sea antes de 1895; pero, aunque no lo hubiese hecho o no las hubiera comprendido, trazan bien la atmósfera cultural en que se formó).

Contra los norteamericanos, la familia Vasconcelos oponía dos instancias victoriosas: el lujo histórico de la Colonia, perdurable en las grandes ciudades del interior de la República, y la cultura espiritual española y europea que casi significaba un humanismo frente al pragmatismo burgués que en los Estados Unidos alcanzaba su mayor vigor y su más delatora realidad como caricatura de una civilización. No fue casual que la idea que la familia Vasconcelos se hacía de los norteamericanos coincidiera con la que promovían los textos escolares que se usaban entonces en México: "Al norte de México habitan unos hombres rudos y pelirrojos que suben los pies a la mesa cuando se sientan a conversar y profesan todos la herejía protestante."[9]

La "nación" con que soñaba la clase media porfiriana aparece de este modo en la forma de un sueño idílico y mal informado, un deseo de extender en todo el mapa del país la muelle sala de un "hogar decente", que menospreciaba y desconocía la fuerza y la realidad de sus enemigos: las masas y los norteamericanos, que incluso se permitía ignorar que sin la explotación de unas y el apoyo y el financiamiento de otros no habría podido vivir tan cómodamente; y, sobre todo, que su importancia y poder económicos y sociales eran insignificantes en comparación con los de aquéllos.

A los trece años Vasconcelos dejó Piedras Negras con una "extraña *saudade*" y viajó con su familia al interior de la República a continuar sus estudios. El director de la escuela de Eagle Pass consideraba que la inteligencia excepcional del muchacho se desarrollaría mejor en la Universidad de

---

[9] *Ibid.*, p. 63. *Cf. Babbit*, de Sinclair Lewis, y los ensayos de H. L. Mencken.

Austin, que fácilmente le concedería una beca. El orgullo
nacionalista de la familia primero se ofendió con la oferta:
¿vender a José [Vasconcelos] en Egipto? Luego la declinó
cortésmente. Vasconcelos recuerda ese momento como el punto más peligroso de su oscilación entre México y los Estados
Unidos; hasta entonces, alumno de escuela norteamericana
cuyas clases se impartían en inglés y de acuerdo a las políticas cultural y educativa de los Estados Unidos, que en su
infancia no había tenido mayor contacto con la realidad mexicana que a través de leyendas, recuerdos y mitologías, sólo
remotamente podía considerarse "mexicano". La nacionalidad y el nacionalismo no fueron para él espontaneidad, sino
invención y conquista un tanto tardías.

La familia se internó en el país, rumbo a la capital: el
adolescente iba apurando por la ventanilla del ferrocarril
el paisaje de la patria: "Vimos los primeros pastos reverde-
cidos, bajo el sol ardiente. Luego, al atardecer, la tierra empezó a ponerse roja, y muy altas montañas dibujaron estu-
pendos perfiles. Los valles empezaron a poblarse de rebaños.
Un sol encendido iluminó un ocaso bermejo, como metal de
fundición. En los riscos, sobre la montaña, se adivina también el cobre, el oro en bruto, el óxido de plata."[10] Desde
el punto de vista literario Vasconcelos se revela frecuentemente, más que en otros géneros, en los apuntes rápidos y
en las crónicas de viaje, cuando el reportero exaltado a lo
John Ruskin desplaza al metafísico declamador. En las páginas en que recuerda cómo descubrió sobre ruedas de ferrocarril la amplia geografía mexicana, las categorías del espíritu nacional en lugar de enunciarse, se perciben como una
rica mitología visual que impone asombro; su tesis filosófica
más importante fue que todo acto enérgico del espíritu se
resolvía en un acto estético, y habría de proponer como punto

---

[10] *Idem* y ss. *Cf. Pedro Páramo,* de Juan Rulfo, FCE, México, 1955, p. 8. Los
mismos elementos paisajísticos y casi el mismo ritmo dan una patria majestuosa en Vasconcelos y una patria pobre en Rulfo.

básico de su política cultural *dar realidad estética a la nación.* En *Ulises criollo* todo el viaje del adolescente hasta la capital y luego al Sureste busca, y en ocasiones logra, cumplir ese cometido.

A la altura de Zacatecas la patria-con-historia comienza: "Adviértese el trazo irregular de la ciudad, cuyo nombre evoca historias de mineros enriquecidos o fracasados. Al detenernos en la parada subieron al convoy damas y caballeros de porte distinguido. Empezaba el México de los refinamientos castizos." Durante la noche el ferrocarril avanzó rápida e imperceptiblemente; entró en Aguascalientes al amanecer. Las ciudades prestigiosas iban apareciendo como si acudieran al llamado del adolescente que, mirándolas desde la ventanilla, advertía que los grabados de sus textos escolares cobraban realidad majestuosa; en este momento *Ulises criollo* llega a párrafos de suprema eficacia: Celaya y toda la confitería criolla; Querétaro y todas las artesanías misteriosas. El tren cruzó las comarcas del Bajío; el farragoso Vasconcelos de pronto encuentra frases de síntesis: "una sensación de plenitud agrícola".

Ulises criollo pertenece a un movimiento cultural que postuló la necesidad de inventar un lenguaje vitalista y sensorial que a la vez expresara nuevas aprehensiones de la realidad y estimulara formas entusiastas de aprehenderla. Esta función estética, que simultáneamente representa una función nacionalista, ya había venido intentándose en el siglo XIX (Inclán, Ramírez, Altamirano, Payno, Díaz Mirón, Othón, José María Velasco, Clausell, Posada), y alcanzó en las primeras décadas del XX sus mayores logros: Azuela, Guzmán, el propio Vasconcelos, López Velarde, Tablada, Pellicer, etcétera, y llegó a la apoteosis con la pintura mural y el cine nacionalista. Vasconcelos dio a esa corriente una teoría, "la estética bárbara", tomada del romanticismo alemán y del descubrimiento e invención alemanes de las "barbaries" griega e hindú; consideró entonces que la cultura mexicana debía ser "dionisiaca", violenta, ruda, en oposición a actitudes como la de Alfonso Reyes, que perseguían más bien una estética afrancesada, exquisita, como lo expuso en *Visión de Anáhuac*: "Si esta tradición [la prehispánica] nos fuere ajena, está como quiera en nuestras manos, y sólo nosotros disponemos de ella. No renunciaremos —oh Keats— a ningún objeto de belleza, engendrador de eternos goces."[11]

Año de 1895. La familia Vasconcelos se apeó del convoy en la capital porfiriana, llena de restaurantes y hoteles con grandes e iluminados salones; arquitecturas caprichosas, pisos y candiles a todo lujo, muebles franceses, calle de Plateros, templos magníficos. Las láminas del García Cubas siguen cobrando realidad asombrosa: calle de la Moneda, Palacio Nacional, Museo Arqueológico, Escuela de Bellas Artes, templo de Santa Inés, Catedral, mercado de las flores, Tacubaya...

Vasconcelos descubrió en la capital que la religión no era exclusivamente la tierna austeridad de su familia, sino también el lujo aristocrático de las catedrales; posteriormente desarrolló la idea de que la liturgia católica, en la tradición de la ópera wagneriana, era el Rito Supremo, la fusión absoluta de todas las artes y la culminación estética de Occidente.[12] También que la religión era la abigarrada pirotecnia del pueblo en los atrios: una mística popular que, durante su época de ministro, Vasconcelos trató de traducir en mística nacionalista, empleando los recursos de la religión popular; la idea de un arte popular nacionalista surgió, en parte, de la experiencia de la forma eficaz en que la liturgia unificaba y exaltaba a la muchedumbre en una celebración sensorial de participación colectiva.

En la ciudad de México pasó algunos meses, entre inhibido y escandalizado por la cultura positivista moderadamente im-

---

[11] Reyes, Alfonso: *Visión de Anáhuac* (1915), *Antología*, México, FCE, 2ª ed., Colección Popular, 1965, p. 30.

[12] *Estética*, 3ª ed., México, Ediciones Botas, 1945, pp. 601-612 (párrafos 177-178).

pía que privaba en ella y por la frivolidad espiritual de los parientes y amigos que ahí trató. Como su padre no consiguió que lo trasladaran inmediatamente a una aduana en que sus hijos pudieran estudiar, dejó a la familia en Toluca y regresó a Piedras Negras solo. Año de 1896: Toluca carecía de los peligros morales de la capital y su vida era menos cara; su Instituto, famoso desde el Nigromante y Altamirano, parecía un centro cultural importante, pero resultó muy inferior a la mínima escuela elemental de Eagle Pass. La vanidad del adolescente Vasconcelos, que venía mucho mejor preparado que sus compañeros de cursos y edad superiores, se excitó con constantes triunfos facilísimos. Lo único que ganó ahí fue aprender a escribir en buen español con un maestro "semi-indio, desaliñado y malhumoriento".

Como mera mascarada, Toluca conservaba restos jacobinos, y delataba crudamente los verdaderos perfiles de la patria:

> ¡Cómo echábamos de menos la despreocupada alegría de nuestro pueblo fronterizo, donde rico y pobre se trataban como iguales! Por el paseo toluqueño desfilaban indios embrutecidos bajo el peso de sus cargamentos, que no saludaban por timidez, y propietarios en coche que no saludaban por arrogancia. Entre ambos una clase media desconfiada, reservada, silenciosa, embrutecida.[13]

A principios de 1897, Ignacio Vasconcelos recibió su nombramiento de contador o segundo jefe de la Aduana de Campeche, y la familia emprendió el viaje al Sureste. Campeche, que se había amurallado contra los piratas, se defendía del país con su aislamiento geográfico. Puerto abierto al Caribe y al comercio internacional, principalmente europeo, apenas tenía débiles y difíciles lazos terrestres con las ciudades del interior. Incluso gozaba de cierta autonomía y se beneficiaba con el comercio del palo de tinte. Una ciudad aristocrática, culta, lujosa, más próxima a la Cuba española que al nacio-

[13] *Ulises criollo*, pp. 75-76.

nalismo liberal, con una división de clases y razas muy rígida: una especie de Europa amurallada en tierra de indios.

En el Instituto Campechano Vasconcelos conoció abundante literatura francesa: Fenelon, Saint-Pierre, Chateaubriand, Lamartine, Hugo, Daudet, Loti. Y al son de la *María* de Jorge Isaacs inició su primera fiesta sentimental. Su adolescencia se templó en el clima, la vegetación, el mar, la sensualidad tropical, el abundante ejercicio físico. Ahí, más en la situación de colono que en la de ciudadano, lo encontró la guerra de los Estados Unidos contra España. Nuevamente, la "nación" mexicana era un bastión improvisado y débil a punto de ser destruido por indios y/o norteamericanos. En la península de Yucatán se temía que los Estados Unidos no se conformaran con las islas del Caribe y se la anexaran también, como a Texas. De hecho, en plena invasión norteamericana, Justo Sierra O'Reilly había propuesto a Washington que los Estados Unidos se adueñaran de Yucatán para suprimir la rebelión de los mayas. Los Estados Unidos parecían ir persiguiendo a la familia Vasconcelos, robándole los lugares en que se asentaba (como Sásabe). El mexicano sería, en esta situación, un judío errante. Durante toda su vida, el tiempo alegórico que Vasconcelos dio a la vida mexicana fue la inminencia de su anexión a los Estados Unidos y/o la inminencia de la regresión a la barbarie azteca por la sublevación de los indios.

Como anticipo de la ruina de la patria porfiriana vino, además del terror a los norteamericanos, una serie de disposiciones comerciales del gobierno federal que provocaron en los últimos años del siglo xix una rápida decadencia de Campeche: la "gente decente" fue emigrando y quedó el espectáculo de las antiguas mansiones abandonadas:

En el hermoso jardín principal todavía la banda convocaba a las familias para las retretas, pero cada día eran menos las bellas de porte lánguido, pálida tez y ojos negros. La casta criolla de tipo sensual cedía a los rudos indígenas del interior, que callados escuchaban el concierto a distancia y como si aguardaran el momento de ocupar las casas que abandonaban los blancos.[14]

Las masas eran la barbarie, y la barbarie era la selva que tarde o temprano volvería a cerrarse, invadiendo y cubriendo las frágiles ciudades de los colonos civilizados y hasta nacionalistas. Eso será para Vasconcelos el populismo: las masas que como vegetación salvaje arruinaron, resquebrajaron y arrancaron de raíz el proyecto de nación liberal que las clases medias porfirianas querían cumplir, devolviendo el territorio a la prehistoria de tribus caníbales, presas inminentes de los Estados Unidos.

[14] *Ibid.*, pp. 105-106. *Cf. Jardín perdido* de Artemio de Valle-Arizpe, México, Ed. Patria, 1962, pp. 19-26. El mismo terror del colono "criollo" a los "bárbaros", en el siglo XVI y a finales del XIX. E incluso en el siglo XX, si se piensa en lo frágil que resulta la civilización blanca frente al "regreso de la barbarie" azteca en las obras como *Chac Mool* de Carlos Fuentes y *La Culpa es de los tlaxcaltecas* de Elena Garro.

II. UN INDIVIDUALISTA EN EL PORFIRIATO

ENTRE 1899 y 1905, Vasconcelos era un aventajado estudiante porfiriano; arrogante, sibarita, fin-de-siglo. *La Belle Époque*, el positivismo, el modernismo, las prostitutas y las muchachas pobres a quienes los estudiantes hacían por breve y tormentoso tiempo sus amantes, los diabolismos baudelaireanos de la *Revista Moderna*. La bohemia en mitad del despotismo; como parte de esa exaltación juvenil se encendían las discusiones culturales entre los muchachos que años después formarían el Ateneo de la Juventud. Entre 1905 y 1908 Vasconcelos trabajó como abogado, primero al servicio del gobierno y luego del consorcio norteamericano Warner, Johnson & Galston que, a diferencia de los empresarios e instituciones mexicanos, sabía pagar espléndidamente a los hombres eficaces. En el momento en que *La sucesión presidencial* de Madero irrumpió en la vida nacional, Vasconcelos era un muchacho ambicioso, vanidoso y disponible. Como señala Richard Phillips:

> José Vasconcelos, después de una infancia afortunada, enriquecida por los viajes, en la que su madre estuvo por completo consagrada a él; después de haber logrado la mejor preparación posible entonces en México, llegó a la edad adulta hacia fines del Porfiriato. El antiguo orden lo mimaba. Tenía un amplio círculo de reconocimientos, los hombres en puestos elevados empezaban a fijarse en él. Vasconcelos era uno de los jóvenes brillantes con futuro [...], no tenía motivos personales de disgusto contra el régimen de Díaz. Su padre había conseguido un cómodo nivel de vida de clase media en el servicio aduanal y había podido dar buena instrucción a sus hijos [...] [Hacia 1908, José Vasconcelos] trabajaba en la sucursal de la firma Warner, Johnson y Galston de Nueva York; sus ingresos eran tan magníficos que planeaba retirarse de la profesión de abogado después de unos cinco años de trabajo intensivo, para dedicarse exclusivamente a la literatura y a la filosofía.[1]

[1] Phillips, Richard: *op. cit.*, pp. 33 y 55-56. Cf. *La feria de la vida*, de José Juan Tablada, Ediciones Botas, México, 1937.

¿Entonces por qué dejó sus enormes ganancias para arriesgarse en la aventura maderista, que parecía una locura? No fueron muchos los brillantes-jóvenes-con-futuro que quisieron comprometer su porvenir dorado en la Revolución. Y luego, ¿por qué se opuso a Victoriano Huerta? Casi todos los intelectuales, los ricos y las clases medias, con sus muchachos prósperos, apoyaron a Huerta como salvador de la patria. Y todavía después, ¿por qué sus constantes insubordinaciones e insolencias contra Obregón y Calles, que lo hicieron salir en 1924 del poder para no volver jamás? Nuevamente, como el régimen porfirista y Victoriano Huerta, como en menor medida tanto los carrancistas como los villistas y hasta los zapatistas, Obregón y Calles lo estimaban: era su ministro mimado; por el apoyo absoluto de éstos y de Adolfo de la Huerta gozó de tan enorme libertad (es el único secretario de Estado que ha hecho lo que se le ha pegado la gana). Calles habría sido feliz teniéndolo como su prestigio; de hecho, en 1937 recurrió a él en una vana conjura contra Cárdenas. Si se recuerda que los intelectuales y los brillantes jóvenes con futuro fácilmente se dejaron mimar por los gobiernos, sin comprometerse en aventuras riesgosas y mucho menos encabezarlas, y aceptaron puestos burocráticos y diplomáticos, cayera quien cayera y cambiaran los rumbos políticos que cambiaran, Vasconcelos asume en este contexto un papel excepcional. Su ambición individual exigía mucho más de lo que cualquier Estado pretoriano podía ofrecer a los civiles.

Desgraciadamente, la interpretación que se ha hecho de Vasconcelos ha girado principalmente en torno a factores morales (que si era honesto, que si era deshonesto; que si fue patriota o apátrida) o de confusa polémica oratoria (¿revolucionario?, ¿reaccionario?). Convendría ensayar otro tipo de marco teórico si lo que se busca es recobrar su figura íntegra y compleja, sin prescindir ni estigmatizar sus peores momentos que, en él, suelen ser los mejores por la vitalidad y el testimonio que ofrecen: *un marco literario,* como el de

La isla del tesoro y las novelas de Salgari, por ejemplo. Vasconcelos fue ante todo un individualista, una especie de Julián Sorel, Rastignac o Jack London de nuestra cultura y de nuestra política; gran parte de la historia política contemporánea de México es una novela de piratería y es ése el espacio en que él se movió. Si desde puntos de vista morales parece incoherente y contradictorio es porque su lógica es la de la aventura, y su ética y su estética son las del aventurero: uno de los mayores aventureros civiles mexicanos desde las apasionantes épocas de Fray Servando; sus cualidades no fueron la honestidad ni la verdad, sino la energía y la audacia. Los últimos años de su vida nos parecerán menos inexplicables si los consideramos como la vejez de un aventurero que después de tantas hazañas viene a reposar y a medrar en su fracaso. También como intelectual se comportó en forma semejante, y por ello sus libros sacan de quicio a lectores poco dados a novelas policiacas o de caballería; por ello más que ideas y obras nos da una autobiografía, y lo que gusta de él no es tanto juzgarlo (sus limitaciones, errores y vicios son evidentes) como recordarlo. Otros ocuparán los sitios de maestros, de héroes o precursores y se nimbarán de auras edificantes; Vasconcelos desempeña otro papel.

Ulises criollo tiene mucho que ver con los "héroes" de Carlyle, con los "hombres representativos" de Emerson y con las malas biografías sentimentales de Romain Rolland; pero Vasconcelos intentó algo que ellos no se propusieron: considerar la autobiografía como una epopeya. Desde las primeras páginas describe a sus padres como "eugenésicamente" aptos para procrear un superhombre; habla en seguida de su infancia como la de un genio, y su adolescencia y juventud tienen el nervio de las novelas de aventuras. Gracias a ello, no oculta en su autobiografía sus peores momentos: no posa en ella para figura ejemplarmente moral. Es cínico, deslenguado, desaliñado. Se desembarazó, molesto, de su familia y de sus mujeres; trató y narra con ingratitud y desprecio a las instituciones y personas que lo apoyaron. Su vejez destruye cualquier posibilidad de creer en el mito moral del Maestro de la Juventud, que él por su parte corrompió consciente y constantemente en sus escritos posteriores a 1924. No ambicionó erigirse en una figura imitable, sino en un individualista inimitable. Dice Carlos Monsiváis:

> Ese José Vasconcelos convierte la idea de "vivir intensamente" en un fetiche, en la idea emotiva del artista como héroe físico y caudillo político: aceptaciones del destino, huidas, escapatorias, destierro, trato y maltrato de Pancho Villa, actividad frenética, vida lujuriosa, campaña presidencial y para concluir el retrato, los viajes, el encuentro con la belleza y el desencanto, la tristeza del humanista ante el saqueo, la isla de Patmos como profecía y juicio liquidador del país. Vasconcelos, deseoso de consumarse y consumirse en la pasión pública, se asimila a su personaje y se va rindiendo a la imagen que es una proyección de su temperamento y de sus obsesiones.[2]

Vasconcelos fue explícito en 1923: "El genio para nosotros no es el que arrebata gloria o poder, sino el que derrocha saber o energía."[3]

Al salir de Campeche los destinos de José y su familia se dividieron definitivamente. Él permaneció en la capital, primero con otros familiares y, en cuanto pudo, se escapó a la independiente vida bohemia del estudiante pasional; la madre murió pronto, en Piedras Negras, adonde la familia había regresado; poco después, el padre se volvió a casar.

Vasconcelos estudió en una Escuela Nacional Preparatoria no sólo positivista, sino pretoriana: "un remedo de cuartel",[4] dirigida por un coronel que comandaba un grupo de prefectos autoritarios. Estaba prohibido reunirse en los patios y en los alrededores de la escuela; toda asamblea, aun la que se de-

---

[2] Monsiváis, Carlos: "El profeta en su cumpleaños", *Excélsior*, 6 de julio de 1974. *Cf*. Azuela, Mariano: *Algo sobre novela mexicana contemporánea*, *Obras completas*, 2ª ed., México, FCE, 1976, t. III, pp. 700-711.

[3] "Carta a la juventud de Colombia", *Discursos 1920-1950*, México, Ediciones Botas, 1950, p. 58.

[4] *Ulises criollo*, p. 147.

dicara a leer versos, era castigada: se encerraba en un cala-
bozo a los infractores o, cuando la falta era colectiva, se
escogían al azar víctimas entre los alumnos participantes;
después de dos o tres de estos castigos ocurría la expulsión
definitiva. El odio de Vasconcelos al Porfiriato, más que por
la injusticia social o por la política de privilegiar a extranjeros, se definía por la opresión tiránica a los individuos,
sobre todo a los individuos excepcionalmente dotados. En la
medida en que los regímenes posrevolucionarios no permitieron la privilegiada libertad a esos individuos civiles, Vasconcelos llegó a odiarlos más que al propio Porfiriato.

Se inscribió en la Facultad de Jurisprudencia por elimina-
ción, porque las carreras de médico o ingeniero le repugna-
ban más que la de abogado, y no existían aún estudios de
filosofía: futuro filósofo y sociólogo, cumplió la edad de
veintiocho años sin haber cursado *jamás* clases de esas ma-
terias, pues sólo hasta 1910 empezaron a impartirse en México por filósofos y sociólogos tan improvisados como Vasconcelos. En su opinión, el derecho, que era una profesión fácil
y lucrativa, carecía de "un genio filosófico que incorporara
el fenómeno jurídico al complejo de los fenómenos naturales".[5] Por supuesto, el genio era él, y de buenas a primeras
lanzó a los veintitrés años su *Teoría dinámica del derecho* (escrita en 1905 aunque se publicó hasta 1907). Uno de sus
maestros en la Facultad de Jurisprudencia, Jacinto Pallares,
el rival de Justo Sierra, cuando Vasconcelos se había decla-
rado en plena clase y en voz alta como la única excepción en
un "país de catorce millones de imbéciles", se burló de él
con unos versos reproducidos alegremente en *Ulises criollo*:

> En la pálida silueta de los cielos
> se destaca tu figura, Vasconcelos.

En un país que carecía ya no de grandes escritores y de
grupos literarios de alto nivel, sino incluso de la formalidad

[5] *Ibid.*, p. 168.

de un medio académico para asuntos humanísticos, el individualismo se dio a la manera provinciana, cumpliendo con todas y cada una de las descripciones que Matthew Arnold hizo del "espíritu provinciano" en *The Literary Influence of Academies*: la ausencia de un medio cultural elevado provoca la autosobrevaloración del escritor, le impide el entrenamiento autocrítico que una competencia y un diálogo con otros escritores le proporcionarían, le estimula el fárrago irracional y declamatorio, lo encierra en la excentricidad, lo forma en la irresponsabilidad mental como sistema, etcétera. Pero también con las virtudes de pasión, energía y audacia que en un medio "academizado" resultan prácticamente imposibles. Toda la obra filosófica de Vasconcelos vale mucho más por la actitud apasionada y ambiciosa de su impulso que por el conocimiento que proporciona.

La *Teoría dinámica del derecho* fue un alegato metafísico positivista en favor de la fuerza individual contra el orden pasivo de una sociedad estancada. La visión positivista de la naturaleza y la visión "biológica" de la sociedad en Vasconcelos se postularon como una metafísica. Aunque ya en esta tesis aparecían los factores declamatorios que perdurarían hasta en sus textos póstumos, aquí el estilo fluía generalmente sobrio y paciente. Vasconcelos procuraba seguir con claridad sus razonamientos y, sobre todo, dentro del disparadero metafísico de su concepción, intentaba una exposición razonable. Curiosamente, después de un desarrollo bien estructurado, con una lógica inteligente y limpia, las conclusiones estallaron en un sonoro broche de oro de declamador, exactamente el toque oratorio que desata aplausos en las graderías.

También es claro que desde el principio le interesaban principalmente los grandes trazos, las enormes ideas absolutas cargadas de un nuevo prestigio moral y estético (se trataba de desprestigiar positivismos, determinismos y pragmatismos en aras del espíritu intuicionista... aunque esas intuiciones fueran generalmente positivistas, deterministas y buscaran no el conocimiento objetivo, sino la eficacia política). Una metafísica intuicionista construida con grandes ideas sin elaboración profunda que dio, en este como en otros casos, un brillante discurso dirigido a un público demasiado inocente.

Uno de los principales méritos de esta tesis profesional fue el de constituir algo diverso a lo que se enseñaba en la universidad porfiriana: el alegato de un autodidacto que por ahí había descubierto de oídas o leídas, contra lo que enseñaban sus maestros, a Schopenhauer, Nietzsche, Bergson, etcétera. Como estudiante, Vasconcelos se rebeló emotivamente contra el positivismo; luego, con Antonio Caso, habría de criticarlo racionalmente. La crítica es exaltada y conmovedora, pero cabe suponer que no fueron principalmente ellos sino la Revolución quien dañó al positivismo mexicano. Por lo pronto, la metafísica, así como la esoteria y los variados vitalismos fin-de-siglo, le permitieron escaparse de la asfixia reinante. Y esa reacción emotiva contra el positivismo tuvo, entre los resultados lamentables, el desprestigio infantil de la investigación y el análisis (palabras que quedaron marcadas como "positivistas"), en beneficio de la inspiración y el entusiasmo:

> El aspecto doctrinario de la ciencia era, sin embargo, el único que me interesaba. Ni por un momento pensé dedicarme a descubrir una onda o a aislar un metal. La conclusión última de cada disciplina y su alcance con la totalidad del saber, tal era el resultado único que en cada ciencia buscaba... Tal iba a ser mi papel: acumular las conclusiones parciales de todas las ciencias a efecto de construir con ellas una visión coherente del cosmos.[6]

Pero no era apto para comprobar o escoger acertadamente esos resultados parciales, ni para construir o practicar el método correcto de síntesis y corrió el riesgo de elaborar pasio-

---

[6] *Ibid.*, p. 149.

nalmente una síntesis filosófica equivocada a partir de conclusiones seudocientíficas; no había en la cultura nacional
de la época elementos para evitar ese riesgo. Y la inspiración
y el entusiasmo fiados al mero arrebato, sin el apoyo directo
de los conocimientos y de una crítica entrenada, condujeron
a varios vicios constantes, que en Vasconcelos se dan en proporciones tan enormes como su ambición: las cosas falsas,
la declamación, la necedad autoritaria, los esquematismos, la
realidad y la objetividad escamoteadas por frases demasiado
felices que parecen aclararlo todo pero sólo decoran opulen-
tamente errores que, enunciados con menor genio literario,
casi serían descubiertos por el mero sentido común; la improvisación que se engaña y, víctima de su facilidad, cae en
la reiteración de caricaturas y grandezas prejuiciadas.

Sin la menor modestia Vasconcelos lanzó las tres esencias
o grandes verdades, las tres leyes "naturales" del derecho:
1) Ley del desarrollo de la energía, *2)* Ley de la justicia,
3) Ley del equilibrio.

La primera sostenía el derecho de las personas al desarrollo cabal de su energía y postulaba como ideal humano al
individuo dinámico. En el marco de la cultura porfiriana,
registró la desesperación de los muchachos excepcionalmente
dotados, como Vasconcelos, de no encontrar aplicación suficiente a su talento. La sociedad estancada era el primer enemigo del individuo dinámico. ("La conciencia de grupo y la
vida social nos estorban con su ignorancia y su temor, con
todas las morbosas deformaciones que se engendran en su
seno. . .", ". . .la torpeza intelectual de la mayoría. . .", etcétera.) La sociedad se visualizaba como tribu, clan, caos del
que, como todos los organismos actuales con respecto a la
informe nebulosa primigenia, los individuos habrían de surgir constituyéndose de un modo singular: "Especialmente
los hombres civilizados tendemos a formar un *yo* distinto

a los otros. Es un carácter de las especies la singularización de los miembros que las forman. . ."[7]

Aunque esto conducía a entender la civilización como el ascenso jerárquico del clan gregario al genio, y con ello a una justificación clasista, expresaba autobiográficamente un aristocratismo que equivalía de algún modo a una rabiosa protesta contra una sociedad que se negaba a utilizar las mayores facultades de sus miembros, porque no perseguía el progreso entendido al modo del liberalismo europeo, sino la sumisión y el provincianismo coloniales.

Es evidente que esta concepción del derecho negaba las leyes en cuanto "contrato social", y las afirmaba como orden sagrado: era un orden no sólo natural, cosa que a un joven wagneriano le parecía poco, sino cósmico. No era la historia la que hacía el derecho, sino la metafísica. En consecuencia, la segunda ley general, la de la justicia, no era discutible ni modificable: *era*. Una concepción luminosa del espíritu descubierta en el cosmos. La justicia consistía en que "cada organismo soporte las consecuencias de su naturaleza y de su conducta".[8] La naturaleza y la conducta como cosas fijas, bienes dados en la repartición inmutable de los dones, ajenos a la historia y a la economía. Así, la tercera ley, la del equilibrio, otorgaba más a quienes más tenían, como el evangelio, y menos a quienes de más carecieran, pues el equilibrio "atribuye a cada impulso un resultado equivalente a su grado de energía".[9] De este modo —y se trata del ejemplo que usó Vasconcelos—, si dos perros hambrientos se encontraran frente a un trozo de carne, era "justicia" que el perro más fuerte (mayor energía) recibiera las consecuencias de su naturaleza y conducta y se apoderara del trozo de carne, ya que sólo estaba recibiendo el resultado equivalente a su impulso ("equilibrio").

[7] *Teoría dinámica del derecho, OC*, t. I, pp. 17-18.
[8] *Ibid.*, p. 22.
[9] *Ibid.*, p. 25.

Claro, Vasconcelos pensaba en un perro fuerte como Wagner o Beethoven, grandes individuos dinámicos: el derecho de los perros fuertes del espíritu a dominar a perrillos intelectualmente flacos como los tiranos. Justicia sería un despotismo del espíritu en el que dominaran los "mejores" y no los más brutales. Sin embargo, sus elogios del individuo enérgico podían considerarse, sin modificar el esquema, justificaciones categóricas de la clase dominante (civilización) contra la pasividad porfiriana de las masas sometidas (barbarie). Dinamismo y letargo, individualismo y clan. El individuo (¿y por qué no la clase?) civilizado, dice Vasconcelos, "cuya vida es más activa, más intensa y más variada, necesita ejecutar más número de movimientos en todos sentidos; *necesita ejercitar más derechos que el salvaje, cuya existencia es menos múltiple, casi vegetativa*".[10]

Al llegar a este punto, el joven Vasconcelos se dio cuenta de que su apología del individualismo, del espíritu y del genio, se podía prestar a una monumentalización de los hacendados y de los políticos. Entonces se olvidó de la exposición teórica y sobria de sus razonamientos, y sacó la declamación moralizante: *a)* excomulgó a los políticos hispanoamericanos de su teoría de individualismo dinámico porque eran caudillos y "ya sabemos que los grandes guerreros son variedades del tipo criminal"[11] —lo repetiría después con relación a Villa y Zapata—; y en cuanto a la oligarquía, también la excomulgó porque, *b)* la aristocracia económica tampoco cabía en su teoría, pues no era "hecha", sino "heredada" y, además, la explotación injusta y brutal de los demás era una variedad de la barbarie.[12]

La confrontación individuo-clan, que podía traducirse en explotadores y colonos-siervos, llegó a su tercera realización en: razas metropolitanas-razas coloniales. De ser fiel al

---

[10] *Ibid.*, p. 28.
[11] *Ibid.*, p. 29.
[12] *Ibid.*, pp. 33 ss.

planteamiento de su tesis, los hispanoamericanos, asiáticos y
africanos cabrían en la categoría de la energía menor y según
las leyes de equilibrio y energía sería legítimo que fueran
expoliados por los europeos y norteamericanos, pueblos "más
enérgicos". Vasconcelos volvió a romper la exposición razo-
nada y sacó de la manga brillantes y oratorias frases de pres-
tidigitador: ¡los pueblos europeos son los bárbaros!, ¡los pueblos nuevos son los civilizados!

Esto era tomar demasiado en serio la decadencia de Occidente, pero debe considerarse que no existía entonces una tradición cultural anticolonialista en México, como no fuera la
reacción emotiva del patriotismo. Nuevamente lo admirable
en Vasconcelos no son sus teorías, sino su audacia, y todo su
disparatado entusiasmo intuicionista, vitalista. Una década
después (1916) fundó un movimiento anticolonialista que en
los veintes llegó, con su autor, a la apoteosis: la verdadera
civilización estaba en el germen (mística) y no en la decadencia (política) de las naciones. Y lo apoyó en la grandeza
de las grandes "civilizaciones bárbaras" de la humanidad: la
Grecia de Pitágoras (*Pitágoras, una teoría del ritmo; Prometeo vencedor; El monismo estético*, entre otras obras) y la
India de los *Upanishads* (expuesta en *Estudios indostánicos*).
El capitalismo había corrompido el mundo antiguo; en cambio, los nuevos pueblos surgían con sus prometeos, sus pitágoras, sus budas a redimir al mundo corrupto y agonizante:
el mesianismo de *La raza cósmica*.

Al tiempo que Vasconcelos escribía estos berenjenales
que hoy puede despreciar el más torpe estudiante universitario, pero que representaron el movimiento más original
y políticamente más eficaz de la cultura mexicana en muchos años, se estaba iniciando, también entre berenjenales,
la crítica social de los anarcosindicalistas. Era el momento
en que se empezaba a construir la crítica. Un momento en
que el espacio cultural mexicano estaba tan baldío que, en
1910, los jóvenes intelectuales habrían de organizarse para

recibir a Rubén Darío como a un redentor. Alfonso Reyes, hombre de opiniones moderadas, vería en Darío un nuevo Cortés, el conquistador deseado, que desgraciadamente obedeció la orden de Porfirio Díaz-Moctezuma de no entrar al Valle de México.[13] Vasconcelos fue el único intelectual de su generación que asumió la cultura como una función esencialmente descolonizadora, y como no había instrumentos para realizarla tuvo que improvisarlos e inventarlos, de tal modo que, cuando pudo practicarlos ampliamente con el apoyo de Obregón, fue visto como el mesías descolonizador en toda Hispanoamérica y logró el mayor prestigio y la gira más gloriosa que haya realizado por esos países cualquier mexicano.

Desde el punto de vista de la lectura actual, lo desalentador no son estas teorías del Vasconcelos de veintitrés años —que sólo hablarían en favor de su inteligencia y de su habilidad—, sino lo poco que las transformó en los siguientes cincuenta años. Esta situación pinta a Vasconcelos como un hombre de vastas contradicciones *fijas*, que siguió contradiciéndose en los mismos términos, oscilando según el momento en las opciones limitadas del pensamiento de su juventud. Su desgracia intelectual fue no desarrollar radicalmente sus opciones, no ampliar su espacio de elección, de tal modo que su primera obra es demasiado parecida a las posteriores: sus vicios y virtudes de 1905 son idénticos a los de 1959. Un hombre estático que actúa enérgicamente. La energía de su acción dota a su figura y a su obra de una riqueza que las ideas fijas no producirían por sí mismas. Es incluso admirable que tan pocas e inmóviles ideas —no son muchos los temas de su obra que no aparezcan ya en su juventud— hayan logrado tal variedad, de acción y postulación, tantas aventuras, éxitos y fracasos.

Su desprecio por los factores económicos, sociales y "materialmente groseros" le dio una inocencia que no perdió en

---

[13] Reyes, Alfonso: "Rubén Darío en México", *Simpatías y diferencias*, México, Editorial Porrúa, 1945, t. II, p. 102.

su vejez. Creía ciegamente que el progreso técnico era cosa de siervos y que lo realizarían los pueblos y civilizaciones groseras, de modo que llegaría automáticamente a satisfacer las necesidades primarias de *todos* los hombres, a permitir su liberación y el advenimiento de una nueva edad: "El espacio azul de los ideales... al alcance de todos la riqueza y sea la vida un largo sueño de contemplación y de infinito"[14] —así termina su tesis. Fue muy aplaudida aunque desconcertó a los sinodales. Antonio Caso la encontró muy original.

Vasconcelos pertenece a la generación del Ateneo de la Juventud. Este grupo se unió en 1906 para fundar una revista, *Savia Moderna,* que duró poco; entre 1907 y 1908 se volvió Sociedad de Conferencias y después el 26 de octubre de 1909, cristalizó en el Ateneo de la Juventud, que inicia la cultura mexicana moderna. En 1912 Vasconcelos, elegido presidente, lo transformó en Ateneo de México; el cambio de nombre significa un cambio de intención: ya no una juvenil asociación de aficionados a la alta cultura, sino una empresa nacionalista de "rehabilitación" de la patria, con misiones sociales: la Universidad Popular Mexicana (1912-1920), en la que intervienen Vasconcelos, Guzmán, Pruneda, Pani, etcétera, anticipo desvaído de lo que sería el "ministerio" de Educación de Vasconcelos; una dependencia del Ateneo que debería educar mediante conferencias, conciertos, etcétera, a los adultos y principalmente a los obreros.

Por lo menos en los treintas, cuando escribió sus memorias, Vasconcelos sentía poco entusiasmo por el Ateneo de la Juventud. "Lo de Ateneo, pasaba, pero llamarle de la Juventud cuando ya andábamos por los veintitrés, no complacía a quien como yo sintió siempre más allá de sus años."[15] Históricamente se ha considerado que la función principal del Ateneo fue su lucha contra el positivismo; su abanderado, Caso. Sin embargo, las influencias convergentes de Pedro

---

14 *Teoría dinámica del derecho, OC,* t. I, p. 35.
15 *Ulises criollo,* p. 228.

Henríquez Ureña, Alfonso Cravioto y Alfonso Reyes le habían impreso una dirección cultista, cuyo mérito fue imponer, contra la improvisación provinciana de la cultura de la época, ciertas exigencias de rigor intelectual. Vasconcelos se enorgullecía de que su "acción en aquel Ateneo, igual que en círculos semejantes, fue siempre mediocre. Lo que yo creía tener dentro no era para ser leído en cenáculos, casi ni para ser escrito. Cada intento de escribir me producía decepción y enojo. Se me embrollaba todo por *falta de estilo*, decía yo; en realidad, por falta de claridad en mi propio pensamiento".[16] Y ponía a su favor su propia confusión estéril contra la claridad prolífica de sus compañeros: "Las dudas se adormecían con las discusiones seudofilosóficas de nuestro cenáculo literario."[17] Alfonso Reyes da versiones más amables: por ejemplo, cuando Vasconcelos y él, parapetados en sillones *art-noveau*, estaban a punto de arrojarse los tinteros para dirimir sus diferencias de opinión sobre Goethe,[18] o cuando, a las tres de la madrugada, al acabar de leer Vasconcelos sus meditaciones sobre el Buda, Henríquez Ureña se oponía "ante el escándalo general" a que se disolviese la reunión porque "apenas empezaba a ponerse interesante".[19]

En 1916, durante su exilio en la época de Carranza, Vasconcelos pronunció en la Universidad de San Marcos, en Lima, una conferencia sobre "El movimiento intelectual contemporáneo de México", en la que expuso la crítica al positivismo y subrayó las visiones intuicionistas, irracionalistas y espiritualistas aprendidas en los "videntes" alemanes, en Bergson, en el romanticismo clásico alemán, en Croce, en Walter Pater, etcétera, y confirió al Ateneo —principalmente a "su" Ateneo de México— caracteres de cruzada cultural en la que

---

[16] *Ibid.*, p. 229.

[17] *Ibid.*, p. 262.

[18] Reyes, Alfonso: "Despedida a José Vasconcelos" (1924), *Simpatías y diferencias*, t. II, p. 289.

[19] Reyes, Alfonso: *El suicida, Obras completas*, México, FCE, t. III, 1956, página 302.

intervenían Reyes, Caso, Pedro Henríquez Ureña, Torri, González Martínez, Rafael López, Mediz Bolio, Jesús T. Acevedo, Martín Luis Guzmán, Diego Rivera, Roberto Montenegro, Manuel M. Ponce, Julián Carrillo, Carlos González Peña, Isidro Fabela, Mariano Silva y Aceves, Federico Mariscal, etcétera, o sea casi toda la plana mayor de los intelectuales mexicanos de la época. Este ascenso de un mero cenáculo elitista a todo un movimiento nacional se debió a Vasconcelos, que por la gran influencia que tenía en el régimen maderista, había logrado el apoyo del Estado y procurado unir el Ateneo a la revolución de Madero. En 1912, la lucha del Ateneo dejó de ser un mero ideal cultista y se integró a la mística maderista de recobrar el camino liberal, democrático y nacionalista. En esa conferencia surgió por primera vez el gran mito de Vasconcelos: Ulises, como el aventurero de la "civilización bárbara", mexicana, semejante a los gérmenes de las civilizaciones hindú y griega:

> Una nueva Minerva rejuvenecida y de mirar más dilatado es la que preside el desarrollo del grupo de las naciones latinas de América, es la que trabaja en secreto para modelar el alma de *la futura gran raza que hoy vive como los griegos del tiempo de Ulises*, dispersa y casi incomunicada en medio de un continente mucho más vasto que el antiguo solar helénico.[20]

Los miembros del Ateneo, además de antipositivistas, eran helenistas. La "afición de Grecia" los unía y los diferenciaba. Buscaban en los grandes mitos griegos una alegoría de sus situaciones personales: Vasconcelos escribió *Prometeo vencedor*, Reyes *Ifigenia cruel*, Henríquez Ureña *El nacimiento de Dionisos*, etcétera. A pesar del desconcierto que ha causado, esta afición es poco extraña; como observa Gilbert Highet en *La tradición clásica*, el helenismo era una corriente europea de moda que sobre todo en Francia tuvo un enorme efecto desde finales del siglo XVIII hasta, por lo menos, mediados del siglo XX, y se debía, entre otras razones, a que Grecia era la única opción cultural eficiente contra la cultura monárquica cristiana, que la burguesía en ascenso necesitaba abolir. En Grecia, en su estudio, comenzó la mística republicana: los fundamentos que más usó Rousseau eran grecorromanos, e incluso todos los símbolos liberales (Highet hace un magnífico inventario: gorro frigio, coronas de laurel, haces de varas, águilas en los estandartes; la imitación de arquitectura, vestuario, escultura y pintura romanas, etcétera).[21] No sólo la democracia, sino incluso formas no aceptadas de sensualidad y sexualidad buscaron apoyo en Grecia (el "paganismo" de Pierre Louys y de André Gide). No era tan absurdo como han pretendido los enemigos de Reyes, que en un país cuya clase media quería realizar una nación liberal, sus jóvenes intelectuales, aunque no de un modo muy consciente, fueran atraídos por la moda liberal europea y norteamericana decimonónica de volver a Grecia. Incluso los mayores prestigios artísticos, como Lord Byron, estaban dominados por la mitología griega: romanticismo, democracia, lucha contra tiranías, antipuritanismo, etcétera.

A Vasconcelos le importaban dos cosas de Grecia: primero, en los presocráticos y Homero, la visión (idealizada) de la barbarie no como la servidumbre subhumana que pretendía el positivismo, sino como la más alta inspiración espiritual: los mejores momentos de Grecia, o de la India, fueron los de su barbarie; luego, la categoría nietzscheana de lo dionisiaco.

La influencia de Nietzsche en Vasconcelos fue definitiva y preponderante. Lo liberó de "la Grecia intelectualista, supuestamente serena y tranquila, que nos han inventado los creadores del clasicismo francés, preciso y claro a fuerza de

---

[21] Highet, Gilbert: *La tradición clásica, influencias griegas y romanas en la literatura occidental*, trad. de Antonio Alatorre, FCE, 2 t., México, 1954, t. II, pp. 159 ss.

ser limitado".[22] Nietzsche no sólo marcó poderosamente su pensamiento filosófico, sino su visión pasional de la cultura e, incluso, la inspiración trágica que dio a su propio destino, a su propio personaje: un superhombre que no tuvo la culpa de nacer en un país dictatorial y periférico.

Después de sus fracasos políticos escogerá precisamente a Nietzsche para explicar su propio odio al país, sus insultos rencorosos:

> Y no le quedó a Nietzsche en su soledad ascética otro compañero que el sarcasmo. Imitadores indignos han tomado del filósofo las frases que simulan odio. No comprenden que el odio que no daña, el odio limpio que purifica, es privilegio exclusivo del alma que ha sido capaz de amores grandes, excelsos.[23]

En la víspera de la Revolución, ya decidido maderista, Vasconcelos dió en el Ateneo de la Juventud la conferencia "Don Gabino Barreda y las ideas contemporáneas", en la que empezó a practicar el intuicionismo y el irracionalismo con una prosa que ya abandonaba frecuentemente el tono razonable y paternalista de su tesis de derecho, y buscaba un coloquialismo vitalista de genio que descendía a conversar con quienes no lo eran. Su estilo se enfarraga en vigorosas frases subordinadas que, en su entusiasmo oratorio, terminan asfixiando a la principal, apelando no tanto a la razón cuanto a la eficacia sonora del discurso, a la estupefacción, al pasmo de un público inocente, demasiado dispuesto y hasta impaciente por aplaudir y sacar al autor a hombros.

Vasconcelos agradeció a Gabino Barreda que hubiera introducido en el estrecho ámbito de la cultura católica y española que imperaba en México las ideas modernas de Europa, creando mayor libertad y multiplicando material y opciones para el desarrollo de una cultura mexicana. Pese a todos los vicios del positivismo, Vasconcelos elogió en Barreda el

---

[22] *Manual de filosofía*, 2ª ed., México, Ediciones Botas, 1950, p. 275.
[23] *Ibid.*, p. 432.

intento de un pensamiento científico en México, pero en seguida: "¿Somos hijos legítimos de una tradición verdaderamente científica, o desventurados que sueñan desesperando de la Verdad...?"[24] La generación de Vasconcelos no creció sólo en la escuela positivista, sino también contra ella, alimentándose autodidácticamente de lo que el positivismo dejaba fuera, obras y mitos que fueron enseñándoles el camino de la desobediencia: el impulso vital de Bergson, el culto schopenhaueriano de la voluntad; el Anticristo, la visión dionisiaca de la cultura, la contradicción inspirada en Zaratustra, la rebeldía en apocalipsis de Nietzsche; la "grandeza ininteligible" de Wagner, la tradición espiritual y estética de la literatura castellana clásica, la exaltación de la personalidad en Ibsen, etcétera.

Vasconcelos planteó la lucha contra el positivismo como *a)* Una recuperación del libre albedrío y *b)* De la individualidad, contra determinismos sociológicos; y *c)* La reivindicación del espíritu contra el uso casi bursátil que "los científicos" hacían de la cultura. La apología del espíritu en Vasconcelos surgió con una fuerza proporcional a la opresión porfiriana de las manifestaciones personales y oficialmente inútiles de la cultura.

El mejor momento de esta conferencia fue el planteamiento de la cultura mexicana como una obra difícil, improbable y acaso imposible. Pese al tono de ópera trágica que asumió, resulta esclarecedor de las dificultades de creación intelectual sin tradiciones, en la periferia colonial, en medio de enormes contradicciones sociales y raciales que o estallaban y arrasaban o eran reprimidas brutalmente; un país que no era dueño de sus decisiones y en el que aún no se percibían caminos para lo que fuera; así las cosas, era imposible el éxito del gran individuo; en un país dominado por tiranías el éxito pertenecía a los mediocres y a los serviles, y la dignidad estaba en el fracaso.

[24] "Gabino Barreda y las ideas contemporáneas", *OC*, t. I, p. 52.

Lo que se trunca por alzarse demasiado, conserva vigor en las raíces para recomenzar el asalto a la altura. *La columna rota* es símbolo de un esfuerzo que aguarda otro mañana para volver a bregar. *Obras sin concluir* llaman a las generaciones futuras, nos hacen pensar en que la labor inconclusa se completará con los que aún no vienen, que guarda el destino. Y en el vislumbre del *porvenir, rápido y trágico,* muestra lo que nos falta de inaprehensible y lejano: sentimos la *inutilidad de nuestro individuo y lo sacrificamos* en el deseo de lo futuro, *con esa emoción de catástrofe* que acompaña a toda grandeza.[25]

Poco después empezó la Revolución y Vasconcelos se incorporó a ella; entre 1910 y 1915 no logró concluir ninguna obra, demasiado ocupado en aventuras de la Revolución y sentimentales. Cuando Carranza se instaló en el poder, Vasconcelos redactó rápidamente y publicó, en el exilio, sus primeras obras famosas.

En sus últimos tiempos de estudiante se había iniciado trabajando en asuntos jurídicos como amanuense, ayudante de juzgado y traductor. Uno de sus jefes, Jesús Uriarte, fue ascendido de juez a senador porfiriano; como ayudante suyo, Vasconcelos conoció en esa época a Carranza. Una vez recibido de abogado (1907), Vasconcelos rechazó el apoyo económico de su padre, que quería ponerle un despacho, y se lanzó como una especie de pionero de la abogacía: primero se fue escapando de su jefe, que lo explotaba; luego, recomendado por su amigo Aquiles Zentella, consiguió un puesto de fiscal federal en Durango; finalmente ese mismo amigo lo incorporó a la compañía norteamericana de abogados Warner, Johnson y Galston, que se ocupaba de la legalización de negocios de compraventa de terrenos y minas, de la formación de sociedades anónimas, del desarrollo de litigios, de la composición de contratos, etcétera. Encontró en uno de sus jefes, amigo de José Yves Limantour, una personificación del individualismo dinámico que le entusiasmaba:

[25] *Ibid.,* p. 56. Cursivas de J. J. B.

el jefe de la oficina, míster Warner, cuarentón, pulcro, bien afei-
tado, sonrisa optimista, hombros atléticos, mirada vivaz y ese gesto
de puño apretado de los yanquis de la época de McKinley y el
primer Roosevelt. Por la afición de *pioneer* y confianza imperialista, comprometía su posición en Nueva York con la aventura de
una sucursal en México. Soñando ganancias inmediatas en un futuro ya inmediato, derrochaba, por lo pronto, en un costoso tren
de empleados y oficinas. Oyéndolo hablar media hora, se salía
convencido de que los dólares tendrían que llover. Lo de México
era para él una estación importante, pero de ninguna manera el
fin de sus empresas. Sus negocios abarcarían el continente. Conta-
giado de su optimismo, me anticipé a pedirle la dirección de su
futura oficina en Buenos Aires. Por lo pronto, al retirarse Zentella, me ofreció un aumento de sueldo. Lo acepté reservando mi
derecho un poco teórico de tener clientela propia. Igual que en sus
proyectos era generoso de dinero. Más que tipo a lo Marden o
puritano a lo Samuel Smiles, era un Peer Gynt, poeta del dinero.[26]

Otro de los grandes mitos autobiográficos, individualistas-
dinámicos, de Vasconcelos fue el del enriquecimiento personal logrado por el esfuerzo y la habilidad individuales. En
un país en el que "vivir fuera del presupuesto es vivir en el
error", en que ocurren pocos casos de capitalismo nacional
emprendedor, con oligarquías suntuarias y perezosas y una
burocracia como ejército de sanguijuelas, Vasconcelos, liberal, propuso (basándose en la mitología de la libre empresa,
en el ejemplo empresarial de los Madero y en sus propios
éxitos profesionales) el fortalecimiento de un capitalismo nacional, contra la invasión imperialista norteamericana y la
práctica del saqueo presupuestal de los funcionarios públicos. Esto no tenía nada de especial: Vasconcelos perteneció,
con Madero, a la última generación de mexicanos creyentes en
la mística del liberalismo decimonónico, en el que la democracia y la libre empresa eran valores complementarios y de la
misma importancia. Después vendría la mística populista.
Vasconcelos no descendía de la aristocracia porfiriana: su
libertad individual se apoyaba en *no* depender económicamen-

[26] *Ulises criollo*, p. 256. (*Peer Gynt* es una obra de Ibsen.)

te del Estado, en saber "ganar" (incluso con prácticas de pillo que, como se sabe, entran en la libre empresa) mucho dinero fuera de la burocracia. Su tan proclamada honestidad de funcionario, caso raro, se debió a ello. De hecho, rechazó puestos públicos durante el régimen maderista por la sencilla razón de que sus ganancias particulares eran superiores a cualquier sueldo que hubieran podido ofrecerle. El dinero fue para él símbolo de libertad, de grandeza personales: su independencia frente al gobierno; los mediocres, que no podían lograrlo por sí mismos, eran los que necesitaban mendigarlo o robarlo de las arcas públicas. Dinero y libertad eran lo mismo. Durante el gobierno de la Convención, un zapatista, Juan Banderas, que decía haber sido defraudado durante el maderismo por el "leguleyo" Vasconcelos, trató de matarlo.[27] En su vejez, Vasconcelos aparecería públicamente como amante de los "dolaritos".

Dos rasgos más completan el perfil del joven Vasconcelos, dos cosas que le ocurrieron mientras trabajaba en el bufete Warner: se casó y conoció a Madero.

El matrimonio, opuesto "a mi verdadera naturaleza de eremita y combatiente",[28] le llegó antes que (y en lugar de) el amor. Aun en sus más necios momentos moralizantes de vejez, que los sectores conservadores aprovecharon (con la anuencia y la ayuda premeditada de Vasconcelos), hubo un aspecto que no encaja fácilmente en la figura ejemplarmente católica y reaccionaria del viejo Vasconcelos: su odio a la institución familiar. Lo mejor que pudo decir de sus padres fue que habían tenido el buen gusto de no ser una familia modelo: "En mi familia, quizá por los frecuentes viajes, el espíritu de clan se había relegado por obra de esa simpatía y sociabilidad que se extiende a los compañeros de ruta."[29]

[27] Guzmán, Martín Luis: *Memorias de Pancho Villa*, 10ª ed., México, Compañía General de Ediciones, 1967, pp. 765 y ss.

[28] *Ulises criollo*, p. 262.

[29] *Ibid.*, p. 70. *Cf.* Hilton, Ronald: "José Vasconcelos", *The Americas*, VII, abril de 1931, pp. 395-412.

Adolescente, se comenzó a rebelar incluso contra los amistosos "compañeros de ruta", a plantear contra ellos su individualidad. Su juventud no tuvo un gran amor, sino la búsqueda del Gran Erotismo Promiscuo: búsqueda de "mujeres turgentes", cinturas elásticas que prometían voluptuosidades sin fin, que le llevó muchos años: las sirenas trágicas (Sofías Adrianas, Beatrices, Charitos, Valerias, etcétera) de su autobiografía. Es una desgracia que las páginas que consagró al relato y al análisis de sus pasiones no se liberen del estilo y del sentimiento grandilocuentes del corazón apasionado. Sin embargo, representa un rasgo único en la cultura mexicana libresca, aunque habitual en la popular, que el personaje-macho narre doloridamente en primera persona su vida amorosa como la del amante fracasado, no a la manera romántica del *Nocturno a Rosario*, sino concretamente: fracaso por torpeza, por egoísmo, por exceso y/o inapetencia sexual y sentimental, como en *El desierto del amor* de Mauriac.

En sus últimos años, como puede comprobarse tanto en la *Estética* como, sobre todo, en *Letanías del atardecer* (uno de los peores escarnios autobiográficos de la vejez que tiene nuestra literatura), Vasconcelos se guareció en un agrio misticismo católico contra el matrimonio. Y sentía *asco* de su cuerpo feo y deserotizado. Aunque Marx y Freud fueron sus enemigos más socorridos, del primero tomó muchas nociones —mal aprendidas— durante su época revolucionaria; del segundo, en cambio, la introspección de sí mismo como ser sexual. El matrimonio le parecía nefasto por su simulación de amor. Si, como López Velarde, era un "enfermo de lo absoluto" en los terrenos de la sensualidad, y andaba enloquecido tras Grandes Mitos Eróticos (caprichosos, turgentes, etcétera), el matrimonio —en que fracasó— lo hundía, según su opinión, en la realidad molesta de la miseria cotidiana.[30]

[30] Sobre las semejanzas y diferencias entre Vasconcelos y López Velarde *Cf.* en las *Obras* de éste (México, FCE, 1971) la nota crítica con que recibió *El monismo estético* (p. 251).

Explícitamente sus apologías del misticismo y hasta del celibato se fundaban en una desolada exposición personal de la miseria amorosa. Y postuló el matrimonio como una institución mezquina, apta para mediocres, que impide el mal de la pasión: el desastre emotivo de la pasión.

El matrimonio fue para Vasconcelos la prisión que salvaba de amar demasiado al hombre desvalido; la familia, la prisión que evitaba que el hombre desvalido sufriera demasiada soledad: sólo los genios *pueden* vivir solos. Su individualismo dinámico fue un caso de soledad; el genio, el místico y el artista, los casos de soledad absoluta. Sus admiradores conservadores le perdonaron "la vasconcelada" de renegar de la familia, del gran amor y del matrimonio, a cambio de otros servicios que Vasconcelos les prestó en favor del orden moral establecido, y se lo perdonaron como mera anécdota: *Nobody is perfect.*

III. DE MADERO A CARRANZA

Poco después de haber publicado *La sucesión presidencial* (1908), Madero conoció a Vasconcelos y lo invitó a unirse a su movimiento. "Yo no tenía motivo de queja contra el régimen... Sin pertenecer ni remotamente a cualquiera de las facciones gubernamentales, veía crecer mis entradas, poseía casa propia y porvenir seguro. Pero ¿qué sabe nadie de los motivos profundos que van determinando un destino?" [1]

Vasconcelos señaló dos de estos motivos: la repugnancia personal por la "cosa podrida y abominable" del porfirismo y la reacción instintiva contra los atropellos. Había por lo menos otros dos: por un lado, el porfirismo no ofrecía espacio de acción para los individualistas, a los veinticinco años Vasconcelos había logrado casi todo lo que podía conseguir en ese estado de cosas: para poder actuar necesitaba un campo con mayores oportunidades liberales. Luego, la clase media creía que, una vez abatida la anarquía decimonónica, se podría realizar finalmente el viejo ideal de nación liberal. Un movimiento como el de Madero le ofrecía ambas cosas.

Con Gustavo y Francisco I. Madero, Filomeno Mata, Roque Estrada, Emilio y Francisco Vázquez Gómez, Félix Palavicini, Federico González Garza y Luis Cabrera, entre otros, fundó en 1909 el Centro Antirreeleccionista de México, bajo el lema "Sufragio efectivo y no reelección", cuya redacción Vasconcelos se atribuye.[2] Ese mismo año se encargó de editar, con Palavicini, el periódico maderista *El Antirreeleccionista*, que duró seis meses hasta que lo clausuró el gobierno, además de organizar mítines y colaborar con los otros miembros en la elaboración de programas y consignas.

[1] *Ulises criollo*, p. 305.
[2] *Ibid*. p. 306.

—Usted puede soñar en democracia, compañero, porque ha pasado su vida en la capital [le dice Díaz Soto y Gama], no conoce a nuestro pueblo. El campo no está preparado sino para la abyección. La única política eficaz es la de Pineda —el gerente del porfirismo—, una política de pan y palo, o sea un despotismo ilustrado.

La propaganda sindicalista norteamericana de la Industrial Workers of the World (IWW) y de la American Federation of Labor empezaban a influir poderosamente en sectores pequeños de la población, que por el momento apoyaban a Madero, así como grupos campesinos que con el pretexto maderista estallaron en revuelta contra la opresión social y económica, no sólo política. Poco antes de las elecciones, la policía porfirista persiguió a Vasconcelos a causa de un artículo maderista publicado en ese periódico y tuvo que huir con González Garza a San Luis Potosí. Jesús Flores Magón consiguió que se le levantara la orden de aprehensión; Vasconcelos pudo salir del país y se estableció en Nueva York trabajando como traductor. Ahí lo encontraron las noticias de la Revolución. Madero lo nombró secretario de Vázquez Gómez, quien era agente confidencial del maderismo en Washington; luego, cuando Vázquez Gómez regresó a México, Vasconcelos se quedó en los Estados Unidos como jefe de la agencia confidencial, hasta la renuncia de Díaz. Entonces regresó a la capital a organizar, como vicepresidente, el Partido Constitucionalista Progresista, que lanzó la fórmula electoral Madero-Pino Suárez.

Hizo dos cosas como agente confidencial de Madero en los Estados Unidos: promover la propaganda antiporfirista en la prensa norteamericana más liberal y, en sus semanas de ocio, descubrir nuevos autores, ideas y libros en la Biblioteca del Congreso. Leyó por fin en sus fuentes (aunque en inglés) a los griegos, la patrística, los indostanos (Max Müller y Aldenberg), la filosofía de la época, los títulos de divulgación científica, los autores de moda (sobre todo Ruskin) y fue un visitante permanente de museos.

Triunfó Madero. Vasconcelos regresó a México, pero no aceptó ningún puesto público, ya que como abogado obtenía, según dice, mayores ingresos en un mes que los de un ministro en un año. Mucho debió favorecer a esta prosperidad profesional la gran influencia y el prestigio que Vasconcelos ganó en el régimen maderista. Era el intelectual oficial, el defensor periodístico de Madero contra la vieja guardia de intelectuales porfiristas. Vasconcelos logró notoriedad en el periodismo, como caballero defensor de dos causas: Madero y Adriana (Elena Arizmendi Mejía).

Adriana aparece en las últimas páginas de *Ulises criollo* y su figura apasionada domina toda *La tormenta*. Se presentó en 1911 en el despacho de Vasconcelos, con tarjeta de Madero, pidiéndole que la defendiera ante la opinión pública de una campaña de difamación que la prensa porfiriana venía sosteniendo contra ella. Era una mujer guapa, de carácter aristocrático, ociosa y sentimental: a veces todo esto se juntaba y la hacía aparecer un poco loca. Por puro "idealismo" había organizado un ejército maderista de enfermeras neutrales, porque la Cruz Roja porfiriana se había negado a atender a los revolucionarios. La prensa no perdonaba a las mujeres que fueran maderistas, e inmediatamente las incluía en el esquema depredatorio de la "vida galante". Vasconcelos comprometió su pluma en su defensa[3] y se enamoró de ella. Esta pasión, evocada más de veinte años después, constituiría uno de los momentos amorosos más intensos de nuestra narrativa, y confirmaría anticipadamente tesis como las de Denis de Rougemont de que el amor que fracasa en el matrimonio esplende doblemente en la imaginación y en el adulterio. Para López Velarde el amor fue la sensualidad de lo imposible; para Vasconcelos, de lo efímero y lo arrebatado:

[3] *El Demócrata Mexicano*, México, 7 de diciembre de 1911.

la imposibilidad de prestigiar su amor por Adriana con el matrimonio multiplicó sus ansiedades eróticas.

La función principal que cumplió Vasconcelos en esa época fue una de política cultural:

> Los amigos del Ateneo me nombraron su presidente para el primer año maderista, cuya vida económica precaria yo podría aliviar. Además, podría asegurarle cierta atención del nuevo gobierno. Y no volví a llevar trabajos a las sesiones, sino que incorporé a casi todos los miembros del Ateneo al nuevo régimen político nacional, creándose la primera Universidad Popular.[4]

Algo más. Antes de 1912, el Ateneo era un mero cenáculo literario: la mejor *élite*, pero un grupo restringido de talentosos amigos, sin mayor programa que una común avidez de cultura. Cuando Vasconcelos prácticamente se apoderó del Ateneo y le cambió de nombre, Ateneo de México, lo convirtió en una institución nacionalista que aglutinó a un impresionante catálogo de intelectuales y artistas, con una tarea específica, "la rehabilitación del pensamiento de la raza".[5]

Con Madero, México apartó su atención oficial exclusiva de los Estados Unidos y buscó reincorporarse a la tradición y la solidaridad latinoamericanas; el Ateneo de México invitó a José Santos Chocano, a Pedro González Blanco y a Manuel Ugarte.

Vasconcelos hizo que el Ateneo de México funcionara como un ministerio de cultura extraoficial. Su principal dependencia, la Universidad Popular Mexicana, se propuso la educación de los obreros y de todos los adultos que lo desearan, a través de cursos y conferencias que gratuitamente darían los miembros del Ateneo, además de conciertos, lecturas, etcétera. Se declaró una institución laica y apolítica (no partidista). En ella intervinieron Jesús T. Acevedo, Antonio Caso, Jorge Enciso, Pedro González Blanco, Enrique Gonzá-

---

4 *Ulises criollo*, pp. 389-390.
5 *Ibid.* p. 320.

lez Martínez, Fernando González Roa, Martín Luis Guzmán, Pedro Henríquez Ureña, Alba Herrera y Ogazón, Guillermo Novoa, Alfonso Pruneda, Reyes y Vasconcelos.[6] La administraba el entonces favorito de Vasconcelos y luego odiado "Pansi" de la autobiografía: Alberto J. Pani. Y sobrevivió hasta 1920, en que Vasconcelos la incorporó como extensión de divulgación a la Universidad Nacional, cuando era rector.

En realidad, la Universidad Popular Mexicana sirvió de poco: débil anticipo del ministerio vasconcelista, organización filantrópica. Pero fundó la mística de la educación para el pueblo, socorrida bandera de los gobiernos posrevolucionarios, y agrupó en un *establishment* nacionalista, presidido por Vasconcelos, a los intelectuales y artistas de la época: configuró la imagen de una cultura mexicana como un movimiento anticolonialista, bolivariano, un poco indigenista. Desde los grandes momentos de la Reforma no ocurría nada semejante. Con ella empezó el mito de Vasconcelos como el Descolonizador, el "Caballero del Alfabeto" (como lo llamaría en 1924 Alfonso Reyes), el apóstol de la cultura mesiánica. Y los inicios de ese mesianismo apenas tenían, como el propio Cristo, lugar donde apoyar la cabeza: Pani consiguió donativos para alquilar unos feos cuartos en el piso superior del Teatro Díaz de León.

A los treinta años, Vasconcelos ya tenía esbozados, casi todos los principales rasgos de su carácter y de su personaje, y quedaría limitado en ellos. Representaba una mística y una generación que fueron abolidas, como el propio maderismo, antes de que pudieran lograr definiciones, obras y actitudes sólidas. Incluso puede dudarse de que hubieran llegado a realizarlas. La Revolución rebasó y desechó esa mística y a esa generación. Los antirreeleccionistas fueron sustituidos por las tropas villistas, carrancistas, zapatistas, etcétera. La mística liberal por la mística populista. Vasconcelos quedó

[6] Pani, Alberto J.: *Mi contribución al nuevo régimen*, México, Ed. Cultura, 1936, p. 121.

dibujado y circunscrito en el maderismo; en gran medida, sus fracasos se debieron a que durante toda su vida actuó como si Madero y su época no hubieran muerto.

Al comenzar el siglo XX en muchos países se derrumbaba la mística republicana, y corrientes anarquistas y socialistas convulsionaban el mundo liberal decimonónico, cuyos últimos representantes veían el nuevo siglo con terror apocalíptico. En Francia el fin de esa mística fue el caso Dreyfus, que marcó a toda una generación y encarnó política y culturalmente en la figura de Charles Péguy, una vida paralela en algunos aspectos a la de Vasconcelos. En 1910 Péguy publicó *Nuestra juventud*:

> Somos la última generación con mística republicana. Casi la posterior a la última. Exactamente después de nosotros comienza otra edad, un mundo completamente diverso, el mundo de quienes no tienen esa mística. El movimiento de *desrepublicanización* de Francia es profundamente lo mismo que el movimiento de su *descristianización....*
>
> Todo comienza en mística y termina en política. El interés, la cuestión, lo esencial está en que la mística no vaya a ser devorada por la política que ella misma ha engendrado.[7]

A Péguy le tocó encarnar el fin de una mística republicana que no sólo había existido dinámicamente durante más de un siglo, sino que además había llegado a cristalizar en formas que los republicanos llamaron "grandeza" y "gloria". Revoluciones, leyes, instituciones, himnos, debates parlamentarios, Michelet y Victor Hugo, polémicas, arrebatos periodísticos, héroes románticos, mártires y "grandes hombres", con un vocabulario de creyentes: justicia, igualdad, libertad, democracia, progreso y, encima de todas, la más hipnotizante: la *Nation Française*. La acción republicana contra la antigua vida monárquica propició en Europa una mística, reflejo y complemento del empuje económico de la burguesía. Un sis-

---

[7] Péguy, Charles: *Notre jeunesse* (1910), París, Gallimard, NRF, Idées, 1969, pp. 13 *ss*.

tema de entusiasmos y de fe en valores e instituciones: las libertades, la igualdad jurídica, la razón, la ley, la libre empresa, la aventura individual, el impulso sobrehumano de los grandes individuos que —liberados del coercitivo Dios monárquico— se atribuyeron un destino sin límites. Las aristocracias económicas o del espíritu quedaron en subasta pública, al alcance de todos los que se "esforzaran" en llegarles al precio. La cultura usurpó entonces la grandeza de la religión: un imperialismo de la razón (o, entre los heterodoxos, del "espíritu"). A la serenidad y a la elegancia aristocrática de la cultura cortesana (Racine), siguió la declamación burguesa: la Gloria, la Pasión, el Heroísmo, la Moral individual, el Libre Albedrío, la Genialidad, la Acción, la Razón, la Inspiración personales: Victor Hugo.

La cultura europea decimonónica tuvo en sus momentos de apoteosis esa mística; en México, en cambio, donde no existía el empuje de una sociedad burguesa, la mística republicana fue exclusivamente una mística militar: la lucha contra invasores. México era lo que no eran los invasores; contra ellos se construyó la nación liberal. Muerto Juárez, los motivos nacionalistas ocuparon el mismo lugar formal que las instituciones republicanas, ornamento de un país que no era democrático ni nacionalista, y la única gloria individual posible, la única mística, era la del Caudillo.

Madero significaba realizar una mística y una vida republicanas. Hacer posible el liberalismo que la dictadura impedía. Un Estado democrático, representativo y federal; una Ley vigente, por encima de caudillos; un libre juego para potencialidades individuales; una vida institucional ajena a la arbitrariedad, a la crueldad y al despotismo; libertades: expresión, pensamiento, reunión; libertad de empresa; una nación capitalista moderna, una sociedad de ciudadanos con espacio real para los individuos fuertes, dinámicos y ambiciosos, etcétera.

El retrato que Vasconcelos hizo de Madero fue la descripción de un modelo de ciudadano: el "hombre representativo" del nuevo país:

> Viéndolo moverse en la pantalla del cinematógrafo, recordamos el tipo de esos políticos franceses, encumbrados a fuerza de talento y honestidad... su educación es la del hombre de empresa, creador de bienes en la industria... no rico a la manera colonial mediante la explotación del trabajo ajeno en el latifundio, sino en la forma moderna del *pionner* y del constructor... A la economía de la encomienda, del latifundio, acaso correspondía todo aquel militarismo de Santa Anna a Porfirio Díaz; pero el renacer de la clase media, la aparición de la industria, los ferrocarriles, la vida moderna del país, todo estaba exigiendo una transformación del gobierno de la dictadura a la democracia.[8]

Esto implicaba la construcción (o recuperación) de la nacionalidad: "despertar el alma de la nación o *crearle un alma* a la pobre masa torturada de mexicanos", a partir del pasado liberal.[9] Un caudillo civil, encumbrado no por batallas, sino por luchas institucionales; no a partir de los gritos de exterminio que venían rigiendo la historia de México (¡Mueran los gachupines!, ¡Mueran los reaccionarios!), sino de consignas de unidad en torno a la "clase civilizada" y de la instauración de "una nueva legalidad", cuya práctica nacionalista se oponía a dar concesiones agrarias y petroleras a extranjeros y buscaba fomentar un capitalismo de libre empresa, así como un sistema social menos rígido (educación rural, intentos agrarios y sindicalistas, etcétera).

Pero al licenciar las tropas irregulares, Madero quedó bajo el poder de esa especie de "triple alianza" que Vasconcelos llegó a ver como enemigo eterno de los afanes redentores en la historia de México: los mexicanos ruines (serviles al imperialismo, ejército), las masas (embrutecibles y manipulables) y los Estados Unidos, para quienes el nacionalismo

---

[8] *Breve historia de México*, 17ª ed., México, Cía. Ed. Continental, 1974, pp. 423-425.
[9] *Ibid.*, pp. 426 ss.

democrático de Madero resultaba perjudicial. El ejército porfiriano, Emiliano Zapata y Henry Lane Wilson son, en los últimos capítulos de *Ulises criollo*, los jinetes del apocalipsis maderista.

Resulta extraño que Vasconcelos no captara en el triunfo de Victoriano Huerta la imposibilidad de sus aspiraciones democráticas. Las clases "civilizadas" (que supuestamente querían un país republicano y nacionalista) no apoyaron a Madero (la prensa era antimaderista) y, en cambio, exaltaron unánimemente a Huerta; su interés era evitar el caos de movimientos sociales —el mismo argumento de Abad y Queipo contra Hidalgo: la clase dirigente no debía propiciar la explosión de las masas. Independencia o colonia, dictadura o democracia eran cosas de menor interés ante el peligro de esa explosión. Más valía la paz que la democracia; los proyectos republicanos, individualistas, cayeron como las propias ciudades al paso de desmedrados y voraces ejércitos populares, a los que la "nación liberal" importaba poco. Tenían rencores, venganzas y consignas particulares: desayunaron en Sanborn's, se sentaron en la silla presidencial, hicieron fiestas de balas. Mientras Vasconcelos trataba de formular toda una mística republicana para asfixiar la "barbarie" revolucionaria, en la Convención de Aguascalientes, Díaz Soto y Gama insultaba la bandera: el símbolo de la nación era enemigo de la lucha zapatista. Ya antes Ricardo Flores Magón había divulgado que el nacionalismo era un instrumento de opresión por parte de la clase dirigente.

Al contrario de la gran mayoría de los intelectuales y de las personas civilizadas, Vasconcelos jamás apoyó a Victoriano Huerta; pero sus ataques resultaron blandos y casi amistosos en comparación con los que lanzaría contra Carranza, Calles, Cárdenas. El propio Huerta lo veía como uno de los suyos: en su gobierno podría prosperar, la pacificación del país y el mejoramiento de relaciones con los Estados Unidos sin duda llevarían buenos clientes a su despacho de abogado. Huerta mandó apresar a Vasconcelos, ¡para conversar con él!

Le dijo:

> Yo estoy pacificando el país y hombres de influencia en la opinión como usted pueden ayudarme en esa empresa... Lo invito, pues, a que siga al frente de su estudio de abogado y lo autorizo para que se comunique conmigo si alguien le causa la menor molestia...[10]

Lo liberó inmediatamente; la prensa, al enterarse de que Huerta le había ofrecido su amistad, cambió inmediatamente los insultos por el respeto: "El elogio de aquellas gentes iba a ser nuestro estigma."

Vasconcelos aprovechó su libertad para preparar su fuga: huyó a La Habana y desde ahí se puso a las órdenes de Carranza. De La Habana viajó a Washington, donde recibió órdenes de trasladarse a Inglaterra como agente confidencial del constitucionalismo para boicotear las finanzas internacionales de Huerta. En realidad, ni la misión era importante ni produjo resultados. Mientras crecía en México la Revolución, Vasconcelos vagaba por Europa con Adriana y vivía emocionantes aventuras sentimentales y culturales: luna de miel en Inglaterra, Francia y España —doblemente de miel por ser adúltera—, entre alcobas y museos, celos y proyectos filosóficos. Después regresó a México, vía los Estados Unidos, y en la frontera se unió a los carrancistas.

En *La tormenta* Vasconcelos se dibujó a sí mismo como un personaje de novelas que gracias a su ingenio, a su suerte, a sus dioses tutelares, a sus cualidades físicas y de simpatía, va arrastrando y venciendo con mayor o menor facilidad una serie de peligros, en un ámbito de individuos. Su gran fracaso como narrador de la Revolución fue que jamás vio en ella a las masas; sólo a personajes individuales (Maytorena, Antonio Villarreal, Villa, Zapata, Calles, Obregón, Carranza,

---

[10] *La tormenta*, 7ª ed., Ediciones Botas, México, 1948, p. 25.

etcétera) que se reiteran: corren, se arriesgan, se divierten, cometen infamias o virtudes, suben o caen. Sólo los individuos son expresables, la masa es algo menos que un simple escenario geográfico; la Revolución no es de las masas, sino de una veintena de personajes. Aprehensiones, fugas, teorías, chistes, chismes, anécdotas, trucos, amores, crepúsculos, paisajes, iras, pasmos que destacan en el laberinto de la patria revolucionada. La única dimensión narrativa (e ideológica) que las masas tuvieron para Vasconcelos fue la mítica: cada rostro de soldado, de campesino, como una década después cada rostro de obrero callista, era el rudo rostro de la barbarie indígena dispuesta a entrar a saco en la civilización.

Para Vasconcelos la Revolución no era propiedad de las masas, sino de sus dirigentes: una especie de tesoro cuyo dueño legítimo era Madero, y por tanto sus verdaderos descendientes, a quienes personas diversas, con fines personales, se lo arrebataron como botín:

> El gran ideal maderista de la unión de todos los mexicanos bajo un programa civilizado y legal, era generalmente relegado y cada uno luchaba por su ambición, cada uno bajo el antifaz de reformas sociales inauditas, exageradas, irrealizables.[11]

Esa visión individualista de la historia, en la que se jugaban virtudes y actitudes personales: honor, valentía, etcétera, como en una obra de teatro, no comprendía las luchas multitudinarias, y las definía como mera farsa: "Si son muchos, corremos; si son tantos como nosotros, nos retiramos; si son pocos, nos escondemos, y si no hay nadie... éntrenle, muchachos, que para morir nacemos."[12]

O como desastre:

> Pobre América, continente moroso; razas de segunda que vivieron siempre en el mismo oficio en que andábamos nosotros, la caza del hombre. Malditos los villistas, fanáticos de un criminal;

[11] *Breve historia de México*, p. 452.
[12] *La tormenta*, p. 280.

y perros los carrancistas, con sus uñas listas; peor que cafres los zapatistas, 'quebrando' vidas con la ametralladora, tal como antes, sus antepasados, con el hacha de obsidiana.[13]

Al triunfo del constitucionalismo, Carranza lo nombró director de la Escuela Nacional Preparatoria, pero lo cesó después de unas semanas porque Vasconcelos se negó a pronunciarse contra Villa y Zapata, que ya rivalizaban con Carranza. Pese a todo su odio por esos caudillos, Vasconcelos reconocía que eran ellos quienes estaban haciendo la Revolución, mientras Carranza le parecía una especie de bufonesco emperador de la barba florida ocupado casi exclusivamente de emperifollarse para desfilar galantemente por las plazas que Villa y Zapata conquistaban. Casi simultáneamente al cese vino la orden de aprehensión y, nuevo prisionero de Zenda, el 16 de octubre de 1914 Vasconcelos huyó de la cárcel carrancista descolgándose desde la ventana de su celda por sábanas anudadas, mientras una bella mujer entretenía amorosamente a los policías. Se dirigió a Aguascalientes, a la Convención. Ahora era villista, no porque creyera en Villa o lo admirara, sino porque la oposición a Carranza proponía ciertas formas democráticas, y las formas democráticas eran precisamente el campo de Vasconcelos. En la Convención de Aguascalientes dio forma jurídica a la voluntad de Villa y de Zapata de desconocer a Carranza. A sugerencia de Villarreal redactó un alegato que otorgó a la Convención la suprema soberanía nacional y, por tanto, se la sustrajo a los caudillos: o sea, en ese momento, al caudillo dirigente, Carranza.

En síntesis, *La Convención militar de Aguascalientes es soberana*[14] defendía: *a)* Que la soberanía nacional residía en el pueblo, que en tiempo de paz la hacía valer mediante votos y en tiempo de revolución mediante asambleas revolucionarias; *b)* Que la Revolución era el cumplimiento del artículo 128 de la Constitución de 1857, que preveía que cuan-

---

[13] *Ibid.*, p. 260.
[14] *Ibid.*, p. 170 *ss.*

do el orden constitucional fuera roto, el pueblo debería
restablecerlo; *c)* Que Carranza había sido nombrado primer
jefe del Ejército Constitucionalista por sus tropas, pero que
no podía actuar como presidente mientras el pueblo no lo
nombrara como tal, mediante votos democráticos o mediante
una asamblea revolucionaria eficiente; *d)* Que al desaparecer los poderes legales, la soberanía recaía en el propio pueblo, al cual representaba la Convención que, por tanto, era
el único poder nacional soberano, sólo inferior a un Congreso
Constituyente futuro. La Revolución era el trámite para *res-
taurar* el orden institucional liberal que Porfirio Díaz había
quebrantado. ¡Qué diferencia con "la revolución es la revolución", de Luis Cabrera!

La Convención eligió como presidente a Eulalio Gutiérrez,
quien nombró a José Vasconcelos ministro de Educación
Pública.

El gobierno de Eulalio Gutiérrez fue, entre otras cosas, uno
de los ejemplos más tristes de la función de las instituciones
y formas democráticas durante la Revolución. Mientras Eu-
femio Zapata y Villa se trepaban y hacían fotografiar en el
insigne sillón presidencial, el "gobierno legítimo" tenía que
huir de las humillaciones de las tropas villistas y zapatistas
y alquilar un edificio en el Paseo de la Reforma. Sus ministros se veían obligados a suplicar el favor de los generales,
que casi nunca lo concedían, para resolver cualquier cosa;
Vasconcelos llegó al ruinoso palacio de Tolsá a abrir a em-
pellones cuartos polvosos y clausurados. Y nada se podía
llevar a cabo, más que evitar enfrentamientos y humillaciones por parte de las tropas, verdaderas dueñas de la ciudad,
que se divertían mucho con la torpeza y desprotección de
todo un gobierno nacional, con ministros y presidente, inca-
paz de otra cosa que no fuera organizar elegantes banquetes
para el cuerpo diplomático (a los cuales llegaban los dorados
y los zapatistas a comer con los dedos, a sorber ruidosamente, a echar balazos, a escupir y hablar a gritos y majaderías)

y lanzar documentos inermes y presuntuosos como el del 13 de enero de 1915, que cesaba por decreto a Carranza, a Villa y a Zapata.[15]

El gobierno de Eulalio Gutiérrez huyó de la capital. Crecía la lucha entre las facciones. En Saltillo, la víspera de la rendición de la plaza, los últimos miembros de ese gabinete se repartieron como exiguo botín los restos del tesoro público que administraban: cinco mil pesos oro, de los cuales a Vasconcelos le tocaron mil doscientos cincuenta:

> Juntos emprendimos el viaje hasta Nueva York. Quedaron enterradas las ilusiones de la Convención. La bandera de la Asamblea, firmada por tanto perjuro, la rescató Villarreal, la depositó en un banco de Texas.[16]

Cuando, después de una emocionante fuga hacia el Norte perseguidos por todas las facciones, los miembros del gobierno de Gutiérrez llegaron a salvo a los Estados Unidos, trataron todavía de recobrar el poder apelando a la instancia mayor: Vasconcelos pidió en vano a Washington que reconociera ai gobierno vencido; en octubre de 1915 perdió sus esperanzas y se retiró a la vida privada, pues el gobierno norteamericano reconoció a Carranza. Una compañía norteamericana le dio empleo, The International Correspondence Schools, de Seraton, Pennsylvania, como director de su sucursal en el Perú.

La tormenta fue la crónica del terror con que los mexicanos liberales vieron a las masas adueñarse de la Revolución y ocupar el país, la violencia y la ignominia de sus manipuladores. Abundan en ese tomo párrafos como éstos:

> ...el remedio de toda esta lepra que es nuestra crueldad, sólo podría hallarse en un cambio total de métodos y hombres, en un nuevo esfuerzo a lo Quetzalcóatl; en una condenación previa de

[15] *Ibid.*, pp. 235-248.
[16] *Ibid.*, p. 329.

toda nuestra sucia historia, plagada de mentira y manchada incesantemente por prácticas que son un crimen...

...era inocencia suponer que la barbarie desencadenada puede engendrar instituciones; engendra nuevas y más feroces tiranías...

...la orgía de caníbales que hoy llaman la Revolución...

...no conocía por entonces la ilimitada pasividad, la paciencia ovejuna, la tolerancia criminal de nuestro pueblo, para con todos los dictadores que saben usar el terror.[17]

[17] *Ibid.*, pp. 95, 133, 171 y 374.

IV. HACIA LA SECRETARÍA DE EDUCACIÓN

Asistiré con una sonrisa depravada
a las ineptitudes de la inepta cultura,
y habrá en mi corazón la llama que le preste
el incendio sinfónico de la esfera celeste.

RAMÓN LÓPEZ VELARDE

EN EL exilio, entre 1916 y 1919, Vasconcelos publicó cuatro obras que intentaron fijar una posición anticolonialista para la cultura latinoamericana: *Pitágoras, una teoría del ritmo, El monismo estético, Prometeo vencedor*, todas de 1916, y *Estudios indostánicos*, de 1919, que excluyen una visión eficaz de las causas económicas y sociales (apuntan preferentemente a motivos de filosofía e historia del arte como motores históricos). Tuvieron éxito inmediato, tanto en su práctica desde la Secretaría de Educación, como en los argumentos y el impulso que dieron a toda la corriente cultural anticolonialista iberoamericana hasta que, con los movimientos populares que fueron ocurriendo en los diversos países, se habrían de ver relegadas y parcialmente desechadas por posiciones socialistas.

Esos libros representaron una polémica con la cultura mundial predominante —positivismo, determinismo, evolucionismo social, pragmatismo, etcétera—; situados en este marco ideológico propusieron un nuevo espacio cultural a través de diversos malabarismos:

a) Acabar con el monopolio de Europa como modelo histórico a seguir. Como los norteamericanos, Vasconcelos opuso a la "decadencia de Occidente" el surgimiento de nuevos mundos jóvenes, pero a diferencia de aquéllos encontró en la juventud de América *no* una "Europa más pura", sino una anti-Europa: el germen de una civilización nueva, intuida a

68

partir de otros modelos históricos: los orígenes bárbaros de Grecia y la India.

b) Al proponer la Grecia de Pitágoras y la India de Buda como modelos históricos, la América de Vasconcelos dejaba de ser una sub-Europa y surgía la posibilidad de que lograra, por medio de una cultura original, una personalidad independiente. Las "lacras" de la historia iberoamericana, como su "barbarie", su "impureza" racial y su "geografía tropical" se volvían virtudes. La barbarie no conducía a lo subhumano, sino a lo suprahumano; tomando a Nietzsche, Vasconcelos dividió el globo terráqueo en zonas apolíneas (el Occidente agonizante en el apocalipsis de la primera Guerra Mundial) y en zonas dionisiacas (los nuevos mundos). El mestizaje, la "degeneración" de la raza blanca por su contacto con indios y negros, ya no sería el obstáculo insalvable para la europeización, sino el camino a una grandeza. Grecia y la India surgieron de mestizajes: "Sólo las razas mestizas son capaces de las grandes creaciones."[1] Asimismo, la India proporcionaba un ejemplo contra las teorías de la geografía bárbara de América que la predisponían a una situación colonial: la civilización indostana y la inminente civilización iberoamericana eran "frutos natos de los lugares que están henchidos de las potencialidades todas del planeta".[2]

c) De lo anterior brotaban simultáneamente un nuevo ideal de sociedad y un nuevo ideal de individuo, opuestos al ejemplo europeo. Una sociedad originaria: "Los iniciadores de una tradición... el espectáculo sorprendente de paisajes y acciones que todavía nadie ha contado... también cierta novedad de corazón, pues el cruce de razas [nos otorga] un periodo de indecisión y de elección extraordinariamente propicio para el milagro."[3] Una sociedad movida por energías aún no sofocadas por la decadencia, que liberaría a la hu-

---

[1] *Estudios indostánicos*, 3ª ed., México, Ediciones Botas, 1938, p. 27.
[2] *Ibid.*, p. 29.
[3] *El monismo estético, OC*, t. IV, pp. 44 ss.

manidad de la cultura utilitaria y pragmática. Una sociedad que no aspirara a alcanzar la etapa histórica de Europa, sino la de los *Upanishads* y las sentencias pitagóricas (lo que, oblicuamente, significaba un programa de asimilación e identificación de las artes prehispánicas y populares de México, incluso cierta indigenización estetizada de la población moderna del país). Paralelamente, el ideal de individuo postulaba, en oposición al empresario y "científico" que se había venido promoviendo como ejemplo, los mitos de Pitágoras, Prometeo, Buda y las personalidades heroicas como Beethoven, Nietzsche y Dostoyevski, pero, sobre todo, a los héroes de la antigüedad germánica de Wagner. Todos estos elementos, con marcada preeminencia sobre los conocimientos arqueológicos de la época, configurarían el mito de Quetzalcóatl que Vasconcelos habría de promover afanosamente.

d) Esta visión de la historia como una lucha metafísica de hechos, símbolos y categorías culturales, con marcada exclusión de lo económico y lo social, exigía una actitud similar al tratar de intervenir en ella: un mesianismo cultural. El intelectual, sacerdote del espíritu, se veía llamado a dos misiones: realizar una tarea de síntesis de la cultura universal para que Iberoamérica se liberara de interpretaciones imperialistas y dotara de los instrumentos del conocimiento (tareas que, en sus respectivas especialidades, trataron de cumplir también Henríquez Ureña, Reyes, Caso y Torri), y posteriormente realizar una filosofía iberoamericana, un sistema que, como producto de esa novedad y de sus características, organizara e impulsara el pensamiento de la raza.

Con *Pitágoras* y *El monismo estético* Vasconcelos inició esta última ambición. Una filosofía vitalista, irracionalista, con un apetito de grandeza espiritual que demasiado frecuentemente cayó en lo declamatorio. Así América era una zona dionisiaca y debía rechazarse la vieja filosofía europea y norteamericana que "nos condenaba a concebir el mundo como una sucesión de hechos, que deben ser expresados en

estilo narrativo y detallista".[4] Lo importante no eran los hechos, ni los fenómenos particulares, sino la fuerza general
que los animaba: "Concebimos el universo entero como la
obra multiforme de la energía."[5]

La estética era una síntesis emotiva de esa energía (monismo estético) y su sublimación: la liberaba y encauzaba
rumbo a una superación espiritual según una especie de termómetro, o Escala de Jacob, que de lo inerte crecía a lo exis-
tente (cosas), a lo vivo (plantas y animales), a lo humano, a
lo angélico y finalmente a lo absoluto; o bien regresaba des-
andando estas etapas o grados de la escala hasta el derrumbe
de lo humano en lo bestial y en la masacre.

La función redentora de la estética —que modificaba éti-
camente al hombre al dirigirle ascendentemente su energía,
cosa que Vasconcelos tomó de las interpretaciones filosó-
ficas sobre Pitágoras— fue básica en el proyecto educativo
y cultural que practicaría en la Universidad y en la Secretaría de Educación entre 1920 y 1924, y en la tradición oficial del arte que "florece" la esencia nacional antes desga-
rrada en la Revolución. Vasconcelos fue el origen y el motor
de la práctica mexicana del arte popular como pedagogía
cósmica, y ni las posteriores concepciones marxistas y de la
vanguardia pictórica europea lograron despojar al muralismo,
por ejemplo, de su primer impulso vasconceliano: monismo
estético.

Vasconcelos tomó de la India una especie de resistencia
cultural contra la invasión histórica del imperialismo, una
barricada absoluta, pues ahí los templos, textos, ritos, leyendas y filosofías milenarias —la "esencia" de la India— per-
duraron, prevaleciendo sobre la miseria y los desastres de
la historia. Trasladó este sentido a la interpretación mexicana de las ruinas prehispánicas, confiriéndoles esa función
política de resistencia "inquebrantable".

[4] *Ibid.*, p. 9.
[5] *Pitágoras, una teoría del ritmo, OC*, t. III, p. 37.

Por supuesto, esta interpretación y este programa cultural no se apoyaban en investigaciones científicas, que escasamente existían; se improvisaban con el método de la exaltación, de la "poesía", de la pasión urgente de crear certidumbres, mitos e impulsos nacionalistas; de ahí que Vasconcelos propusiera ese método, el único entonces eficaz: la síntesis emotiva: "La sinfonía como forma literaria." [6]

Pitágoras, El monismo estético y *Estudios indostánicos* importan poco como tratados y más bien confunden que exponen los temas que abordan, pero son reveladores como meditaciones oblicuas sobre México. José Santos Chocano denunciaría, durante su escandaloso pleito con Vasconcelos, la irresponsabilidad de interpretar difíciles aspectos de la cultura griega sin saber griego, y de la indostana sin tener ni remotas nociones de sánscrito. Es evidente que estos ensayos no fueron resultado de una investigación directa, mucho menos especializada; se apoyaron apenas en elementales textos ingleses y franceses de divulgación, que además difícilmente existían en México y que Vasconcelos consultó desordenada y precipitadamente en universidades y bibliotecas extranjeras, y refundió en la misma forma con el entusiasmo del autodidacto que improvisa e inventa cuanto le viene en gana gracias a la previsible ignorancia total de sus lectores. A mediados de los treintas, Vasconcelos escribió en el prólogo a la segunda edición de *Estudios indostánicos*:

No es éste un libro cabal, sino una colección de notas sacadas de distintos autores, en distintas épocas, en las bibliotecas de las ciudades por donde me ha tocado ir pasando. Muchas veces he tomado un apunte a lápiz de algún libro importante que después ya no he podido volver a consultar, porque mis azares me llevaban lejos y, desgraciadamente, muchas de las obras relativas sólo se encuentran en las más grandes bibliotecas. La falta de calma y la escasez de recursos bastarían para explicar las deficiencias de una obra cuyo asunto, por otra parte, es tan vasto que en ningún caso

[6] *El monismo estético, OC*, t. IV, p. 9.

podría llegar a ser totalmente comprendido... *Por desgracia, la crítica exigua que entre nosotros circula no ha acertado a señalarme yerros que pudieran ser corregidos en ediciones nuevas. Se me ha acusado nada más de propagar ideas que, por su índole negativa, perjudican el ánimo de pueblos como los nuestros,* nada bien dotados desde el punto de vista del carácter...[7]

En general, *Estudios indostánicos* fue un alegato irracionalista en favor del mito de la energía abundante y espontánea de una cultura original y vitalista, predicada en tono mesiánico (aunque con frecuentes descensos al resumen escolar y esquemático del tema expuesto). Se fascinó en las formas del conocimiento anticientífico, desde la metafísica, la alegoría y la leyenda, hasta la magia y lo esotérico; magia blanca y magia negra, cábala, hipnotismo, demonismo, supersticiones. Como Péguy observó, la decadencia de la mística liberal conllevaba la decadencia del cristianismo: la necesidad de suplir la visión general de la vida que proporcionaba la religión por otras formas "cósmicas" que lo mismo atendieran problemas morales que sentimentales y los refundieran en una perspectiva existencial. No fue casual que Madero participara de estas inquietudes de Vasconcelos y que, de hecho, colaborara póstumamente con él en este libro: un largo capítulo consistió en la reproducción de un ensayo del propio Madero (el del *Bhagavad-Gita*).* Si la mística esotérica e irracionalista se había convertido en el punto de llegada del liberalismo, la democracia era la catapulta hacia el cosmos:

Y toda organización política y económica será tanto más eficaz tanto más plausible, cuanto mejor logre asegurar a cada individuo contra estos dos extremos enemigos del *alma:* la miseria y la har-

[7] *Estudios indostánicos,* pp. 10-11 y 7-8. Cursivas de J. J. B.
* Recuérdese que liberales prototípicos como Emerson y Thoreau eran indostanistas. El trascendentalismo de Emerson debe mucho a Buda, y Thoreau se llevó a Walden su *Bhagavad-Gita.* Por su parte, Allen Ginsberg canta "oms", mantras y hare krishnas.

tura. Por eso el socialismo científico que tiende a borrarlos, que ataca al capitalismo para redimir al indigente, es el sistema no sólo verdaderamente justo, sino el más propicio para que los hombres, libres de la ambición de lucro y del terror al hambre, *después de dedicar unas horas a las tareas del mundo, conviertan toda su energía a las cosas del espíritu, al arte y a la religión.* Hablo del gran arte y de la religión sincera, no del arte de los burgueses, que se conforman con lo bonito o con nociones académicas de pensamiento y belleza; ni de la religión burguesa que concibe a Dios como un *fine old gentleman.*[8]

Alfonso Reyes expuso su actitud personal ante la Revolución en un drama con un motivo griego: *Ifigenia cruel*, en 1924. Ocho años antes, Vasconcelos había hecho otro tanto con *Prometeo vencedor.*

Las lecciones que Reyes y Vasconcelos aprendieron de Grecia son muy diferentes. El primero feneloniano, predicador de la prudencia apolínea; el segundo nietzscheano, profeta de una nueva era dionisiaca. Pero señalaron el mismo campo de opciones para la civilización (como sociedad pacificada y alta cultura) en México durante las primeras décadas de este siglo. Reyes prefirió el coro; Vasconcelos la declamación del héroe. La confrontación de ambos títulos, Ifigenia y Prometeo, la redención por sumisión trágica y la redención por *hybris* o exceso individual trágico, encarnaron una clara confrontación de sus autores. Incluso a nivel estilístico: la literatura poetizada y la literatura oratoria. Los tonos menores de Reyes, con sus apelaciones a sentimientos domésticos, y los enormes arrebatos wagnerianos de Vasconcelos.

Para Reyes el teatro griego, a través del coro, daba como "única y definitiva lección ética" la sumisión a los dioses.[9] Para Vasconcelos la lección ética de Grecia estaba en la rebelión contra los dioses: Prometeo. Pero ambos autores com-

---

[8] *Ibid.*, p. 198. Cursivas de J. J. B.
[9] Reyes, Alfonso: *Ifigenia cruel*, en *Antología*, p. 133.

partieron una visión mesiánica, el terror a la barbarie "criminal" de la historia de México, la aspiración a las supremas alturas del espíritu y un movimiento de rechazo y reconocimiento nacionalistas respecto a los demás habitantes del país.

Ifigenia cruel es, como *Prometeo*, una alegoría mesiánica, pero sin vitalismo ni individualismo. Incluso una reacción contra los vitalismos individualistas. En lugar de dar la misión redentora a Orestes, Reyes tomó a Ifigenia para que acabara con la maldición de Tántalo: "A Ifigenia... he querido confiar la redención de la raza. Es más digna que aquel colérico armado de cuchillo. Además de que me inclino a creer que lo femenino eterno —molde de descendencias— es más apto para este milagro cosmológico de las depuraciones que no el elemento masculino. Concibo a Ifigenia como una criatura combatiente, en la tradición de Atlanta y otras vírgenes varoniles."

Ifigenia debía morir en sacrificio humano para que, redimidos los griegos de aquella maldición, pudieran vencer a los troyanos. Ifigenia era una figura antiheroica: sacrificada contra su voluntad por culpas de las que sólo la herencia era responsable, salvada milagrosamente por la diosa Artemisa para hacerla sacerdotisa en tierra extraña; su única decisión individual, en la obra de Reyes, fue una toma de conciencia: "saberse hija de una casta criminal" [10] y negarse a reintegrarse a ella, prefiriendo "rehacer su vida humildemente" en el exilio a "las persecuciones y rencores políticos de su tierra".[11] ¿Qué podía hacer —y ser— un "príncipe" del Porfiriato como el hijo de Bernardo Reyes en el país revolucionario? No había más redención que liberarse de él a través de una "superación" personal de la *vendetta* nacional en la alta cultura seguida en el exilio. Y esto es redención: "Vive en sus

[10] *Ibid.*, p. 135.
[11] *Ibid.*, p. 84.
[12] *Ibid.*, p. 135.

entrañas [en su mente, en sus libros] el germen de una raza
ya superada."[12] Por medio de la *civilización personal,* de
la alta cultura, Reyes, al igual que Ifigenia, según su propia
alegoría, "ha anulado la maldición" de México como raza
criminal.[13] Aunque a partir del callismo Reyes no cumpliera
la lección de Ifigenia y prestigiara como diplomático e intelectual al "criminal" Estado mexicano. Quien siguió ese ejemplo fue Vasconcelos, después de 1929: se refugió mucho más
radicalmente que Reyes en una "patria ideal" como un espacio rencoroso desde el cual combatió a la "patria ajena"
del populismo.

Vasconcelos partió en *Prometeo vencedor* de Schopenhauer:
la vida era energía de ser (voluntad), y la grandeza humana
consistía en "estar pletórica de irrealizables propósitos".[14]
Por medio de la conciencia el hombre se rebelaba contra el
orden natural y con su energía imponía, contra los dioses, un
glorioso orden humano. Prometeo era el prototipo del héroe,
el hombre que "ha medido su fuerza con la de afuera, y la
ha vencido"; [15] o como Jacob, el vencedor del ángel con sólo
lograr resistirle. Más que dios, Prometeo era hombre realizado (superhombre), mientras que los demás hombres apenas
estaban por lograr la humanidad heroica: el mesías que re-
dimía a los bárbaros o casi-hombres por medio del fuego —la
voluntad, la energía heroica.

Vasconcelos introdujo al dios y al demonio cristianos en
su obra. Dios se parecía mucho a don Porfirio y su corte a
los científicos; el diablo (la revolución violenta) era un re-
negado del Porfiriato, que por aburrimiento se rebelaba contra Dios y sus ángeles. Rechazó la "dicha jerárquicamente
regulada" del paraíso y mientras "sonreía como una mala
mujer", pensó aliarse a Prometeo (la revolución del espíritu)

13 *Idem.*
14 *Prometeo vencedor, OC,* t. I, p. 239.
15 *Ibid.,* p. 240.

y, renunciando a su condición de ángel porfiriano, ganar la zozobra, la aventura y el cambio humanos.

Satanás dejó a la tierra y se enfrentó con la bestia. Por las descripciones de los animales (tigres firmes y voluptuosos, carniceros como Pancho Villa), puede pensarse que este momento de la alegoría corresponde a la barbarie revolucionaria: animales estúpidos, más gregarios que individuales. Una descripción del México en la lucha de facciones: "Parecía que otra vez la vida de los hombres había vuelto a confundirse con la vida de las especies animales." [16]

No había mundo en ese universo: sólo los extremos antagónicos del paraíso (el dictador como dios y su corte como ángeles) y la jungla de bestias voraces o animales domesticados; como los hebreos en Egipto, los mexicanos habían traicionado a sus profetas y se habían postrado ante los ídolos de la barbarie (efectivamente hermosos por salvajes: estética bárbara).

Había que redimir a los hombres de la bestialidad. Satanás se disfrazó de la muerte (la Revolución) para despertar en los hombres-animales a los hombres prometeicos. La muerte-Revolución era una redención que no se lograba completamente con la sola violencia despertadora. Era necesaria una alianza, un mestizaje. El diablo, ataviado con identidades a lo Coatlicue o Huitzilopochtli, precisaba del Espíritu como energía constructiva: de Prometeo. Revolución aniquiladora y revolución creativa. Tenochtitlán y Grecia. Huitzilopochtli y Quetzalcóatl.

El encuentro de ambos ocurre, sorprendentemente, en un escenario metafísico-nacionalista, con ideas goethianas y nietzscheanas ubicadas entre el Popocatépetl y el Iztaccíhuatl; las torres hispánicas de Puebla en un lado y el perfil decimonónico de la ciudad de México en el otro. Ese encuentro encarnó en una síntesis: el filósofo, portador de la buena nueva; la inminencia de la era estética bolivarista-cósmica-

---

[16] *Ibid.*, p. 241.

cristiana. Y la obra estalló como pirotecnia en su desmesura: se sucedieron escenografías, remansos bucólicos, la diosa Diana, la *Primavera* de Botticelli; salían por todas partes
ninfas, bailarinas, como en una ópera magnificente.

El asesinato de Carranza cerró la primera parte de la vida
y la obra de Vasconcelos, a los treinta y siete años de su edad.
La construcción de puntos fijos en el caos, la elaboración de
mitos, teorías y alegorías que, más que explicar o desvanecer
la confusión, permitiera una exaltación para combatirla. De
todas esas ideas y preocupaciones embrolladas, desmesuradas, saldrá su política educativa y cultural durante el gobierno de Obregón y, luego, el personaje del profeta colérico.

V. CIVILIZACIÓN Y BARBARIE

AL TRIUNFO del obregonismo, durante las primeras semanas del gobierno de Adolfo de la Huerta, se nombró a Vasconcelos rector de la Universidad, el 4 de junio de 1920. Éste era el mayor puesto educativo nacional que existía, ya que la Constitución de 1917 (artículo 73) había suprimido el antiguo Ministerio de Justicia e Instrucción Pública, por considerar que dentro de las atribuciones del "municipio libre" estaba la de que fueran las autoridades regionales quienes reglamentaran la educación en sus zonas, como se hacía en los Estados Unidos. Al Departamento de la Universidad y Bellas Artes le correspondía exclusivamente dirigir la educación en el Distrito Federal y en los territorios.

Vasconcelos se incorporó a la Revolución Mexicana por su convicción de que una vez que las masas y sus caudillos extenuaran sus capacidades de violencia, otros serían quienes gobernaran el país: "A la hora de formular planes y después a la hora de gobernar, la barbarie inculta tenía que repetir los dictados de la intelectualidad, por mucho que la odiase."[1]

Para ello, empezó por apropiarse de los lemas de la Revolución y adecuarlos a sus propias concepciones del arte y la cultura. Su discurso de toma de posesión de la rectoría universitaria inició la retórica educativa que ha venido empleando el Estado durante los últimos cincuenta años; causó un impacto enorme, aunque a la vuelta de tanto tiempo de permanente abuso parezcan ahora, a ratos, poco originales y enérgicas sus expresiones.

Los estudios sobre el origen de las civilizaciones griega e hindú, que ya en la primera década del siglo XX lo obsesionaban por su posible aplicación profética o premonitoria al

---

[1] *El desastre*, 5ª ed., México, Ediciones Botas, 1951, p. 38.

futuro de México, le habían marcado una idea fija: las sociedades, como los seres vivos, atraviesan por un proceso de
etapas definidas; la historia de todas las naciones muestra el
surgimiento de la civilización a partir de turbias prehistorias
salvajes, con invasiones y luchas de tribus, hasta configurar
un mestizaje que logra una personalidad, una nación (unidad
del pueblo en instituciones, religión, costumbres, lengua, visión histórica) y una estética. A la Revolución Mexicana le
correspondía, en esta perspectiva metafísica de la historia,
acabar con las sangrientas prehistorias de México y realizar
la fundación de la nación y de su estética.

Hábilmente, identificando la "barbarie armada" con el ca-
rrancismo vencido, interpretó la Revolución como una civilización. Con el ejemplo del desastre educativo del Porfiriato
(la cultura como una provinciana decoración elaborada con
reiteraciones "simiescas" de temas europeos) y del régimen
de Carranza (para el cual la función educativa y cultural del
Estado era "vigilar la marcha pausada y rutinaria de tres o
cuatro escuelas profesionales y quitar la telaraña de los mo-
numentos del pasado"),[2] declaró que la Revolución consistía
en la redención social, económica y fundamentalmente educativa del país, más que en lo que Martín Luis Guzmán llamaría "la fiesta de las balas". De la crueldad, de su ebria
violencia, la Revolución debía ascender a las más altas funciones humanas:

La pobreza y la ignorancia son nuestros peores enemigos y a nosotros nos toca resolver el problema de la ignorancia. Yo soy en
estos instantes, más que un nuevo rector que sucede a los anteriores, un delegado de la Revolución que no viene a buscar refugio para meditar en el ambiente tranquilo de las aulas, sino a in-
vitarlos [habla a los maestros] ... a sellar pacto de alianza con la
Revolución. Alianza para la obra de redimirnos mediante el trabajo, la virtud y el saber... Las revoluciones contemporáneas quieren a los sabios y quieren a los artistas, pero a condición de que

[2] *Discursos 1920-1950*, pp. 7-12.

el saber y el arte sirvan para mejorar la condición de los hombres. El sabio que usa de su ciencia para justificar la opresión y el artista que prostituye su genio para divertir al amo injusto no son dignos del respeto de sus semejantes, no merecen la gloria. La clase de arte que el pueblo venera es el arte libre y magnífico de los grandes altivos, que no han conocido señor ni bajeza. Recuerdo a Dante proscrito y valiente, y a Beethoven altanero y profundo. Los otros, los cortesanos, no nos interesan a nosotros, los hijos del pueblo... Seamos los iniciadores de una cruzada de educación pública, los inspiradores de un entusiasmo cultural semejante al fervor que ayer ponía nuestra raza [aquí, evidentemente, por nuestra raza quiere decir España] en las empresas de la religión y la conquista. No hablo solamente de educación escolar. Al decir educación me refiero a una enseñanza directa de parte de los que saben algo, en favor de los que nada saben; me refiero a una enseñanza que sirva para aumentar la capacidad productora de cada mano que trabaja y la potencia de cada cerebro que piensa... *Organicemos entonces el ejército de los educadores que sustituya al ejército de los destructores.*[3]

Esta visión hizo fortuna, no sólo en una verdadera apoteosis de popularidad, sino sobre todo en la justificación que —exceptuando al cardenismo— los gobiernos posrevolucionarios han hecho de sí mismos como etapa mesiánicamente constructiva de la Revolución: el "ejército de educadores" y la imagen alemanista de una cruzada de empresarios por el desarrollo, por ejemplo.

En la imagen, que muchas veces sería ostensiblemente fraudulenta, de eufórica y aun pirotécnica multiplicación de carreteras, hospitales, puentes, industrias, rascacielos, escuelas, etcétera, se vería justificado el carácter "revolucionario" —revolución creadora— de esos gobiernos; y sobre todo a partir de Manuel Ávila Camacho, la mística educativa y cultural de Vasconcelos hallaría su promoción oficial como comparsa del desarrollismo, en un afán de desmovilizar el car-

[3] *Idem.* Cursivas de J. J. B. *Cf.* Monsiváis, Carlos, "Notas sobre la cultura mexicana del siglo xx", en *Historia general de México*, México, El Colegio de México, t. IV, 1976, pp. 318-357.

denismo y erigir la Unidad Nacional. La mística de Vasconcelos sería, con los años, la demagogia burocrática de Torres Bodet.

Cultura popular y pueblo culto

Sin embargo, el principio fue diferente. Como acepta Moisés Sáenz al explicar su propio fracaso en la Secretaría de Educación Pública,[4] Vasconcelos trabajó en la improvisación: muchos de sus maestros no habían estudiado ni siquiera la escuela primaria y apenas estaban alfabetizados. Los maestros y las escuelas eran insuficientes incluso para las clases medias urbanas, e irrisoriamente mínimos para una tarea de proporciones nacionales. Durante todo el siglo XIX sólo se habían hecho pequeños y aislados esfuerzos en el campo de la educación popular, arruinados por el más o menos permanente estado de guerra de 1911 a 1920. Justo Sierra había tenido intenciones, pero no poder. Hacia 1910 se calculaba en 80 % el índice de analfabetismo. De lo que pudiera parecer un proyecto educativo nacional, no existían más que los restos de la Preparatoria, que era una sola escuela en la capital. Las clases medias y los ricos se educaban en escuelas particulares o en el extranjero, y a pesar de los pedagogos positivistas, la única institución que realizaba labores de educación elemental era la Iglesia, que en lo que respecta a educación popular difícilmente iba más allá, en los casos mejores, de sesiones elementales de catecismo. El entusiasmo mesiánico de Vasconcelos guarda mucha relación con la falta de instrumentos para comenzar una obra que apenas tenía antecedentes en los mejores momentos de los misioneros españoles: "Y la primera campaña no fue de alfabeto, sino de extirpación de piojos, curación de la sarna, lavado de ropa de los pequeños."[5]

[4] Sáenz, Moisés: La educación rural en México, México, SEP, 1928, p. 20.
[5] El desastre, pp. 60-61. Para Vasconcelos "México es un páramo donde todo está por hacer y él, Vasconcelos, está destinado a hacerlo todo", comenta Mariano Azuela: op. cit., t. III, p. 708.

Acompañado por sus colaboradores (Antonio Caso, Gómez Robelo, Montenegro, Pellicer, Torres Bodet, etcétera), Vasconcelos emprendió una gira por la provincia para ganar el apoyo de las legislaturas estatales y reformar la Constitución. La reforma a la Constitución para crear la Secretaría de Educación Pública fue una de las pocas cosas que funcionaron en forma democrática. Como todavía estaban próximas las épocas de lucha, las facciones y los grupos conservaban cierta autonomía y poder políticos. Además, la cultura y los intelectuales tenían mala fama por el recuerdo de los "científicos" porfirianos. Para ganarse al pueblo Vasconcelos siguió su esquema de la revolución constructora que debería suceder a la destructora, la redención como fruto indispensable de la liberación: de modo que ahora los campos de batalla serían los de la cultura y la educación, en que los intelectuales, nuevos caudillos, pedían ayuda del pueblo. Escribió en una carta abierta a los obreros de Jalisco:

El progreso de la cultura en el mundo no podrá ser un hecho en tanto que no se realice la unión íntima de los proletarios y obreros que representan el esfuerzo humano en todas sus formas, con los obreros de la inteligencia que representan la Idea, sin la cual el esfuerzo no es capaz de lograr ninguna conquista definitiva. Aquí, entre nosotros, se ha podido observar que ha bastado que la Universidad hiciese un sincero esfuerzo para acercarse a los de abajo, para que éstos hayan respondido de una manera inmediata y entusiasta. Esta Universidad espera contar cada vez más con el apoyo de las clases trabajadoras, y en ellas busca no solamente la fuerza que deba darle vida, sino también la inspiración que ha de llevarla hacia el progreso... Esta Universidad se propone atender a los intereses del proletariado, facilitándole la educación práctica que mejore sus jornales y levante el nivel de todos; y desea apartarse de los viejos métodos que creaban profesionistas aliados únicamente al poderoso y sin más afán que el medro personal... Sólo el contacto íntimo de los trabajadores con los intelectuales puede dar lugar a un renacimiento espiritual que ponga nuestra edad por encima de las otras.[6]

6 *Discursos 1920-1950*, pp. 23-25.

Aunque privaba la división entre trabajo intelectual y físico, se trataba, al revés de lo que venía postulándose en la cultura mexicana, de poner la inteligencia bajo la dirección redentora de la Revolución. La inteligencia se había manifestado generalmente en Iberoamérica en formas lánguidas e ineptas; la fuerza del pueblo debía invadir el espacio cultural y revitalizarlo. No se podía esperar mucho de las clases medias, a quienes Vasconcelos consideraba, en esa época, cultivo de profesionistas para la servidumbre de los tiranos; con las excepciones de Antonio Caso, Julio Torri y Luis Cabrera, Vasconcelos despreciaba categóricamente a sus compañeros intelectuales. Y promovió a artistas y poetas de inspiración popular. Ésta es otra de las contradicciones básicas de su cruzada cultural: un ejército que no tenía intelectuales que fungieran como generales. Elitistas, acobardados, lánguidos, cortesanos, torremarfileños, oportunistas: hubo pocos adjetivos depredatorios que Vasconcelos no usara contra ellos. Buscó que los jóvenes artistas captaran la inspiración popular, recordando aquellas edades de oro —Pitágoras, Buda— en que el artista era el maestro del pueblo. Y no deja de ser emocionante ver al inspirado Vasconcelos metiéndose en la boca del lobo de la barbarie para redimirla:

El ingeniero Peralta, rodeado de su estado mayor de agraristas jóvenes, ingenieros y coroneles del zapatismo, hizo seña de que hablaría de nuevo, y dirigiéndose a mí ya en forma directa manifestó su satisfacción de que yo hubiese reconocido la importancia de lo que se estaba haciendo en el estado [de Morelos]; añadió que saludaba en mí a la intelectualidad al servicio de la Revolución y de los humildes, y que eso mismo era lo que había soñado su ex-jefe general Zapata; y acabó tras párrafo lírico y cordial, tendiéndome los brazos. Por lo que hube de levantarme del asiento, y conmovido también resistí uno de esos apretones atléticos que le dejan a uno magulladas las costillas.[7]

Esta alianza de Vasconcelos con los zapatistas (este Peral-

[7] *El desastre*, p. 40.

ta fue un funcionario principal de su ministerio) recibió
ataques rudos de la prensa: Vasconcelos deshonraba a la
Universidad elogiando y ofreciendo coronas florales al "ban-
dido y violador de mujeres" que era Zapata. Las acusaciones
de bolchevique fueron un lugar común durante toda su actuación de secretario e incluso años después, hasta su campaña de 1929. La prensa norteamericana consideró que el
ministerio vasconcelista, aun antes de que entrara en vigor,
era un intento de "sovietización de las escuelas en México".[8]
Y en efecto, preparado por su admiración por Tolstoi y Romain Rolland, durante su exilio en la época carrancista había
leído en los Estados Unidos noticias sobre la acción educativa
de Lunatcharsky en la Unión Soviética y había planeado practicar en México algo semejante.

Un doble mesianismo: arrancar a la población de la barbarie que la hacía manipulable y explotable por tiranos y
hacendados, y a la cultura de la estupidez anémica y sumisa
de las clases provincianamente cultas. Se invadió el país con
"las bellas composiciones de flores complicadas y coloridas,
de animales en movimiento, de cúpulas de arquitecturas fantásticas y de figuras humanas enmarcadas y contagiadas de
ritmos que, por una rara intuición salida de lo más hondo
de la raza, se asemejaban remotamente al estilo arcaico fili-
pino-español y oriental de los antiguos días. Por un momento
pareció que el milagro de Vasco de Quiroga inventando un
arte regional en Michoacán con la muestra de las lacas que
traían las naos de China, iba a repetirse pero ahora con caracteres de un renacimiento nacional".[9]

Como escritor, político, filósofo y novelista, Vasconcelos
fue un improvisado; también lo fue como educador. En 1935,
después de sus derrotas, trató de exponer su pensamiento pe-
dagógico en *De Robinson a Odiseo.*

[8] Phillips, Richard: *op. cit.*, p. 29, *The Nation*, CXII, 9 de febrero de 1921,
pp. 216-219.
[9] *Indología, OC*, t. II, p. 1260. *Cf.* los ensayos de Luis Cardoza y Aragón
sobre artes plásticas.

Contra las escuelas pedagógicas modernas (principalmente contra John Dewey, cuyas ideas quiso practicar Moisés Sáenz con resultados deplorables) defendió una pedagogía vitalista, que no buscara la adaptación del niño al ambiente, sino "fijar un modelo que, de ser imitado y propagarse, dará el resultado de crear un ambiente nuevo".[10] Es decir, no convertir al niño en el modelo establecido del buen ciudadano, sino crear un hombre nuevo. Vasconcelos pensaba mucho en los educadores místicos o religiosos del pasado: educadores a la manera de los hindúes y los pitagóricos. Su mística era realmente una mística y los maestros debían ser verdaderos apóstoles, una especie de maestros orientales.

Por mucho que Vasconcelos hubiera proclamado la educación para la producción, su pedagogía atendía principalmente a funciones éticas y estéticas mesiánicas. Del conocimiento objetivo debía surgir una visión ética del mundo y de uno mismo que se resolviera en una acción estética; o sea, como las purificaciones religiosas, el fin de la educación era liberar al individuo tanto de la necesidad como de la maldad y llevarlo al gozo de su propia energía, ya purificada.[11] La función del arte en la educación vasconcelista era preponderante, con la de la moral. La Revolución había posibilitado, se pensaba, una ética y una estética nuevas que había que recobrar. Y no se trataba de educar a los niños para su incorporación a un modo de vida establecido (como en los Estados Unidos), sino de todo lo contrario: de crear un mundo nuevo; por ello, no eran practicables en México los métodos pedagógicos pragmáticos o empiristas norteamericanos.

La educación debía asimilar al indígena a la nación, no surgir discriminándolo, excluyéndolo en reservaciones. El indigenismo norteamericano respondía a una historia de exclu-

---

[10] *De Robinson a Odiseo*, OC, t. II, p. 1509. *Cf. La educación literaria de los adolescentes*, de Salvador Novo, México, Talleres Gráficos de la Nación, 1928.

[11] *Ibid.*, pp. 1539-1573.

sión y exterminio del indio; la tradición mexicana era la del mestizaje. En consecuencia, debía hacerse mexicanos a todos los indios, y no dejarlos fuera, ajenos y parias de la nación. Culturalmente, la nación mexicana debía amestizarse, influir y dejarse influir por lo indígena, lograr una unidad étnica-lingüística-cultural.[12]

No una educación para la adaptación al ambiente, sino para una aristocracia espiritual: "No hay temor de que la democracia acabe con las aristocracias. El advenimiento de las masas a la acción social, si está precedido de la escuela, no anula las aristocracias, sino las multiplica."[13] O sea, se buscaba que toda la población formara parte de la aristocracia espiritual que luego habría de denominarse "raza cósmica".

El juego y el arte eran la iniciación de la acción de la conciencia. La familiarización del niño con su destino.[14] La educación era una coacción humanista. "Cada pedagogía es una coacción, lo mismo que cada ciencia, pues no es libre nuestra naturaleza";[15] "en todo caso, la escuela tiene una moral que aspira a imponer... toda pedagogía es la puesta en acción de alguna metafísica" que en Latinoamérica no debía ser Calibán, sino Ariel,[16] o como Vasconcelos prefería, no Robinson (el empirismo "mediocre" que sólo responde a la necesidad), sino muchachos aptos para la aventura: Odiseo.[17] La escuela debía ser una iniciación en la vida y no un laboratorio burocrático; sus enseñanzas: la destreza, la práctica del entusiasmo y la búsqueda de lo absoluto.[18] Por ello la cultura no debía proletarizarse, el proletariado debía aculturarse. La cultura vulgarizada era la parodia de la cultura.[19]

La educación era tarea personal, no sistemática. Sólo se

[12] *Ibid.*, pp. 1604-1605.
[13] *Ibid.*, pp. 1588.
[14] *Ibid.*, pp. 1573-1578.
[15] *Ibid.*, pp. 1502-1503.
[16] *Ibid.*, pp. 1503 *ss*.
[17] *Ibid.*, p. 1514. *Cf.* Xavier Villaurrutia, *Obras*, México, 1966, FCE, pp. 755 *ss*.
[18] *Ibid.*, pp. 1517-1525.
[19] *Ibid.*, pp. 1529-1533.

lograba mediante *la seducción* que el maestro lograra en el niño, haciendo "insensible su dominio", fascinándolo.[20] Asimismo no debería estandarizarse al alumno, sino cristalizarlo como individuo.

Aunque todas estas consideraciones fueron escritas en el exilio quince años después del inicio de la labor educativa de Vasconcelos, cuando incluso ya había perdido esperanzas de volver a la política, y con el fin de mostrar al mundo cuán hermosa y promisoria "perla caída en el estercolero" [21] había sido su ministerio, todas ellas fueron —moderadamente— practicadas entre 1920 y 1924 con diversa fortuna.

Rector de la Universidad

El Departamento Universitario comenzó a funcionar como un auténtico ministerio desde que lo tomó Vasconcelos, incluso —1920 fue un año malo para la administración pública— resultó en la práctica más ministerio que los que sí lo eran. Cuando apenas se estaban iniciando los trámites para reformar la Constitución, el rector (apoyado por De la Huerta, Calles y Obregón, quien "con gran liberalidad me firmaba todo lo que yo le ponía enfrente") [22] se lanzó a adquirir, reconstruir y reparar los edificios que necesitaba para la obra educativa. "Pronto —escribe Vasconcelos— el departamento de ingenieros de la Universidad tuvo más trabajo que el Ministerio de Obras Públicas. Y como era de esperarse, surgió la reclamación. Se me acusó en los diarios de "usurpación de funciones".[23]

El Consejo de Salubridad le reclamó por haber quitado las letrinas de la iglesia de San Pedro y San Pablo, la actual Hemeroteca Nacional, que Vasconcelos intentaba convertir en

[20] *Ibid.*, p. 1571.
[21] *Ibid.*, p. 1496.
[22] *El desastre*, p. 25.
[23] *Ibid.*, p. 28.

un templo del arte y donde Montenegro iniciaba la pintura mural. El 12 de octubre de 1920 Vasconcelos pronunció un discurso contra Juan Vicente Gómez,[24] dictador de Venezuela, con quien Obregón sostenía relaciones. Protesta diplomática venezolana. Cutberto Hidalgo, subsecretario de Relaciones encargado del despacho, desautorizó a Vasconcelos, quien se negó a retractarse o disculparse y presentó su renuncia, pero Plutarco Elías Calles, ministro de Guerra, saltó públicamente en su defensa y se solidarizó con él.

El defensor antimperialista y redentor educativo de la patria inició, también en 1920 y como rector, otros aspectos de su personaje: el asilo y empleo de intelectuales latinoamericanos perseguidos y la invitación a las "cumbres de la raza" para que visitaran el país y participaran en la cruzada: Restrepo, Morillo, Valle-Inclán, José Eustasio Rivera, etcétera, y posterior y culminantemente: Víctor Raúl Haya de la Torre y Gabriela Mistral.

En la rectoría, Vasconcelos tuvo la oportunidad de desarrollar su genio: se veía como el arquitecto de una nueva época del país, libre por fin de la barbarie y de la opresión imperialista.

En tales horas de soledad [recordaría años después] ordenaba el trabajo del día siguiente, inventaba las tareas próximas. Imaginé así el escudo universitario que presenté al Consejo, toscamente y con su leyenda: *Por mi raza hablará el Espíritu*, pretendiendo significar que despertaba nuestra raza después de la larga noche de su opresión. Éramos, como el judío, un pueblo que de su dolor secular debía extraer fuerzas para creaciones poderosas.[25]

Más tarde, en el rencor de sus fracasos políticos, destruiría este mito, como tantos otros que inventó o que apoyó, y que luego fueron asimilados por el Estado. Dirá: lo que en

---

[24] *Discursos 1920-1950*, pp. 54-56.
[25] *El desastre*, p. 85.

realidad quise decir fue que "Por mi raza hablará el Espíritu... Santo."[26]

El 20 de junio de 1920, como rector, Vasconcelos inició la campaña contra el analfabetismo, imitando la acción norteamericana en ese sentido durante la primera Guerra Mundial.[27] Como no había en el país presupuesto ni alfabetizadores, tuvo que recurrir entonces a las clases medias de las ciudades, a su buena voluntad, para integrar un cuerpo de "profesores honorarios" sin mayor remuneración que un diploma y facilidades para empleos burocráticos; ya que en esa época no había estadística, no existen datos reales sobre su acción. Vasconcelos calculaba cinco mil profesores honorarios y una muchedumbre de alfabetizados que en 1922, el Día del Alfabeto, desfilaron por las aldeas y ciudades del país; para 1924 los alfabetizados sumaban, a su juicio, doscientos mil;[28] lo obvio es que rompió el círculo vicioso del analfabetismo ("hay analfabetas porque no hay alfabetizadores y no se pueden improvisar alfabetizadores porque el país es analfabeta"). Así se fundó la mística oficial de la educación popular.

Más tarde, cuando fue evidente que la buena voluntad de los profesores honorarios se cansaba pronto, una vez pasada la emoción primera, se recurrió al único otro campo disponible: los niños, alumnos de las pocas escuelas oficiales y se creó el "ejército infantil"; huestes de niños misioneros, comandados por sus maestros, salían periódicamente de sus aulas a enseñar al pueblo lo que en ellas habían aprendido.

Secretaría de Educación

Afortunadamente, Vasconcelos consiguió para Educación los

---

[26] *En el ocaso de mi vida*, México, Populibros La Prensa, 1957, pp. xxii-xxiii.

[27] *Indología, OC*, t. II, p. 1247.

[28] *Idem.*

mayores presupuestos que se hubieran dado a ese ramo de la administración en toda la historia de México. Vasconcelos aumentó en casi 50 %, entre 1921 y 1923, la cantidad de edificios, maestros y alumnos de escuelas primarias oficiales (no se incluyen misioneros, misiones culturales, etcétera).

	Escuelas	Maestros	Alumnos
1920	8 171	17 206	679 897
1923	13 487	26 065	1 044 539

FUENTE: SEP, *Boletín*, II, 1923-1924, p. 686.

Después de varias giras para promover su proyecto de creación de un ministerio federal de educación pública por los estados de Jalisco, Colima, Aguascalientes, Zacatecas, Guanajuato, Hidalgo, y posteriormente Yucatán y Campeche, el Congreso aceptó la modificación a la Constitución de 1917. Vasconcelos comenta feliz: fue "la primera patada a la Constitución de los carranclanes".[29] El 30 de junio de 1921 el presidente Alvaro Obregón decretó la reforma a la Constitución; el 25 de julio creó la Secretaría de Educación Pública, y el 11 de octubre de ese año nombró secretario a José Vasconcelos.

... se había logrado lo principal: interesar a la opinión pública en la tarea de la educación popular y afirmar el precedente de que es el Estado el que debe fomentar la educación popular, destinándole una parte considerable de los recursos fiscales...[30]

Las funciones y la estructura administrativa de la nueva Secretaría fueron inventadas por Vasconcelos: la dividió en tres ramas generales: *escuelas* (aumento de escuelas públicas, introducción —aunque Madero ya lo había intentado— de escuelas rurales, introducción de escuelas técnicas, creación

[29] *La tormenta*, p. 577.
[30] *Indología, OC*, t. II, p. 1246.

de escuelas preparatorias del nivel de la capital en las capitales de provincia); *bibliotecas* (ambulantes, juveniles, bibliotecas públicas en cada población mayor de tres mil habitantes. El Estado debía constituirse en el Gran Editor de textos técnicos y culturales y de manuales de divulgación, como esos textos y manuales no existían en México debía constituirse asimismo en el Gran Traductor), y *Bellas Artes* (la verdadera educación del país estaba en la estética, la energía cósmica de un pueblo nuevo debería encauzarse al juego y al arte populares, y sustraerse de la crueldad bárbara).

Presupuestos para Educación y Guerra

	Educación	Guerra
1920	2 218 000	113 074 000
1921	9 803 000	134 162 000
1922	49 827 000	135 305 000
1923	52 363 000	97 763 000
1924	25 532 000	83 508 000

FUENTE: Gustavo F. Aguilar, *Los presupuestos mexicanos*, México, Secretaría de Hacienda, 1940.

En el ramo de escuelas impulsó la educación elemental infantil y adulta hasta lograr el avance señalado; creó escuelas técnicas e industriales, y aun en las elementales se instaló como obligatoria la enseñanza para el trabajo (talleres, huertas, granjas). Se formaron centros de pequeñas industrias populares (corte, cocina, artes domésticas, albañilería, electricidad, mecánica, carpintería, manufacturas, empaques, conservas, diseño industrial). Los alumnos desbordaban los edificios y había que dar clases en los corredores y en los patios: "cada escuela parecía una feria por el abigarramiento y el número de gentes y de artes".[31] Más de cincuenta escuelas de este tipo se fundaron en la ciudad de México y en Guadalajara, pero funcionaron muchísimas más improvisadas

[31] *Ibid.*, p. 1248.

en locales sindicales, vecindarios y fábricas, con turnos diurnos y nocturnos. Respecto a la educación superior, el avance fue más lento pero igualmente significativo: dos obras, la flamante y modernísima Escuela de Ciencias Químicas de Tacuba y el Instituto Tecnológico de México (la primera empezó a funcionar con Vasconcelos; el segundo quedó prácticamente hecho antes de que renunciara, con parte del edificio, toda la maquinaria, los talleres y la biblioteca).

La educación indígena era provisional para Vasconcelos: se trataba de hacer mestizaje, lo que equivalía a una supresión cultural tanto de los indios como de los blancos. Para Vasconcelos, el indigenismo era una forma de mantener en "reservación", explotados y fuera de los beneficios de los demás ciudadanos, a las poblaciones indígenas. El Departamento de Cultura Indígena y las Misiones Culturales tenían como objetivo acabar con la segregación de los indios y unificarlos en torno a la nacionalidad (antes que indios eran "mexicanos", en la concepción de Vasconcelos) para prepararlos a la vida democrática en la que se realizaría finalmente la redención del México bárbaro. Las primeras misiones culturales se formaron en Hidalgo (Zacualtipán e Ixmiquilpan) y en la Sierra de Puebla se fundó una escuela indígena de integración al mestizaje (Casa del Pueblo). Y así como el maestro debía comenzar su enseñanza con instrucciones elementales sobre alimentación e higiene, fue necesario nutrir en la propia escuela a los alumnos; aunque no contó con presupuesto suficiente para extender con eficacia a toda la República esta práctica, en muchos lugares se implantó la costumbre de dar alimentos a los alumnos en forma de "desayunos escolares".

El equipo de Vasconcelos simbolizaba la unidad obregonista de las facciones: el maderista Francisco Figueroa y el zapatista Peralta en los puestos administrativos superiores; en la Preparatoria, Ezequiel Chávez y luego Lombardo Toledano y Roberto Medellín; en bibliotecas, Jaime Torres Bodet;

en la Universidad, Antonio Caso y luego Ezequiel Chávez; en publicaciones, Agustín Loera Chávez; en alfabetización, Abraham Arellano y Eulalia Guzmán; Ezequiel Salcedo en imprenta; Pedro Henríquez Ureña en la Escuela de Verano (que se fundó en 1923); Federico Méndez Rivas en construcción y recuperación de edificios. En diversas funciones estuvieron ligados a la Secretaría Gómez Robelo, Mancera, Massieu, los poetas Jaime Torres Bodet, Enrique González Rojo, Bernardo Ortiz de Montellano, Carlos Pellicer y Joaquín Méndez Rivas; los pintores Roberto Montenegro, Jorge Enciso, Xavier Guerrero, Jean Charlot, Emilio Amero, Carlos González, Diego Rivera, Siqueiros, Orozco, Fermín Revueltas, Carlos Mérida, Gabriel Fernández Ledesma, Adolfo y Fernando Best Maugard, Manuel Rodríguez Lozano, Fernando Leal, Fernando de la Cueva, etcétera; los músicos Julián Carrillo y Joaquín Beristáin, etcétera.

Emprendió la tarea de construir un "palacio" para la Secretaría, que se inauguró el 9 de julio de 1922; la alegoría tomaba el poder:

Algo de esto quise expresar en las figuras que decoran los tableros [esculpidos por Manuel Centurión] del patio nuevo, en ellas: *Grecia*, madre ilustre de la civilización europea de la que somos vástagos, está representada por una joven que danza y por el nombre de Platón que encierra toda su alba. *España* aparece en la carabela que unió este continente con el resto del mundo, la cruz de su misión cristiana y el nombre Las Casas, el civilizador. La figura *azteca* recuerda el arte refinado de los indígenas y el mito de Quetzalcóatl, el primer educador de esta zona del mundo. Finalmente en el cuarto tablero aparece el *Buda* envuelto en su flor de loto, como una sugestión de que que en esta tierra y en esta estirpe indoibérica se han de juntar el oriente y el occidente, el norte y el sur, no para chocar y destruirse, sino para combinarse y confundirse en una nueva cultura amorosa y estética..., una empresa... que se propone crear los caracteres de una cultura autóctona hispanoamericana... Una verdadera cultura que sea el florecimiento de lo nativo dentro de un ambiente universal, la unión de nuestra alma con todas las vibraciones del universo en ritmo de júbilo semejante al de la música, y con fusión tan alegre como la que vamos a experimentar dentro de breves instantes, cuando se liguen en nuestra conciencia los sones ingenuos del canto popular entonado por millares de voces de los coros infantiles, y las profundas melodías de la música clásica revividas al conjuro de nuestra Orquesta Sinfónica.[32] [Que tocó la *Marcha heroica* de Berlioz.]

En el remate de la fachada, de Ignacio Asúnsolo, se conjugaban "la inteligencia, que es Apolo; la pasión, que es Dionisos; y la suprema armonía de la Minerva divina que es la patrona y la antorcha de este ministerio".[33] Diego Rivera, Roberto Montenegro y Adolfo Best Maugard ejecutaron semejantes alegorías en corredores, vitrales, dibujos de este y otros edificios educativos.

Génesis y Apocalipsis

Ya como ministro, Vasconcelos viajó al Sureste con Diego Rivera, Montenegro, Adolfo Best Maugard, Torres Bodet, Pellicer y Henríquez Ureña. Yucatán y Campeche, en plena efervescencia política, le parecerían años después, un desatendido anticipo de los próximos años callistas: "Carrillo [Puerto] le daba apariencia de revolución social a una tiranía explotadora y despiadada, estéril y destructora."[34] El espectáculo: matones a sueldo bajo pancartas marxistas; consignas de Calles disfrazadas de lemas soviéticos. Con nostalgia de su adolescencia, vio en Campeche la desolación de aquel centro de civilización refinada de su juventud, desolación producto de la Revolución, y prometió ayudar al Instituto Campechano a que recobrara su grandeza. Traza el retrato de Carrillo Puerto:

A imitación apresurada de lo ruso, incompletamente conocido por

---

[32] *Discursos 1920-1950*, pp. 39-40.
[33] *Idem*.
[34] *El desastre*, p. 109.

Carrillo, se había organizado un partido pseudocomunista, con el nombre de Liga de Resistencia. No se sabía a quién resistían porque los ligueros eran los mismos dueños de ligas y haciendas... Felipe Carrillo era alto, enjuto, bien parecido y tenía ojos verdes. Los oradorcillos alquilados aseguraban que aquellos ojos eran como el jade de los antiguos mayas... En Carrillo había un fondo de buena fe; tomaba con entusiasmo su papel reformador, aunque no tuviese clara idea de lo que era su reforma... Mis relaciones con el famoso líder yucateco fueron de afecto recíproco. Lo lamentable era que un hombre de su impreparación y su ignorancia tuviese dominio absoluto sobre todo un pueblo y sin otro compromiso que asegurarle la península a Calles... No creo que Carrillo derramara sangre. De eso se encargaban los jefes de armas, verdaderos verdugos de la federación...[35]

La experiencia en la península de Yucatán concentra toda esa época. Apocalipsis y creación. El apocalipsis: en Yucatán los carrillistas habían sustituido el nacionalismo por una mezcla de regionalismo con internacionalismo comunista; la bandera nacional por la roja y al idioma español por el maya. Vasconcelos vio que en esto, más que socialismo, sobrevivía un peligroso deseo separatista, que ya había conocido en su adolescencia en Campeche y del cual en su infancia, en la escuela de Texas, había visto las consecuencias. Sin embargo, logró que Carrillo Puerto izara la bandera nacional en las escuelas y que apoyara sus esfuerzos nacionalistas educativos. Las páginas sobre Carrillo Puerto, aunque feroces y aterradas, son excepcionales en la obra de Vasconcelos: es la única vez que manifiesta abiertamente su admiración por un enemigo ideológico y que se enorgullece de haber sido su amigo. La creación: visita a Uxmal y Chichén-Itzá; desgraciadamente Vasconcelos no escribió en esa época páginas de interpretación estética sobre esas ruinas, y en su época rencorosa dijo solamente vituperios de las artes indígenas. Pero Carlos Pellicer cuenta que esa visita fue uno de los mejores momentos de inspiración y entusiasmo que le conoció a Vas-

[35] *Ibid.*, pp. 101-109.

concelos, comparable a otros que, años después, ocurrirían en
un museo de Italia (ante un cuadro de Fra Angélico Vasconcelos improvisó una teoría espontánea sobre la "serenidad
violenta" de ese pintor) y, luego, en la visita a las pirámides
de Gizeh, cuando el poeta y el filósofo vagaron conversando
escasamente, casi con monosílabos, en la amplitud de la
noche egipcia.[36] No es difícil imaginar esa inspiración y ese
entusiasmo basándose en las teorías que desde 1916 venía
elaborando Vasconcelos, en la estética que promovió desde
la Secretaría y sobre todo en la influencia que tuvo en los
pintores que lo acompañaban; defensa de las cualidades de
una "estética bárbara" hasta la exaltación: voluptuosidad,
audacia de formas, prodigalidad de símbolos genésicos, audacia imaginativa, poder de síntesis que no es abstracción,
sino exuberancia natural, correspondencia con el suelo y la
población que los crea, espiritualidad sensual: vitalista, irracionalista; *el arte como la liturgia del pueblo*, etcétera.

Entre 1920 y 1924 Vasconcelos se dejaba invadir por todas
las influencias: budismo, zapatismo, socialismo, constitucionalismo, Rodó, Lunatcharsky, Carnegie, Romain Rolland, los
griegos, la tradición liberal, Ruskin, sindicalismo, Walter Pater, Platón, Pitágoras, Lenin, etcétera. "No hago historia; intento crear un mito." [37]

Toda la metafísica y todas las mitologías que Vasconcelos
impulsó llevaban un fin político. México carecía de lazos
unificadores aparte de la Iglesia y el tiránico poder central;
geográfica, social, racial, lingüística y culturalmente estaba
muy dividido. Vasconcelos veía en esta división de muchas pequeñas naciones, regionalismos, grupos étnicos y sociales, facciones, etcétera, el motor de la crueldad histórica de México
y una amenaza de exterminio o de sometimiento colonial
del país. En sí, México era un país de "facciones" intolera-
bles e intolerantes entre sí, una "orgía de caníbales". Se

---

[36] Conversación personal (J. J. B).
[37] *El desastre*, p. 158.

debía, en consecuencia, reconciliarlas y unificarlas en un plan colectivo e igualitario, mediante tres acciones: *a)* La educación (capacitación para la democracia: convertir a las masas en ciudadanos); *b)* La reforma agraria (capacitación para la democracia: convertir a los esclavos en propietarios), y *c)* La cultura nacional (capacitación para la democracia: reconciliar en un sistema la heterogeneidad cultural del país). "Al indio se le vencía instalándolo de propietario; incorporándolo a la cultura de la nación." [38] En la última de estas acciones —la creación de un espacio cultural en el que cupieran sin violencia todos los habitantes del país—, es sobre todo en la que Vasconcelos ocupa un lugar de primera importancia en la historia contemporánea de México.

El primer paso era incorporar a los oprimidos, darles un lugar incluso glorioso para romper la tradición de exclusión y sometimiento; para trocar, diría él, la humillación centenaria que desata la violencia bárbara en un orgullo que estimularía la creación. La admiración personal por las "civilizaciones bárbaras" de Grecia y la India fue su punto de arranque, y el origen de la cultura nacionalista mexicana del siglo xx. El campo era la estética y el mejor instrumento la pintura mural. Vasconcelos quería una pintura mural como la del Renacimiento o, mejor aún, como magníficas escenografías para óperas de Wagner. El orgullo de la raza. Que los indios no vivieran en un país que los despreciaba e inhibía, por el contrario: los edificios públicos, las portadas de las revistas, las estatuas, los conciertos, se constituirían en una liturgia de la grandeza racial del pueblo que les ofrecería imágenes redimidas. Sacar del olvido arqueológico la grandeza de las culturas indígenas y mostrarles a Quetzalcóatl, "tú eres esto". Vasconcelos quería poner como ejemplo a las masas imágenes ideales y un tanto divinas de lo indígena, como en *La creación* de Rivera o en los frescos de Montenegro en la actual Hemeroteca Nacional. Convirtió las aca-

[38] *Ibid.*, p. 105.

demias en talleres públicos y creó una "casa del arte" en que se alojaba y mantenía gratuitamente a los "pintores del pueblo" (en Coyoacán).

Pronto los muralistas abandonaron esta visión por otra: poner las imágenes *reales* y no las ideales: los indios no necesitaban a Quetzalcóatl ni a Chichén-Itzá para justificarse como indios. Vasconcelos y Diego Rivera fueron los polos opuestos del mismo indigenismo, aunque Rivera surgió de Vasconcelos y gracias a él (Vasconcelos le dio toda la libertad que necesitaba, e incluso lo defendió ante la prensa por cosas, como signos comunistas, que él por supuesto no compartía) logró incluso oponérsele. Intentos semejantes se realizaron en todas las artes: resucitó la Academia de San Carlos (bajo la dirección de Ramos Martínez), así como el Conservatorio Nacional y se fundó la Orquesta Sinfónica (dirigida por Julián Carrillo). Apoyó, en la música popular, a Joaquín Beristáin; a Ramón López Velarde y a Carlos Pellicer, en la poesía. Y propició una arquitectura y escultura nacionalistas en los edificios públicos que su Secretaría iba reparando o construyendo.

A medida que se levantaba cada edificio, surgían las oportunidades de la pintura mural. Cuando se inauguró el de la Secretaría de Educación, anuncié que sus corredores serían decorados con las faenas del pueblo mexicano, en el antepatio; sus fiestas, en el patio mayor. En la escalera debería reproducirse el panorama de la nación desde la costa selvática hasta el altiplano, de refinada arquitectura. Obtuvo la obra, porque presentó los primeros cartones, Diego Rivera. Abandonando la técnica usada en el paraninfo, pintó al fresco según el viejo método italiano. Y han quedado en los primeros pisos del primer patio del ministerio las obras que le dieron fama: *El registro del minero, La molienda de la caña de azúcar, Los tejedores, La maestra que enseña a leer.* En cambio, al intentar la representación de los festejos, y a pesar del color rico del escenario mexicano, fracasó Rivera y fracasaron todos. Al salir yo de la Secretaría se desistió del plan primitivo y comenzaron a llenarse los muros con apologías descaradas de los ti-

pos políticos en boga y con caricaturas soeces de quienes abando-
nábamos el poder.[39]

Vasconcelos había trazado un cuidadoso plan alegórico
que Rivera hacía todo lo posible por *no* respetar, pintando
indios poco ideales o cósmicos por todas partes. Entraba
Vasconcelos al ministerio, veía cómo todo su mapa estético-
metafísico del país se llenaba de "monigotes" y le decía a
Rivera: "Ay, Dieguito, ¡indios, más indios!", pero lo dejaba
hacer. En cambio, cuando Vasconcelos salió del ministerio,
perdió en la campaña por la gubernatura de Oaxaca y,
desde las posiciones del vencido empezó a atacar frontal-
mente a Calles en *La Antorcha* y otras publicaciones, Diego
Rivera pintó a Vasconcelos de espaldas, como cobarde que
no da la cara, mojando su pluma en una escupidera. Calles
debió divertirse mucho con esta imagen ridiculizadora de su
enemigo.[40]

Menos conocida y menos exitosa que su tarea de hacer voz
del pueblo a los artistas, fue la de hacer artista al propio
pueblo con una amplia promoción de las artesanías, cantos
y danzas populares, etcétera. Se enviaron misiones de pintores
(algunas al mando de Montenegro) a puntos estratégicos de
la provincia indígena (Oaxaca, Yucatán, Jalisco, Michoacán,
Morelos, Guerrero, la frontera norte) a observar paisajes y
reunir artesanías que sirvieran de ejemplo al nuevo arte nacionalista: "Se inició el sistema de influir y dejarse influir
por el arte indígena."[41] Desde luego, este cambio de dirección en la cultura mexicana que ya no se proponía sólo imitar retardataria y torpemente los modelos metropolitanos sino,
por el contrario, hundirse en "las raíces" históricas y étnicas
de la patria, fue posible, además de por la oportunidad que
dio la Revolución para una política cultural semejante, por
el auge del irracionalismo y de la "barbarie espiritual" que

[39] *De Robinson a Odiseo, OC,* t. II, p. 1676.
[40] Conversación personal con Carlos Pellicer (J. J. B.).
[41] *Indología, OC,* t. II, p. 1256.

proclamaban las vanguardias pictóricas y literarias europeas. Es la gran época del cubismo y de Dadá, cuando todos los artistas europeos quieren imitar a Rimbaud y Gauguin; desesperados del racionalismo y de la ruina de la civilización europea que fue la primera Gran Guerra, iban llegando al país muchísimos extranjeros a conocer la barbarie, la magia, el salvaje pensamiento tropical, la vida "surrealista": D. H. Lawrence, Malcolm Lowry, Graham Greene, Aldous Huxley, Antonin Artaud, Alberto Moravia, Paul Morand, Jacques Soustelle, André Breton, etcétera. Y lo que a principios de los veintes fue una exaltación anticolonialista, con el paso de los años llegó a ser folclore para turistas y el propio concepto de barbarie mágica, de vital anticivilización de trópico, de inspiración salvaje vino a convertirse en demagogia nacionalista.

Sin embargo, antes del turismo y del usufructo oficial de las "esencias" nacionalistas, el entusiasmo por lo popular y lo indígena era otra cosa. Adolfo Best-Maugard es lo más representativo de esa idea: a petición de Vasconcelos hizo un manual de dibujo, que editó la Secretaría y se repartió masivamente en las escuelas, en el cual se abandonaban los cánones europeos de formas, modelos y armonías y se promovían, en cambio, motivos tomados del incipiente conocimiento arqueológico de los aztecas y los mayas, y de los motivos artesanales de diversas regiones del país: Michoacán, Oaxaca, etcétera. Se fundaron también escuelas de arte al aire libre, para obreros, que venían a completar la verdadera fiesta del arte popular que Vasconcelos organizó durante toda su administración. No produjo un país de artistas, no consiguió una nación de pitagóricos o videntes hindúes, pero por primera vez en la historia de México la cultura se extendió a amplios sectores de la población y pretendió convertirse en un movimiento nacional y, luego, proletario:

Ambicionábamos descentralizar la cultura sin perjuicio de su calidad estableciendo en distintas regiones centros de creación y de difusión. Pensábamos que una vez que el gusto del pueblo por la música se levantara al conocimiento de lo clásico, el porvenir, la cultura general del país estaría a salvo.[42]

Aunque la inspiración original (el culto a lo primigenio, la estética bárbara) y la posibilidad real las dio Vasconcelos, pronto la pintura exploró el rumbo opuesto: no se trataba ya de "elevarlo", sino de profundizar al pueblo en lo popular; no de democratizarlo, sino de estimular una conciencia de clase. En música, las obras nacionalistas de Carlos Chávez y Silvestre Revueltas ya sólo remotamente están conectadas con Vasconcelos. En arquitectura, al finalizar su ministerio se abandonó la práctica que él había impuesto y que Federico Méndez Rivas había venido realizando: construir y reparar los edificios públicos conforme al estilo del siglo XVIII novohispano. En literatura, además de acertar brillantemente en la promoción de López Velarde y de Carlos Pellicer, la influencia de Vasconcelos fue absoluta: el equipo que organizó para las publicaciones de la Secretaría, y esas publicaciones marcaron rasgos e influencias decisivos que incluso tuvieron efecto en otros países de Latinoamérica.

Tres triples misioneros

Es precisamente en las publicaciones de la Universidad y de la Secretaría de Educación Pública, entre 1920 y 1924, donde el proyecto de civilización (capacitación para la democracia) de Vasconcelos se efectuó más plenamente. La redención mediante la educación exigía el esfuerzo coordinado de tres misioneros: el maestro, el artista y el libro: más aún, cada uno de éstos debía ser también los otros dos: un triple misionero. El artista no sólo era la voz del pueblo, sino su guía; con Vasconcelos, la escuela mexicana de pintura se volvió un arte mesiánico, y exageró esta característica en el cardenis-

[42] *El desastre*, p. 74.

mo. La pintura debía ser y fue asimismo un texto, tanto más vigente cuanto que se dirigía a un pueblo analfabeto, sin tradición democrática que lo hubiera ejercitado en la discusión racional y, en cambio, fuertemente receptivo a las figuras; un texto en el que se ofrecía todo: la lectura alegórica de la historia, la división maniquea y caricatural del bien y del mal, el origen y el porvenir, las proporciones y las jerarquías, los mitos, los lemas, los símbolos y la ubicación exacta de cada período, personaje, grupo, clase, etcétera, de la vida nacional.

Como se ha visto en *De Robinson a Odiseo*, Vasconcelos se negaba a considerar al maestro como un profesional o un técnico: debía ser un artista, su campo era la educación de la sensibilidad (que era educación ética). Sus ejemplos o modelos de educadores son los legendarios artistas de la educación: Pitágoras, Quetzalcóatl, Buda, Cristo, Motolinía. Se debía educar para la aventura, no para la adaptación al ambiente. Y el método era la seducción, la fascinación que el maestro lograra en el alumno. Y, como el cuadro era el texto del artista, el maestro debía constituirse en un texto viviente: en un ejemplo. Enseñar con la conducta; sus mejores instrumentos serían sus cualidades personales, etcétera.

El libro era otro triple misionero. Por principio, debía ser una obra de arte popular: las publicaciones de la Secretaría de Vasconcelos eran de las más hermosas que se habían hecho en el país (ninguna de ellas fue lujosa) y fueron lanzadas masivamente como "buena nueva", ante el escándalo de la prensa que, aunque no se sobresaltaba de los "cañonazos" obregonistas, clamó indignada por el despilfarro de ediciones enormes de libros técnicos y clásicos en un país analfabeto. Nuevamente, en la mística del sembrador de libros como-sembrador-de-estrellas (portada del número 3, tomo III, de la revista *El Maestro*) había un objetivo político y una función práctica muy eficaces: invadir al pueblo con libros, *incorporar el libro al espacio vital del pueblo*. "Fundar una biblioteca en un pueblo apartado y pequeño parecía tener tanta significación como levantar una iglesia", explica Daniel Cosío Villegas. Además, Vasconcelos sabía que el gobierno era muy inestable; lleno de generales ansiosos de poder y que el régimen podía cambiar de un momento a otro; su ministerio, por ello, trabajó contra reloj: dejar hecho lo más posible. Y como lo demostraron los años posteriores, la labor editorial de la Secretaría de Vasconcelos tuvo que cubrir la pereza y la incompetencia de los ministerios siguientes, de modo que sus ediciones enormes sirvieron por lo menos durante dos décadas: *fueron incluso insuficientes*.

El 13 de enero de 1921 Obregón había ordenado que todas las prensas del gobierno pasaran al poder del Departamento Universitario y, posteriormente, de la Secretaría de Educación. Ante el escándalo nacional declaró Vasconcelos: "Lo que necesita el país es ponerse a leer la *Ilíada*. Voy a repartir cien mil homeros, en las escuelas nacionales y en las bibliotecas que vamos a instalar."[43] Además de cientos de miles de libros de texto para escuelas primarias y de manuales y libros técnicos se editaron masivamente clásicos ("es menester desechar el temor a los nombres que no se comprenden bien: la palabra *clásico* causa alarma; sin embargo, lo clásico es lo que debe servir de modelo, de tipo, lo mejor de una época. Lo que hoy llamamos genial será clásico mañana").[44] Los editores le reclamaron, porque al editar libros, el Estado "arruina a la industria privada, mediante una competencia desleal".[45] Vasconcelos contestó que sus ediciones buscaban crear hábitos de lectura, con lo que los editores serían los primeros beneficiados. También se le objetó que se publicasen tantos libros en un país analfabeto; precisamente para alfabetizar hay que fabricar libros y construir escuelas. Y que se publicasen clásicos, en vez de lecturas más accesibles. Respondió: no se trata de alfabetizar para volver

[43] *Ibid.*, p. 51.
[44] *Lecturas clásicas para niños* (1924-1925), edición facsimilar de la SEP, México, 1971, t. I, p. xii.
[45] *Idem.*

más estúpida a la gente, sino para mejorarla. Saber leer cosas tontas era peor que no saber leer en absoluto. Y fue memorable el argumento contra quienes criticaban que se les diese como texto a los niños "lecturas clásicas" porque "no están al alcance de sus pequeñas inteligencias". Respondió: "Nuestra propia pereza nos lleva a suponer que el niño no comprende lo que a nosotros nos cuesta esfuerzo; olvidamos que el niño es mucho más despierto y no está embotado por los vicios y apetitos. Tanto es así que me atrevería a formular la tesis de que todos los niños tienen genio y sólo al llegar a los dieciséis años nos volvemos tontos."[46] Sumarían millones: la *Ilíada*, la *Odisea*, Esquilo, Sófocles, Eurípides, Platón, Plutarco, Plotino, *Manual de budismo*, los Evangelios, la *Divina comedia*, Shakespeare, Lope, Calderón, el *Quijote*, Goethe (*Fausto*), Ibsen, Shaw, Rolland, Tolstoi, *Historia universal* de Justo Sierra, Ruiz de Alarcón, Pérez Galdós, Balzac, Dickens, Victor Hugo, Aristóteles, Marco Aurelio, San Agustín, Montaigne, Descartes, Pascal, Kant, Rousseau, Sor Juana, Othón, Urbina, Nervo, González Martínez, Díaz Mirón, Ignacio Ramírez, Rabasa, Caso, Prieto, Micrós, etcétera, más manuales de legislación, psicología, sociología, economía, historia del arte, geografía, sindicalismo, agricultura, pedagogía, ciencia industrial, antologías de prosa y poesía mexicana, española y latinoamericana, historia de México, etcétera. En total, en el plan original eran 524 títulos en cinco colecciones: clásicos, biblioteca agrícola, pedagógica, industrial y biblioteca de consulta para agricultores e industriales. Otras publicaciones de la Secretaría: la revista bibliográfica *El Libro y el Pueblo* (1922) y el *Boletín* (1921).

"La primera inundación de libros que conoce nuestra historia"[47] además de su venta pública a bajísimo precio tenía como misión principal conformar las bibliotecas que se em-

---

[46] *Idem. Cf.* el *Canto del sol* de Ezra Pound.
[47] *Indología, OC,* t. II, p. 1254.

pezaban a abrir; aparte de las miles improvisadas en las escuelas, hubo más de quinientas[48] de carácter extraescolar, constituidas con la ayuda de los sindicatos y ayuntamientos en aldeas y barrios urbanos.

El Departamento de Bibliotecas fue organizado a imitación de las bibliotecas Carnegie de los Estados Unidos[49] para dar material a los lectores que se pensaba crecerían inmediatamente como fruto de la campaña de alfabetización y de la proliferación de las escuelas. Cuando salió Vasconcelos del ministerio se cortó la labor editorial de la Secretaría, incluso se tiraron a la basura toneladas de pliegos ya impresos de nuevos libros, con el pretexto de que no había dinero para proseguir tan dispendiosa utopía, pero a esos "inútiles" manuales y textos clásicos y técnicos sucedieron, en tonelaje mayor, ediciones de "libros de funcionarios que no hallan editor" y de propaganda política.

La mejor de todas las publicaciones de Vasconcelos fue la revista *El Maestro* (1921-1923); estaba planeada como un pequeño manual de cultura general, con secciones fijas: información nacional e internacional, historia universal, literatura, sección de niños, conocimientos prácticos, poesía y "temas diversos" (ensayos de todo tipo). Por ambos lados de la contratapa aparecían pequeñas leyendas como: "Prefiramos ser el mejor dulcero de la república al peor abogado de la ranchería" (I, 1), "Revista gratuita para 'lectores de marcada pobreza' y para el resto $ 5.00 oro", "Cultura es creación de hábitos de acción", "No cuestionamos en *El Maestro* ningún punto de los que dividen a la familia mexicana, y no ventilamos ningún punto discutible de orden moral, sino meros tópicos de categórica utilidad" (I, 3), "A sus hijos, a sus alumnos o a sus amigos dígales siempre que deben aspirar a dos cosas: la honradez y el trabajo. Lo demás les será dado por añadidura" (I, 1), etcétera.

[48] *Idem.*
[49] *Ibid.*, p. 1250.

Las portadas son igualmente sugerentes de la atmósfera de la época: la estrella de cinco picos (Venus) con el ojo de la sabiduría (o Espíritu Santo, o Gran Ojo indostánico), trazado a imitación de dibujo prehispánico (II, 1), imitación de la artesanía del bordado (II, 2), un dibujo medieval del nacimiento de Jesucristo (II, 3), máscara prehispánica de jade (II, 4-5) y estilización de cactus (II, 6), coro de niños griegos (III, 1), escultura griega de un pensador (III, 2) y sembrador de estrellas rumbo a las ruinas del Partenón (III, 3), León Tolstoi (III, 4), etcétera.

El Maestro traduce o reproduce para su divulgación textos de Unamuno, D'Ors, Martí, Virgilio, Julian Greenfill, Selma Lagerlöff, Heredia, Papini, Blanco Fombona, Platón, José Ingenieros, Romain Rolland, Rousseau, Tolstoi, Shaw, Gorki, Tagore, Anatole France y Henri Barbusse ("Manifiesto a los intelectuales y estudiantes de la América Latina", I, 3), Rubén Darío, Leónidas Andreiev, Juan Ramón Jiménez, Fernán Caballero, Pérez Galdós (frases sobre México seleccionadas por Tablada, II, 1), Gabriela Mistral, que se une a la mística de Vasconcelos:

La crisis de los maestros es crisis espiritual: preparación científica no suele faltarles, les faltan ideales, sensibilidad i evanjelismo (perdone la palabra). (III, 1, p. 57).

Rosalía de Castro, Edna St. Vincent Millay (II, 1), Ernst Henley, el Gandhi, Thomas Gray, Juan Montalvo, Hans Christian Andersen, Jacinto Benavente, Richard Middleton, Emerson, Humboldt, Pascal, Sarmiento, Mozart, Wagner, Andrés Bello, Pestalozzi, Beethoven, Esquilo, Ada Negri, Walt Whitman, Poe, Shakespeare, Nietzsche, González Prada, Horacio Quiroga, Guerra Junqueiro, Ramachakara, Arturo Capdevila, H. G. Wells, Alfonsina Storni, etcétera.

El Maestro, con tiraje de 75 mil ejemplares, estaba pensada como una revista total, útil tanto para el público más elevado como para los alumnos de las escuelas, e incluso como una revista familiar. Trataba absolutamente de todos los temas: teorías económicas de Henry George, nociones de comunismo (por Henri Barbusse, III, 3), clases de dibujo, natación, geometría, trigonometría, baile, lechería. Conocimientos modernos de geología, geografía, arte nacional, agricultura, ganadería, fertilizantes, alimentación racional, vegetarianismo, lecciones de higiene. Orientación sindical, historia del trabajo, teoría de la relatividad, flores y juegos, cuentos para niños, juegos de ilusión óptica, sugerencias para el mejor cultivo del garbanzo. Historia y geografía de los países latinoamericanos, por entregas: el Brasil, la Argentina, Chile, el Perú, Colombia, etcétera. Fisiología del gusto. Los daños del alcoholismo. Reforma agraria, importancia del buen humor, ventilación del hogar e higiene del vestido, filosofía, economía, arqueología, antropología americana; respiración indostana, importancia del baño diario (ilustrado por el ejemplo japonés), gimnasia, traslación y gravitación de la Tierra, primeros auxilios, los hombres célebres ante los niños. Todo un curso de historia universal, por entregas: escitas, caldeos, egipcios, hebreos, griegos, persas, hindúes, romanos, etcétera. Indigenismo y europeización. Excursionismo; de hecho, se fundó una versión local de los *boy scouts*, las "tribus indígenas", divididas en grupos llamados nahoas, tezcucanos, mexicas, tarascos, etcétera (I, 2). Y así sucesivamente.

El Maestro agrupó a casi todos los escritores importantes y jóvenes de México: Ezequiel A. Chávez, Torres Bodet, Salomón de la Selva, José Gorostiza, Carlos Pellicer, López Velarde ("Novedad de la patria" en I, 1 y "La suave Patria" en I, 3), Agustín Loera, Alfonso Cravioto, Julio Torri, Joaquín Méndez Rivas, Tablada, González Martínez, Carlos Pereyra, Manuel Gómez Morín, Luis Castillo Ledón, Teja Zabre, Jesús Urueta, Ezequiel Padilla, Vasconcelos ("El bronce del indio mexicano", III, 3) y hasta nada menos que ¡Álvaro Obregón! ("La verdad y el error en la vida americana", III, 4-5). Además, *El Maestro* se dedicó sistemáticamente a promover la literatura castellana de los siglos de oro e inició la revaloración oficial de Sor Juana.

Los hijos del pueblo, las madres del pueblo

En 1924 aparecieron dos libros excepcionales: *Lecturas clásicas para niños*, uno de los más hermosos que se han hecho en México; y *Lecturas clásicas para mujeres*, preparado por Gabriela Mistral.

Gabriela Mistral estuvo poco más de dos años en México; llegó en 1922, y cuando en julio de 1924 cayó Vasconcelos apresuró la edición de ese libro y se marchó. Vasconcelos la invitó con dos objetivos: preparar un libro de lecturas para las mujeres, que sirviera además de texto escolar y guía para el maestro, y sobre todo para encarnar un mito.

La nueva época del país —pensaba Vasconcelos— exigía un cambio en el lugar y en la función sociales de la mujer, que antes habían sido la silenciosa y abnegada esposa del campesino misérrimo y la silenciosa y abnegada soldadera. Además, tanto por la experiencia de que en su enorme mayoría las personas que atendieron a su llamado mesiánico para la campaña de alfabetización habían sido mujeres, como por la realidad de que la Revolución Mexicana había provocado que la población de mujeres fuera abrumadoramente superior a la de hombres, lo que dejaba a una enorme cantidad de mujeres fuera del único lugar que el espacio social podía concederles, el matrimonio, y las hacía víctimas de opresiones (prostitución, casa chica, servidumbre, etcétera), Vasconcelos pensó en el magisterio como el lugar más digno, útil y posible para ellas. Gabriela Mistral sería la inauguración y el modelo para generaciones de maestras. Y su visión personal de la pedagogía, por otra parte, lo hacía simpatizar con un sistema educativo casi maternal en lugar del empirismo "de laboratorio" de las pedagogías en boga. Vasconcelos se dedicó a promover intensivamente a Gabriela Mistral: la educadora de la Revolución. Indignada, la prensa objetó que la Mistral era extranjera; Vasconcelos respondió con su argumento contundente de "la gran patria iberoamericana" y con que, además, no existía en México nada equiparable. La gran difusión y el prestigio del ministerio de Vasconcelos en Latinoamérica fundaron el mito de Gabriela Mistral como la maestra del Continente. A tal grado le interesaba a Vasconcelos esta promoción que en 1923 puso el nombre de la Mistral a una escuela en cuyo patio erigió una estatua de ella esculpida por Ignacio Asúnsolo. A partir de entonces la imagen del magisterio mexicano ha sido la de una mujer, *mater admirabilis*; la de la escuela, "casa del pueblo"; la de los alumnos, "hijos del pueblo", y la han difundido extensivamente la prensa, la pintura y el cine nacionalista; sólo el cardenismo desplazó parcialmente la vigencia absoluta de esa imagen con la otra, igualmente seductora, del maestro como primogénito (varón) y guía de sus hermanos hacia la liberación social. En toda la historia de México no existe un proyecto oficial de "redención" de la mujer comparable al de Vasconcelos, ni más práctico: existían las condiciones para realizarlo; de hecho, aunque sin la energía que exigía ese proyecto, los sucesivos ministerios siguieron esa línea, que —como lo comprobó la actuación de los maestros en el cardenismo, reflejada en el sucesor de *El Maestro*, *El Maestro Rural*— dio por primera vez una función importante a la mujer popular en la vida social y política del país, ya no como comparsa, sino como actuante.

Obsérvese que antes de Vasconcelos el magisterio era un apostolado masculino, herencia de los liberales: Ignacio Ramírez, Altamirano, Sierra, como bien se ilustra con la literatura de la Reforma y con *La muerte de Artemio Cruz*, de Carlos Fuentes. Con Vasconcelos, el mito del maestro se vuelve espacio de la mujer.

El proyecto de Vasconcelos de redención de la mujer que

ilustró Gabriela Mistral en *Lecturas clásicas para mujeres* es significativamente idéntico a su proyecto de redención de los indios. Un salto brusco de la infamia degradada a la gloria mítica. Así como a la imagen porfiriana del indio como siervo subhumano opuso el modelo de Quetzalcóatl, a la imagen silenciosa y marginal de la mujer oprimida opone las nuevas mitologías de la Madre del pueblo (que la pintura mural utilizó frecuentemente).

Lecturas clásicas para mujeres fue un libro exitoso lo mismo como antología literaria que como (y principalmente) manual de redención. Se divide en cinco grandes secciones: el hogar, México y la América Española, trabajo, educación del espíritu y educación de la sensibilidad. El prólogo de Gabriela Mistral es ilustrativo de cuánta confusión, equiparable a la que había en el indigenismo, desataban las intenciones feministas. Empieza con unas "palabras de la extranjera", disculpándose con cierta malograda ironía de realizar una tarea que, según la prensa, debía hacerla una mexicana: "Comprendí que un texto corresponde hacerlo a los maestros nacionales y no a una extranjera, y he recopilado esta obra sólo para la escuela mexicana que lleva mi nombre. Me siento dentro de ella con pequeños derechos, y tengo, además, el deber de dejarle un recuerdo tangible de mis clases." [50] Esa escuela era técnica, "casi industrial", para mujeres que oscilaban entre los quince y los treinta años y su educación cultural era sólo complementaria. La Mistral coincidía en muchos aspectos con la visión pedagógica de Vasconcelos: el maestro debía ser un artista, había que acabar con la "escuela-madrastra", la educación era una imitación de lo clásico y lo grandioso: "No educa nunca lo inferior." En este libro expuso sus falibles, pero comprensibles —y las únicas que una institución oficial podría promover en esa época—, ideas personales sobre la redención de la mujer: su feminismo que-

---

[50] Mistral, Gabriela: *Lecturas clásicas para mujeres* (1924), 2ª ed., México, Porrúa, 1967, p. xv.

ría acaso liberar a las mujeres más de las sufragistas que de la opresión tradicional. La "mujer nueva", europea y norteamericana, le parecía "un triste trueque de firmes diamantes por piedrecitas pintadas",[51] y convocaba a las mujeres a robustecer, sobre todo, aunque sin perder su individualidad, el espíritu de familia: "Para mí, la forma del patriotismo femenino es la maternidad perfecta."[52] Los criterios de selección de los textos son: intención moral y social, belleza literaria y amenidad, con predominio de textos mexicanos, luego latinoamericanos y españoles, y algunos clásicos y de otras literaturas.

Por fortuna, la selección es mejor que el prólogo. Resulta curioso, sin embargo, que Vasconcelos, el autor de las páginas más peyorativas de la literatura mexicana sobre el matrimonio y la familia, y perpetuo apasionado de mujeres "liberadas" como Adriana o Valeria, y Gabriela Mistral, lanzaran una política de este tipo. No habrían podido ni querido hacer otra: estaban en el extremo último de su audacia. En este, como en todos los demás campos de su acción educativa, Vasconcelos se movió entre muchas limitaciones, gracias a las cuales pudo actuar: de otro modo sólo le quedaba la utopía. Así, con la bandera de la subordinación de la mujer a la familia, se desarrolló un mito de nueva mujer mexicana: glorificación sentimental de los mismos aspectos y costumbres de la opresión. La grandeza de ser madre y esposa, los privilegios del amor en el hogar, la fuerza de la maternidad, la dulzura de las faenas caseras, canciones de cuna. La sección "El hogar" es la menos afortunada del libro. En el prólogo, Gabriela Mistral se había disculpado: "La literatura ha sido generosa para la mujer en el aspecto que llamaríamos galante, y extrañamente mezquina para la madre y aun para el niño. Y si pasamos de la literatura general

---

[51] *Ibid.*, p. xvi.
[52] *Ibid.*, p. xviii.

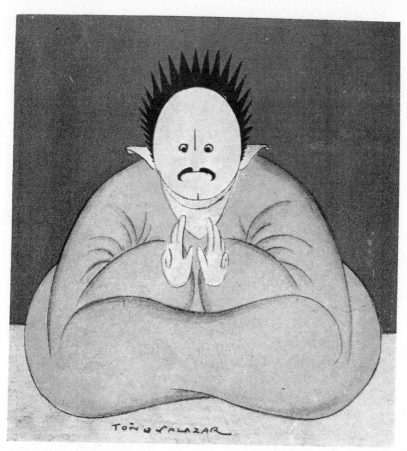

1. José Vasconcelos (caricatura de Toño Salazar).

2. Antonieta Rivas Mercado (óleo de Julio Castellanos).

3. Vasconcelos a los 22 años,
en 1904.

4. En la fundación del Partido Antirreeleccionista. Al centro, Francisco I. Madero.
Vasconcelos, a la extrema derecha.

5. Vasconcelos en el escenario del Teatro Colón, después de su conferencia del 24 de marzo de 1929. Entre otras personas, lo rodean Medellín Ostos, Alejandro Gómez Arias, Adolfo López Mateos, Ángel Carvajal, Elvira Vargas, Enrique González Aparicio, Francisco del Río.

6. Reunión celebrada en 1923. Primera fila: Ricardo Gómez Robelo, Roberto Montenegro, Antonio Caso, Alfredo L. Palacios, Gabriela Mistral, Carlos Pellicer y Julio Torri. Atrás: Francisco del Río, Alberto Vázquez del Mercado, persona no identificada, Palma Guillén, José Vasconcelos, el secretario particular de Alfredo L. Palacios y Manuel Gómez Morín.

7. En Culiacán, durante la campaña de 1929.

8. Álvaro Obregón en campaña para Presidente de la República.

9. El 2 de julio de 1929, Vasconcelos rinde la protesta como candidato del Partido Nacional Antirreeleccionista ante el propio presidente del partido, Vito Alessio Robles.

10. Vasconcelos en la vejez.

11. Vasconcelos panfletario (caricatura de Naranjo).

12. Durante la última época de su vida.

a la española, la pobreza se hace miseria." [53] La redención aquí fue solamente la promoción estética de las costumbres imperantes; no podría serlo de otra manera: ya era bastante, pensaría Vasconcelos, como lo pensaba en menor grado del indigenismo, *empezar por situar en un papel protagónico a los que antes eran extras o comparsas.* Toda la sección "México y la América Española" es estetizante, promotora de la raza y de las costumbres y artesanías populares, antimperialista y heroica. La sección "Trabajo", la que habría resultado más interesante, es débil y tímida: al parecer, Gabriela Mistral no encontró textos que ofrecieran otras visiones de la mujer como trabajadora que las de parir, amamantar, cuidar el hogar, y las más o menos idílicas de pastora, orfebre, molinera, etcétera. Se trata principalmente de un elogio del trabajo, apoyado en la idea de que la división de clases es una división entre gente laboriosa (ricos) y gente perezosa (pobres), aunque se incluye un canto a los obreros muertos del entonces casi adolescente Pablo Neruda.

Las partes importantes de *Lecturas clásicas para mujeres* son las dos últimas, la educación del espíritu y la educación de la sensibilidad. La calidad de los textos sube y se aligera mucho la tendencia, común en la época, de hablar a las mujeres como a menores de edad. Se trata de una sucesión de estampas sobre, respectivamente, sentimientos y sensaciones. Además de los autores ya señalados a propósito de *El Maestro*, el libro de Gabriela Mistral difunde, entre otros, a Ruskin, Eduardo Barrios, Juana de Ibarbourou, Lugones, Francis Jammes, Chocano, Martí, Pascal, Gabriel Miró, Baudelaire, Capdevila, Paul Fort, Charles-Louis Phillipe, Azorín, Carlyle, Manuel Machado, Lincoln, Maeterlinck, Rodó, Fenelon, Jules Renard, Leconte de Lisle, Michelet, Stefan George, Flaubert, y a toda la plana mayor de los escritores mexicanos de la época.

[53] *Ibid.*, p. xvi.

A pesar de toda esta visión sentimentalista de la mujer hogareña, el mito de la mujer como maestra o "madre del pueblo" tuvo éxito. Con la madre, la novia y la prostituta, la maestra —nacida entonces— integrará la mitología femenina del México posrevolucionario.

Lecturas clásicas para niños, en cambio, es un libro eficaz, en parte porque no se trata de una mera recopilación, sino de una verdadera edición, con un equipo de redactores y adaptadores, y en parte porque se apoyó menos en valores sentimentales y se propuso estimular la imaginación infantil con historias que ya hubieran probado ser eficaces.

El colofón da la siguiente lista de "editores": Gabriela Mistral, Palma Guillén, Salvador Novo, José Gorostiza, Francisco Monterde, Xavier Villaurrutia, Bernardo Ortiz de Montellano y Torres Bodet. También participó Carlos Pellicer. Las magníficas y abundantes ilustraciones fueron de Roberto Montenegro y Fernández Ledesma. La finalidad: "Reescribir, en forma de relatos sencillos ciertas leyendas célebres y enmarcar, dentro de una prosa sin pretensiones, algunos fragmentos de la imaginación universal." [54] El orden es cronológico y representa un compendio de la literatura mundial: leyendas hindúes, las *Mil y una noches*, mitología griega, *Ilíada* y *Odisea*, pasajes bíblicos, el *Cid* y el *Quijote*, leyendas medievales francesas y alemanas; la vida de San Francisco de Asís, *El rey Lear* y *La tempestad*, cuentos de hadas, leyendas prehispánicas, crónicas del descubrimiento y de la conquista de América, y vidas de los caudillos de la Independencia; tres autores modernos: Tagore, Oscar Wilde y Marcel Schwob. El equipo editorial que formó Vasconcelos —base de la generación de Contemporáneos— proseguiría extraoficialmente, con donativos y las propias ventas, un programa de publicaciones en revistas y en la Editorial Cultura, semejante al desarrollado por ese ministerio.

---

[54] Torres Bodet, Jaime: *Tiempo de arena*, en *Obras escogidas*, México, FCE, 1961, p. 286.

La cultura mesiánica

El mesianismo de Vasconcelos no representó exclusivamente una característica personal, sino una época en una corriente mesiánica que ha dominado de diversas formas la cultura y la sociedad iberoamericanas desde por lo menos mediados del siglo XIX.

Tan confusos y contradictorios como los orígenes de los nacionalismos iberoamericanos —la noción de una identidad o *nosotros* político frente a lo ajeno y a lo pretérito— fueron los inicios de su cultura, que surge en cuanto tal, diferenciándose de la colonial, con rasgos mesiánicos. Aparece en la oratoria y el periodismo declamatoriamente, como alegorías proféticas de paraísos inminentes o como apocalipsis. De Sarmiento a José Ingenieros, de Lucas Alamán a Justo Sierra, de Darío a Neruda, de Montalvo a Mariátegui, se extiende un abigarrado catálogo de autores y obras con alegorías de redención y liberación, primero nacionalistas y anticolonialistas y luego con perspectivas socialistas; lo dominante por lo menos hasta bien entrado el siglo XX es el marco sarmentista de la lucha entre civilización y barbarie. Hacia 1920 Vasconcelos recogió los entusiasmos, prejuicios, limitaciones y la vitalidad de esa década. No es extraño, dentro de esa corriente general de la cultura latinoamericana, que aún en los sesentas el grupo del *boom* novelístico presente con formas más modernas el viejo impulso mesiánico y sus alegorías, y que Carlos Fuentes hable en *La nueva novela hispanoamericana* de la literatura como una anticipación alegórica de un porvenir liberado.

El siglo XIX dio al intelectual latinoamericano una función mesiánica, nacida de la corriente europea que, con los enciclopedistas, hizo a los intelectuales y artistas directores de destinos: del bufón o sirviente cortesanos el "hombre del espíritu" llegó a ser el profeta o superhombre románticos. Como quedó claro en la polémica de Vasconcelos contra Chocano y Lugones, en 1925, la disyuntiva para la cultura iberoamericana era tajante: apóstoles o bufones. Sólo gracias a actitudes como las de *Sur*, *Contemporáneos* y *Orígenes* se promovió la opción del arte en forma de mera actividad personal, acaso íntima, del autor y su público, dirigida a un cultivo de la inteligencia y la sensibilidad individuales. Como ministro, Vasconcelos pretendió que el Estado debía ser el sostenedor y promotor de las artes, que debía sacar al artista y al escritor de la condición de cortesano o *dilettante* y hacerlo apóstol del pueblo. Y este mesianismo exaltado respondió a una situación catastrófica de los nacionalismos; resultó que los únicos nacionalistas reales verosímiles, eran esos intelectuales, y su única fuerza la cultura mesiánica. Un nacionalismo sin armas ni riquezas: sólo poemas, libros, cuadros, himnos, discursos que confiaban y se desengañaban dramáticamente de los regímenes que los usaban. En Iberoamérica no hubo burguesía nacionalista, sino oligarquías coloniales. A veces el ejército o el clero, en escasos momentos progresistas (el ejército insurgente sudamericano o mexicano liberal, los curas del bajo clero que se integraron a luchas populares), llegaron a momentos de apoteosis nacionalista. La cultura más incipiente e inerme del siglo XIX tenía la misión más difícil: la construcción político-cultural de las naciones iberoamericanas. Y sólo se apoyaba en pequeñas clases medias o en raros casos de aristocracias progresistas (los grandes generales sudamericanos, el caso de Madero). Si la cultura se movió en los campos de la utopía, la alegoría, la oratoria y la declamación republicanas, fue porque carecía de otros espacios eficientes; incluso ese espacio era generalmente un descanso breve entre las violencias y anarquías del siglo, una esperanza grandilocuente y mal definida en una atmósfera de apocalipsis.

A Vasconcelos le tocó encarnar tanto esa tradición de la cultura y del intelectual mesiánicos, como la irrupción de la Revolución Mexicana en la cultura. Socialismo, indigenis-

mo, utopía, democracia, mesianismo, renacimiento artístico,
individualidad "genial". Quetzalcóatl —resumen de los elementos anteriores— cubría con su figura la crueldad y las
posiciones radicales de la Revolución. Y fue enviado como
embajador-misionero a Sudamérica, para asistir al centenario
de la Independencia brasileña y al cambio de poderes en la
Argentina (1922). Como complemento a *La raza cósmica*,
Vasconcelos relata ese viaje con la mejor prosa que hubo en
México en esa década; la emoción más contenida, menos
teorizante, atenta a la percepción sintética, vitalista. Aquí Vasconcelos inició una de sus profecías más desastrosas: enga-
ñado por la historia, que parecía fundar regímenes de civilización en algunos países iberoamericanos, se dejó entusiasmar
por las democracias sudamericanas que en los veintes se veían
prósperas y a ellas asignó el porvenir de América. México
era el rezagado, con una práctica democrática más escasa,
aunque diversos grupos revolucionarios trataran de realizar
soluciones socialistas tomadas de la Industrial Workers of
the World norteamericana y de la Revolución soviética. Años
después, cuando esas democracias cayeron en dictaduras, los
papeles se invirtieron ridiculizando al viejo profeta, y gran
parte del "milagro mexicano" fue el engañoso espectáculo
de México como excepción más o menos democrática en un
continente de brutales militarismos.

Después de Lucas Alamán, la historia de las relaciones ex-
teriores de México había concedido poca importancia a Sudamérica. Más que como iberoamericano, México se situaba
como país del Norte, con particularidades raciales y culturales y un aislamiento geográfico que lo separaban de los países
del sur. Ante la enemistad norteamericana, Obregón buscó
apoyarse diplomáticamente en los países sudamericanos más
fuertes; este acercamiento se tomó como la incorporación de
México al sueño de Bolívar. La comitiva de cadetes mexicanos
que acompañó a Vasconcelos al Brasil fue nombrada guardia
honoraria del presidente de ese país durante los festejos del

centenario de la independencia brasileña: en el desfile "el
pueblo entero aplaudía a nuestros muchachos y los mimaba
como sustitutos momentáneos, como hijos adoptivos de la patria carioca".[55] México regaló al Brasil en esa ocasión una
estatua, réplica hecha en Tiffany's, del Cuauhtémoc de Paseo
de la Reforma, y Vasconcelos pronunció un discurso contrario a todo lo que una década después y hasta su muerte habría de decir contra el indigenismo callista como arma de
penetración norteamericana. En ese discurso Vasconcelos pro-
clamó a Cuauhtémoc el mayor y más entrañable de los héroes
mexicanos:

> Un héroe sublime porque prefirió sucumbir a doblegarse, y por-
> que su memoria molestará eternamente a los que tienen hábito de
> halagar al fuerte, y son esclavos incondicionales del éxito, en cual-
> quiera de sus formas [. . .] el conjuro creador de una raza nueva,
> fuerte y vigorosa [. . .] la lucha desigual, la lucha eterna y sagrada
> del débil que posee la justicia contra el fuerte que la reemplaza
> con sus conveniencias [. . .] hermano [de Cortés] en la grandeza
> y el dolor [. . .] dos razas en perenne conflicto, hasta que la Repú-
> blica [liberal, juarista] viniera a poner término a la pugna [. . .]
> Pues este indio es símbolo de la rebeldía del corazón [. . .] los
> incrédulos de hoy, lo mismo que los que aconsejaban a Cuauhté-
> moc que no batiese a los españoles, porque los españoles eran de
> raza superior, la raza civilizada, pasarán como pasaron los pusilá-
> nimes de antaño, sin dejar siquiera un rastro [. . .] Y ahora Cuauh-
> témoc renace porque ha llegado, para nuestros pueblos, la hora de
> la segunda independencia, la independencia de la civilización, la
> emancipación del espíritu.[56]

Cuauhtémoc entra de este modo en el tipo mexicano del
héroe supremo: el defensor de la patria contra los imperialis-

---

[55] *La raza cósmica*, 3ª ed., México, Espasa-Calpe, 1966, p. 129.

[56] *Discursos 1920-1950*, pp. 92-97. A través de divulgadores como Waldo
Frank la experiencia "emancipadora" de la cultura nacionalista mexicana se
conoció en Hispanoamérica y en los Estados Unidos. Incluso influyó a historiadores de la cultura norteamericana que también querían "volver a las raíces", como Van Wyck Brooks (*Days of the Phoenix, the nineteen-twenties I
remember*, X). Y Diego Rivera fue a Nueva York a pintar en edificios públicos ¡murales sobre Emerson y Thoreau!

mos, como los Niños Héroes y Juárez; lo indígena se aliaría
con lo criollo contra los Estados Unidos. Más tarde Vasconcelos descubrió que los indios detestaban más a sus enemigos
inmediatos, los ladinos, y que ese odio tan justificado como
permanente no disminuía con la unidad nacionalista contra
los norteamericanos, cuya presencia era menos evidente para
las masas que el despotismo de los "criollos" como explotadores inmediatos. El odio a lo "español" —palabra que para
los indios de alguna manera incluía las características de los
mexicanos blancos que los oprimían— era más espontáneo
y obsesivo que el odio a los Estados Unidos, localizable este
último principalmente en las ciudades, entre la clase media.
Cuauhtémoc y Cortés no se conciliaron o hermanaron, como
quería Vasconcelos, contra la doctrina Monroe; la civilización
blanca y la "barbarie" indígena seguirían combatiendo entre
sí porque la conservación de aquélla necesitaba de la opresión de las masas. Y el nacionalismo de los "mexicanos civilizados" se adecuó fácilmente a la dependencia norteamericana, que le aseguró los privilegios de la dominación de los
"bárbaros". Unos cuantos años después de este discurso, ya
sería insostenible proclamar la unidad de los indios y los
blancos, de los explotados y los amos contra el enemigo común norteamericano. El grupo mexicano que se identificaría
con la imagen de "Cortés", la clase dominante, no era tan
enemigo de los Estados Unidos; las masas indígenas (Cuauhtémoc) sí lo eran de sus opresores nacionales.

En la Argentina Vasconcelos creyó encontrar la patria
ideal, democrática, próspera, sin "barbarie" ni conflictos de
raza, con menores contrastes sociales. Un presidente como
Yrigoyen era Abel, en la tradición sarmientista, si se le com-
paraba con los militares mexicanos que tenían el poder. Sólo
enfureció a Vasconcelos el generalizado racismo sudamericano contra los indígenas y los negros, a quienes en la Argentina se consideraba lacra o enfermedad que había que
diluir y desaparecer mediante el exterminio y la purificación

de la sangre (aumentar la colonización europea). En la Argentina vio poblados limpios, gente sana y moderna, bienestar social: recorrió ese país con ojos de embajador complaciente y exaltado: "La Argentina, y particularmente la provincia argentina, he allí la esperanza de la gente que habla español".[57]

El momento mejor de su viaje a la Argentina, prosística y simbólicamente, es la visita al Iguazú. Vasconcelos, en la plenitud de su vida y de su genio, había encontrado un hijo predilecto al que contagiaba (y del que se contagiaba) vitalidad; otro adorador de la "energía", de la naturaleza y de la aventura: Carlos Pellicer. Casi adolescente en esa época, ante el vértigo formidable de la Garganta del Diablo, un derramadero de cataratas como diluvio bíblico, Pellicer cayó en la mística de confundirse con la violencia natural y por poco se despeña de tanto querer acercarse (tumbado al borde del precipicio, con la mitad del cuerpo hacia el vacío, apenas agarrado de los débiles arbustos de la orilla) a la visión del "alma [que] consuma su inversión de las fuerzas del cosmos"; cara a cara con el exterminio profundo de las corrientes colosales. Hubo que arrancar a Pellicer de ahí (estaba ido, hipnotizado) y arrestarlo en su cuarto del hotel bajo guardia militar. Maestro y discípulo eran la misma fuerza. Recuerda Vasconcelos:

Pellicer se acerca tanto a la orilla del abismo que nos causa escalofrío, lo reñimos, pero no responde, está ido, pertenece al espectáculo [. . .] la noción de eternidad pasa sin que podamos ligarnos con ella. Pasa como pasan las aguas y nos destroza como destrozan las aguas [. . .] sólo hay una certidumbre, la certidumbre de las palabras [. . .] pero lo que no sabemos, lo que no acertaremos a descubrir jamás es la manera como se combinan estas palabras que son realidades [. . .] las realidades están sueltas; el amor cree juntarlas, pero la Naturaleza la desintegra, nos desintegra a nos-

57 *La raza cósmica*, p. 173.

otros mismos y quedan otra vez sueltas las enormes palabras: Vida,
Fuerza, Belleza, Alma, Virtud. . .[58]

Encarcelado en su cuarto del hotel, mientras Vasconcelos
y su comitiva asistían a un banquete, Pellicer escribió esa
misma noche el poema "Iguazú" (tercer canto de *Piedra de
sacrificios*), que muestra una afinidad emotiva y de símbolos
con Vasconcelos:

> Agua de América
> agua salvaje, agua tremenda
> mi voluntad se echó a tus ruidos
> como la luz sobre la selva
> [...]
> las aguas de América
> caen tan cerca de mi corazón
> como la sangre en las liturgias aztecas
> [...]
> mi voluntad será como la tuya
> numerosa y fanática
> [...]
> alcanzará tu juventud perpetua
> y humilde o grande se plantará en el mundo
> como tu voz en medio de la selva.

No se sabe que Vasconcelos haya narrado el breve y acci-
dentado viaje a Chile que hizo entonces. No llevaba representación específica; sólo saludos amistosos del presidente Obregón. El gobierno chileno lo recibió cordialmente y lo llevó
a sus museos, tapizados de banderas arrebatadas en guerras
al Perú. Vasconcelos no perdió la oportunidad de regañar al
gobierno chileno, le asestó un discurso bolivarista en que atacó al ejército y recomendó a Chile devolver inmediatamente
esos trofeos de guerra al Perú para consolidar el renacimiento del ideal de Bolívar. El gobierno chileno dio por terminada
su visita a Chile y en menos de veinticuatro horas lo devolvió

[58] *Ibid.*, pp. 196-197.

a la frontera argentina. Vasconcelos recordó escuetamente este incidente en 1925 cuando, en su polémica con Chocano, se le acusó de denostar al Perú por haberse expresado injuriosamente de los militares peruanos como parte del salvaje militarismo latinoamericano.

El regreso de la Argentina a México tuvo una escala importante: Nueva York. Obregón usó a Vasconcelos para quebrantar la política de no-reconocimiento que tenían contra su régimen los Estados Unidos. Vasconcelos fue recibido como ministro por importantes asociaciones intelectuales norteamericanas y logró buena prensa; en el Continental Memorial Hall dio una conferencia sobre su obra educativa. Esta conferencia no fue sino el primer esbozo de su "epopeya" como educador que habrá de relatar en varios volúmenes: *Indología, De Robinson a Odiseo, El desastre*, la *Breve historia de México*. Su interés, además del de haber sido pronunciada en Washington, está en el tono: no declama, sino razona; no busca exaltar, sino convencer a los pragmáticos norteamericanos; declara no buscar una utopía, sino una política viable. Vinculó su proyecto de invadir el país con arte, libros y maestros, a las intenciones de Obregón de desmovilizar las tropas revolucionarias. Y propuso la educación como el único modo de que la lucha por el mejoramiento social fuera efectiva y constructiva, asegurando la paz y las instituciones, puesto que daría a las masas las armas del ciudadano para quitarle las del guerrero.[59] Además, trató de desvanecer la idea norteamericana de que México se estaba sovietizando: alegó que el nuevo sistema agrario de México, por ejemplo, se parecía más al colectivismo que se practicaba en regiones norteamericanas como Kansas y Nueva Inglaterra que a la economía soviética.[60]

[59] "Conferencia en el Continental Memorial Hall", *OC*, t. II, pp. 857-874.
[60] *Idem.*

The Dream Was Over

En 1923, las asociaciones estudiantiles de Colombia, el Perú y Panamá nombraron a Vasconcelos Maestro de la Juventud del Continente.

Entre sus orgullos como funcionario, Vasconcelos contó siempre el de jamás haber pagado un centavo por publicidad, mientras que ha sido comportamiento permanente de los políticos latinoamericanos sobornar y hasta comprar directamente a la prensa. No lo necesitaba. Tenía gratuitamente a su disposición la publicidad más amplia y entusiasta de Iberoamérica: el periodismo y los grupos intelectuales y políticos liberales de Latinoamérica, que experimentaban un auge por el crecimiento de las poblaciones urbanas; Vasconcelos fue proclamado representante de la tradición mesiánica de la cultura iberoamericana. Y desató furias y entusiasmos.

Curiosamente, el país en que su prestigio era débil tanto en la prensa como entre los jóvenes, era México. La prensa lo atacaba sarcásticamente por su "absurdo" mesianismo (ediciones de clásicos, profecías, invasión de las artes, discursos emotivos, patrocinio a intelectuales extranjeros y sobre todo porque apoyaba a pintores comunistas); los jóvenes estudiantes detestaban su autoritarismo. Vasconcelos comentó años después la ironía de que, cuando tuvo poder, la juventud mexicana lo combatió, y en cambio lo apoyó cuando no lo tuvo: su enemiga como ministro, su aliada cuando candidato en 1929.

Al revés de los otros países latinoamericanos, la juventud mexicana de los veintes estaba harta de la Revolución y de los mesianismos culturales; aún no asimilaba la experiencia social de la Revolución y en cambio aborrecía el poder de los caudillos. Y veía en Vasconcelos, no al profeta ni al intelectual, sino al ministro de un caudillo. Mientras Vasconcelos actuaba como "director de conciencia" para los estudiantes peruanos y colombianos, los mexicanos le hacían la guerra.

Encabezados por Vicente Lombardo Toledano, a quien Vasconcelos había nombrado director de la Escuela Nacional Preparatoria, le organizaron una huelga. Su equipo comenzó a desintegrarse. Henríquez Ureña, Caso, Lombardo, fueron ingresando a la fila de sus enemigos. La CROM, que preparaba el terreno para el siguiente régimen, presionó de diversas maneras contra ese ministro iluminado, despótico y personalista, hasta que lo hizo renunciar al ministerio a mediados de 1924.

Los Convenios de Bucareli, la caída de Adolfo de la Huerta, el empobrecimiento del erario, las alianzas de grupos políticos callistas transformaron en 1924 el espacio político en que Vasconcelos se venía desenvolviendo. Como ministro prestigioso de un caudillo fuerte, Vasconcelos había gozado de una libertad enorme. Ahora que los Estados Unidos ya no eran enemigos, que se había purgado a los más importantes enemigos internos del régimen (la rebelión delahuertista) y que encabezados por la CROM muchos grupos políticos formaban un aparato de control nacional, la Secretaría de Educación no podía seguir siendo el feudo de una sola persona. La CROM tomó por asalto la secretaría, los muralistas se adecuaron al nuevo estado de cosas, Diego Rivera se burló de Vasconcelos en un mural del propio ministerio y se abolió el "cultismo", lo místico y aristocratizante del proyecto educativo anterior para conformar una Secretaría de Educación que cumpliese con el programa político de la CROM. Vasconcelos había presentado su renuncia por el asesinato del senador Field Jurado (que atacó los Tratados de Bucareli en la cámara), pero la retiró hasta ver inaugurada su obra favorita: el Estadio Nacional, que sería demolido en 1950 para construir los multifamiliares Juárez. Después de inaugurarlo, "al salir a la calle para tomar los autos, un joven se desprendió de los grupos de curiosos y gritó ¡Viva el Maestro! Era la primera vez que me daban en público este título y pensé con amargura: 'El maestro ya se va...' Y el país queda en manos, otra vez, de Huichilobos".[61]

En noviembre de 1924, Lombardo Toledano, presidente del Comité de Educación de la CROM, hizo una crítica populista de la Secretaría de Educación Pública en *El problema del indio*. Coincidió en varios aspectos con Vasconcelos, a quien por otra parte no mencionó: la necesidad de unificar lingüísticamente el país como condición fundamental para el avance social y económico, la admiración por los misioneros españoles, la importancia de la educación estética; pero acentuó los aspectos de instrucción técnica y del indigenismo, acusando al capitalismo (¿Vasconcelos?) de haber promovido el exterminio del indio a través de la práctica educativa de incorporarlo a la civilización. Lombardo propuso una educación dogmática (*sic*):[62] el *dogma del proletariado* que, luego, ascendió a la calidad de "un dogma mexicano, una verdad que facilite el advenimiento del amor y de la justicia entre nosotros y nos convierta en optimistas de la vida, en creyentes de nuestro propio deber, que nos lave de odios y apetitos inferiores y nos revele ante el mundo, pequeños o grandes, pero humanos".[63] Asimismo denunció la cultura y el sistema de enseñanza que promovió Vasconcelos como "un monopolio de la clase enemiga del proletariado".[64]

Los sucesores de Vasconcelos en la Secretaría de Educación conservaron, en lo esencial, la estructura y los objetivos que él había establecido, aunque con malos resultados. Moisés Sáenz, discípulo de John Dewey, trató de imponer la "escuela activa" y de quebrantar la estructura autoritaria del sistema educativo mediante un programa de participación local en la enseñanza rural, y narró apocalípticamente esa experiencia.[65]

[61] *El desastre*, p. 288.
[62] *El problema del indio*, México, SepSetentas, 1973, pp. 70-71.
[63] *Idem.*
[64] *Ibid.*, p. 62.
[65] Sáenz, Moisés: *Carapan, bosquejo de una experiencia*, Lima, Librería e Imprenta Gil, 1936, pp. 59-61.

Puig Cassauranc reconoció que la planeación de Vasconcelos era eficiente y escribió que en su propia gestión sólo había tratado de aplicarla lo mejor posible.[66] Un aspecto que en pocos años diferenció al ministerio de Vasconcelos del de sus sucesores fue el del papel del indio y del indigenismo: Vasconcelos consideraba la educación de los indios como un departamento *provisional* del ministerio, ya que se buscaba que los indios se incorporaran como ciudadanos y no que perduraran en cuanto tales, mientras que sus sucesores hicieron permanente esa educación y se volcaron en un culto, a veces demagógico y siempre estruendoso, a muy inocentes concepciones del indigenismo. Con Bassols y luego el presidente Cárdenas se recuperó la mística educativa, ya no como la orientación nacionalista principal que quería Vasconcelos, sino como un importante agente de cambio social y hasta de "los sistemas de producción, distribución y consumo de la riqueza".[67]

	Escuelas rurales	*Maestros*	*Alumnos*
1921-1924	1 089	1 146	65 329
1925-1930	6 132	6 504	327 798
1931-1934	7 963	11 432	545 000
1935-1938	11 248	17 047	683 432

Fuente: Hughes, Lloyd H.: *Las misiones culturales mexicanas y su programa*, apéndice.

[66] Puig Casauranc. J. M., *El sentido social del proceso histórico de México*, México, Ediciones Botas, 1936, p. 165.

[67] Bassols, Narciso: *Obras*, México, FCE, pp. 170 *ss.*; Monroy Huitrón, Guadalupe: *Política educativa de la Revolución*, México, Sepsetentas, 1975. Blanco, José Joaquín: "El proyecto educativo de José Vasconcelos como programa político", *En torno a la cultura nacional*, México, SepIni 51, Instituto Nacional Indigenista, 1976; Raby, David J.: *Educación y revolución social en México*, Sepsetentas, 1974; Booth, George C.: *México's School-Made Society*, Stanford University Press, 1941; Hughes, Lloyd H.: *Las misiones culturales y su programa*, París, UNESCO, 1951. Cf.; asimismo las publicaciones oficiales, memorias

La SEP cardenista lanzó panfletos socialistas en vez de clásicos: *El Maestro Rural* sustituyó a *El Maestro*, y la pedagogía populista del muralismo a la utopía "cósmica" de las alegorías de Vasconcelos. Los maestros dejaron de ser apóstoles del espíritu y se volvieron guías de la Revolución y de la lucha de clases. Con Ávila Camacho y Jaime Torres Bodet se desmanteló el cardenismo en Educación y se volvió, como mero prestigio, a una versión insípida y timorata del nacionalismo de Vasconcelos. La educación mexicana, que pasó por los entusiasmos mesiánicos de la redención por la cultura y de la educación para la lucha social, a partir de los cuarentas llegó a ser sencillamente uno de los menos efectivos ramos de la administración pública.

Vasconcelos renunció poco después de inaugurar su Estadio Nacional, "orgullo de la educación obregonista", palacio popular al que también había concebido alegóricamente como encarnación de la energía. Le había puesto un escudo azteca en rojos y gualdas, con una leyenda: "Alegre, fuerte, sana. Esplende, raza." A su caída, el puesto de patriarca oficial de la alta cultura le fue conferido a Alfonso Reyes, quien apoyó y prestigió al nuevo caudillo, Calles, en varios actos y discursos; el más conocido, *Discurso por Virgilio*, continúa sin energía ni grandeza motivos de Vasconcelos, como la raza cósmica y la redención de la barbarie mediante la alta cultura ("quiero el latín para las izquierdas", exclamó Reyes).[68] La parte central de ese discurso fue el relato de una visita de Reyes a Calles, en la que el caudillo le explicó su programa agrarista; Reyes lo encontró similar al de Virgilio, en cuyas *Geórgicas* "no hay mención de un solo intendente o de un solo esclavo —lo que serían para nosotros el capataz y el peón— y así sólo encontramos en él la imagen del campo más poético: el campo poseído por aquel que lo cultiva. Uto-

y boletines, de la Universidad y la SEP de 1920 a 1924, y *México, 50 años de Revolución*, México, FCE, 1962, t. IV.

[68] Reyes, Alfonso: *Discurso por Virgilio* (1931), *Tentativas y orientaciones*, México, Ed. Nuevo Mundo, 1944, p. 8..

pía de los filósofos, sueño del hombre libre".[69] Este mito no alcanzó ni la credibilidad ni la acción. A partir de Vasconcelos, la alta cultura se redujo a mero prestigio, y fueron las manifestaciones populistas, populares y socialistas las que llenaron el espacio político de la cultura, en el cual sólo con grandes esfuerzos y su capacidad excepcional sobrevivieron los Contemporáneos. De 1925 a 1940 fue el muralismo, la fuerza de mujeres como Lupe Marín, Tina Modotti y Antonieta Rivas Mercado, el auge del surrealismo como justificación universal de lo mexicano, la fiesta de las costumbres populares y de ritos indígenas —o sea una prolongación de lo que en poco tiempo creó como programa cultural Vasconcelos— lo que predominó en la entusiasta vida cultural mexicana de esa época.

Jorge Cuesta culpó a Vasconcelos de convertir la Secretaría de Educación en una Iglesia, en un monopolio de la conciencia nacional, con lo cual restó libertad a los ciudadanos y aumentó el despotismo del Estado, haciendo que su poder llegara a las conciencias y hasta a las conciencias de los niños, encauzando a su arbitrio y según sus intereses las ideas y las pasiones de los ciudadanos aun desde la infancia.[70]

---

[69] *Ibíd.*, p. 27.
[70] Cuesta, Jorge: *Poemas y ensayos*, México, UNAM, 1962, t. IV, pp. 467-472.

VI. QUETZALCÓATL *VS*. HUICHILOBOS

AL SALIR del poder en 1924, Vasconcelos comenzó a hacer críticas al régimen: la Revolución no había cambiado la historia política de México, sino la había ratificado. La tradición del caudillismo salvaje se imponía con Calles más apocalípticamente que con don Porfirio; Calles apuntaba como un don Porfirio demagógico, contra el cual Vasconcelos, un Madero más fuerte, debería luchar como en 1910. Las campañas políticas de Vasconcelos de 1924 y 1929 fueron concebidas por él como las etapas decisivas del maderismo.

Vasconcelos nunca logró comprender que la Revolución Mexicana no había surgido principalmente como una reivindicación de Madero, que Madero había sido el pretexto o la oportunidad para otra revolución que pronto rebasó *La sucesión presidencial* y el Plan de San Luis. De modo que con su persistencia legalista y civilizadora, Vasconcelos captaba sólo la repugnancia de las clases medias por la imposición autoritaria y corrupta de los caudillos, y jamás consideró a las masas como un sujeto histórico que, bajo el primer signo de Madero, había reaccionado por causas que Madero no compartía y que pronto, como en sus conflictos con Zapata, se evidenciaron como posiciones enemigas del maderismo.

Posteriormente, su participación en la Convención de Aguascalientes lo ubicó con claridad: un civil que buscaba un espacio político más democrático y nacionalista para las clases medias, y sólo por añadidura y complemento a ese fin principal venía la necesidad de moderadas reformas sociales, fue esto lo que vio en Obregón y De la Huerta y por lo que se les adhirió en 1920.

Era Obregón alto, blanco, de ojos claros y apariencia robusta, frente despejada, tipo de criollo de ascendencia española. Su talento natural era extraordinario, pero jamás había salido de la aldea y su cultura superior era nula. Dedicado a los negocios del campo y a la política local en la cual sirvió de alcalde de su pueblo bajo Porfirio Díaz, tenía Obregón la preparación de la clase media pueblerina que lee el diario de la capital y media docena de libros, principalmente de historia. Las ideas revolucionarias que en otros "generales" producían un caos mental, a Obregón lo dejaban sereno; pues era un convencido de los métodos moderados y su aspiración más profunda era imitar los sistemas oportunistas de Porfirio Díaz.[1]

Vasconcelos vio en Obregón una versión local del déspota ilustrado. Lo de déspota era habitual y hasta se pensaba que inevitable en México; pero Obregón brindaba más que los otros caudillos de la Revolución, un espacio de "ilustración" o "civilización" que se manifestó no sólo en la oportunidad que dio a la cultura y a la educación, sino también en la política de reconciliación de facciones y en la apertura diplomática a Latinoamérica. El sofocamiento de los restos de la explosión revolucionaria se hacía justificar, en Obregón, por la "revolución constructiva" que proclamaba. Las reparticiones agrarias, la política laboral, la reorganización financiera y finalmente el arreglo con los Estados Unidos mediante los Tratados de Bucareli parecían señalar el paso de la revolución bárbara a la civilizada. Las personas y grupos que, como Vasconcelos, nunca habían buscado en la revolución un proyecto de cambio radical en las estructuras del país, sino sólo una reforma política con mejoramientos sociales, lo apoyaron decididamente. Los zapatistas, los villistas y los carranclanes eran el indeseable pasado violento; Obregón, tan violento como ellos, prometía cambiar de tácticas y de retórica: liquidar el militarismo y asegurar libertades. "Se creyó que bien podía representar en nuestra historia el papel del general Urquiza en la Argentina (...), ya que había vencido a todos los generales, preparando el terreno para las administraciones civiles a cargo de hombres

---

[1] *Breve historia de México*, p. 473.

eminentes, como los que han hecho el progreso de las naciones hermanas del Sur."[2]

De la caída de Carranza a los Tratados de Bucareli el obregonismo fue una alianza entre los generales sobrevivientes, interesados en fortalecer un sistema institucional en el que todos participaran, con una movilidad garantizada por la "no-reelección". Esa alianza en torno al caudillo-nación permitió en el campo educativo una enorme libertad, puesto que los militares ni se interesaban mucho en él ni tenían otra tendencia cultural que oponerle. Sin embargo, en ese lapso fueron surgiendo fuerzas políticas más poderosas y amplias que los meros caudillos (la CROM) que sustituyeron a los viejos generales (exterminados o incorporados a ellas, de la rebelión delahuertista a 1929) hasta conformar el PNR, origen del PRI.

Antes de la beligerancia de esas fuerzas, Vasconcelos se había desenvuelto en un espacio libre, pero en 1923 la CROM invadió el feudo de la Secretaría de Educación y le organizó una huelga universitaria; en 1924 propuso a través de Lombardo Toledano un programa educativo propio y opuesto al de Vasconcelos. En su último año de ministro, Vasconcelos no pudo hacer nada nuevo, encontraba oposición en todas partes, y los compromisos de Obregón con la CROM impedían que se prolongara su acción individualista, que se había basado en el apoyo absoluto del caudillo omnipotente. El arreglo de Obregón con los Estados Unidos quitó importancia a la Secretaría de Educación como prestigio internacional. Y la estructuración del Estado en organizaciones políticas ofreció a las masas, aunque manipuladas, una injerencia en la retórica oficial y en la cultura nacionalista. Vasconcelos había visto esto en Yucatán, con Carrillo Puerto. El culto demagógico al indigenismo, al obrerismo, la actitud anti-intelectualista a base de ser "popular", la vinculación estrecha de la cultura con la oratoria oficial, etcétera, desplazaron los cultos

[2] *Ibid.*, p. 465.

al genio individual, al pueblo cósmico y estético, a la "civilización" que había impuesto Vasconcelos. En sus términos de referencia, del despotismo ilustrado se había pasado al despotismo bárbaro.

Conforme se fue preparando la organización política del Estado para que Calles tomara el poder, desaparecieron los espacios para individuos personalistas. Vasconcelos no podía permanecer en el Estado como individuo, con los privilegios y la libertad que había venido disfrutando. O salía del gobierno o se convertía en un funcionario más, sin personalidad ni poder de decisión, al servicio de las personas y las consignas que fuera estableciendo el nuevo orden de cosas. Renunció en julio de 1924 y trató de conquistar un nuevo feudo: la gubernatura del estado de Oaxaca. En su campaña repitió las consignas maderistas (gobierno civil, legalidad, democracia, reformas sociales y económicas moderadas, nacionalismo antinorteamericano), insistió en la "revolución constructiva" hecha por civilizados hombres aptos y no por crueles brutales, y fracasó rotundamente. Se le consideró liquidado en la política.

Del 4 de octubre de 1924 al 3 de enero de 1925 transcurrió la primera época de la revista que Vasconcelos fundó para promover su oposición personal al régimen, puesto que no lo apoyaban grupos ni instituciones y no contaba más que con su persona. *La Antorcha* fue aún más vulnerable que la candidatura para gobernador. El prólogo a *Indología* es un momento amargo: la crónica de la imposibilidad de la libertad individual en el México de los veintes, vista por quien acababa de caer de un altísimo puesto oficial en el que había sido no sólo "el más libre de los mexicanos", sino hasta un "déspota inspirado", un dictador del espíritu y del arte considerados como armas políticas. De la omnipotencia a la mera "libertad que da el sentimiento de no tener ya nada que perder (...) Poco a poco, y a medida que mi reprobación de aquel régimen político [Calles] se acentuaba, se fue haciendo a mi alrededor ese vacío que sólo conoce el que alguna vez se ha puesto contra el mundo". La experiencia de *La Antorcha* fue, en este contexto, un triple desastre: inerme por falta de anunciantes (el gobierno los amenazó, a través de Pani, con cargas fiscales más severas que las que se asignaban a empresas "amigas" del régimen), de suscriptores (público escaso, "ovejuno", que quería disimular su pasividad leyendo coléricos desahogos declamatorios) y la impotencia personal, "la amargura interna" del intelectual que descubre que nada tiene que hacer en el país. Y así como un ejército de aduladores se había cernido sobre el Vasconcelos ministro, ahora "ni una mosca" lo visitaba. Sus amigos intelectuales lo abandonaron y se pasaron, como Alfonso Reyes, al bando enemigo; sólo Pellicer y Torri le siguieron fieles. Diego Rivera lo insultó en —*of all places*— un mural de la Secretaría de Educación. Y como culminación caían sobre él "necrófobos" que fingiéndole amistad le defraudaban sus reservas escasas de dinero, y cuando los descubría lloraban como de arrepentimiento, "pues los Judas pequeños no saben colgarse".[3] Así era la población civil de clase media, con quienes Vasconcelos contaba para sustituir el apoyo del caudillo. Y algunos intelectuales que pronto serían enardecidos populistas, defensores oratorios del proletariado, por ahora se callaban y robaban de donde podían mientras buscaban cómo integrarse en el aparto estatal.

Al fracasar la primera época de *La Antorcha,* Vasconcelos entró como columnista semanal de *El Universal* y partió en exilio voluntario al extranjero, como corresponsal. Viajó por Cuba, España, Portugal, Italia, Turquía, Hungría, Austria, Francia, etcétera, y desde los lugares que iba tocando enviaba artículos y crónicas que eran asimismo esbozos de teoría estética vitalista. En España compartió el entusiasmo de los republicanos (1925) y la furia por la imposibilidad de la democracia en los países ibéricos e iberoamericanos.

[3] *Indología, OC*, t. II, p. 1071.

Tuvimos el imperio del mundo y nos lo arrebató el inglés. Pero siempre que en Inglaterra aparece un hombre de extraordinaria capacidad, en seguida se le lleva al gobierno y se le pone a mandar. Cada vez que entre nosotros aparece el genio, en seguida lo alojamos en presidio o lo mandamos al destierro. Desde Cervantes hasta vosotros, siempre el talento en la calle y en el gobierno la imbecilidad.[4]

La mística del intelectual y del artista como genios y redentores que aparece en Vasconcelos configura de algún modo un arrebato que reacciona contra la mezquindad y la miseria de la inteligencia en el espacio pretoriano de las dictaduras:

Dar la idea para que otro la escriba, para que otro hable; he allí el procedimiento que llegaría a sistema cuando Calles obtuviera el mando. Encargar a un cuistre un discurso, un alegato, una declaración y firmarla. Emprender una gira de candidato a General Gobernador, a General Presidente. Estarse mudo por falta de ideas y por falta de educación de la palabra [los caudillos], y cargar con media docena de oradorcillos de alquiler, premios de concursos de oratoria estudiantil, que habla por el General, interpreta al General, ensalza al General. . .[5]

En Italia vivió golosa y deportivamente, a la vez que rendía culto a los museos. Como casi todos los intelectuales humanistas de la época, hizo su peregrinación en "marcha turca" a la catedral de Santa Sofía (la gran joya de la cristiandad invadida por "bárbaros sacrílegos"); siguió por Austria y Hungría, y se instaló finalmente en Francia a vivir en silencio (no sabía pronunciar el francés, un idioma que detestaba); ahí preparó *Indología*, tema que debería desarrollar unos meses después en cursos para las universidades de Chicago y Puerto Rico. Llegó luego a Nueva York, deslumbrado nuevamente por el antagonismo entre Europa (donde se *habían hecho* cosas) y América (donde se *estaban haciendo* las cosas). Ciudad "bella en los remates, Nueva York parece

[4] *Ibid.*, p. 1073.
[5] *La tormenta*, p. 77.

hecho para verse a distancia, o desde arriba", y la marca de Rubén Darío que dirige la visión latinoamericana de lo sajón: Nueva York, la ciudad mercenaria, el metódico templo de Mammón.

Vasconcelos ya había acumulado varias glorias: el alumno más brillante de la Escuela de Jurisprudencia en 1905, el joven abogado exitoso (1908-1912), el intelectual prestigiado (desde 1910), uno de los políticos civiles de mayor influencia (Madero, Carranza, Villa, la Convención, Obregón), el ministro y animador cultural de fama continental, pero ahora llegaba a la gloria que más celebridad y polémicas desató: el mártir del callismo.

Desde sus artículos contra el Porfiriato, publicados durante el régimen de De la Barra, se había destacado por su particular eficiencia para el insulto. Además había acumulado muchos trucos oratorios de apoteosis inmediata: el destino de la raza, el anticolonialismo, la originalidad enérgica de América, la redención mediante la estética, el mesianismo del alfabeto, la emulación de los genios y sobre todo el énfasis en la civilización democrática. Y se había convertido en un filósofo-esteta profesional, en la tradición de Ruskin, pero con intuicionismos y vitalismos sumamente aplaudibles por el público de la época. Era una especie de periodista absoluto. Cobraba más que ningún otro y sus artículos se reproducían simultáneamente en muchos periódicos de México, Latinoamérica y España. Insultaba, polemizaba, se exaltaba ante las bellezas de Europa y Asia, improvisaba todo tipo de profecías y teorías estéticas.

Pocos escritores mexicanos han tenido una mejor plataforma que él. Así como a través de Vasconcelos el Estado obregonista se había prestigiado con los beneficios espectaculares de la cultura, él ahora presentaba al extranjero y a la "gente decente" mexicana la figura milagrosa de la inteligencia, la sensibilidad, la sabiduría y la moral en la época convulsa en que los generales se asesinaban en la lucha por el poder. Él era la civilización en la barbarie; todos los atributos del espíritu aparecían como sus cualidades personales casi exclusivas. Y la esencia nacionalista e indigenista que quería verse en la Revolución Mexicana se daba en él, no sólo limpia de la estela sangrienta de la política mexicana, sino además gloriosa y profética. Era el Abel de la Revolución Mexicana, y en tal papel publicó dos volúmenes exitosísimos: *La raza cósmica* (1925) e *Indología* (1926).

La raza cósmica fue el momento más brillante de Vasconcelos como ideólogo y la concreción y consumación de un anticolonialismo anterior y opuesto al que, como consecuencia de las luchas populares que ya empezaban a librarse en diversos puntos de Latinoamérica, habría de privar a partir de los treintas, sustituyendo o incorporando las abstracciones nacionalistas y mitológicas por posiciones de lucha de clases.

Surgió como producto de varias interrogantes: ¿qué lugar ocupaba Iberoamérica en el marco de la cultura (humanista) mundial?, ¿qué experiencia incorporaba el mestizaje latinoamericano a la historia mundial? (era la época del surgimiento del nazismo, de enconadas polémicas raciales en Europa y los Estados Unidos), ¿qué pertinencia tenían los nuevos nacionalismos latinoamericanos después de la debacle de los nacionalismos europeos en la primera Guerra Mundial?, ¿qué opciones había, después de ese desastre, para la cultura del espíritu, para la mística de purificación espiritual de la humanidad?

Vasconcelos revivió el darwinismo social y lo "redimió": en vez de que esta doctrina justificara la pureza de una raza cerrada y dominante, la hizo proclamar la abolición de las razas por medio de un mestizaje universal que condujera a la Unidad Humana étnica y cultural. El mestizaje era la síntesis feliz de todas las posibilidades genéticas y culturales de la especie.

Después alegó, con datos de la época, la antigüedad del hombre americano para fundamentar su derecho a incorporarse a la historia y al humanismo universales como un igual, ya no como inferior o periférico. Y de ahí arrancó con velocidad sinfónica: América era el continente de la Síntesis, reunía y conciliaba todas las posibilidades geológicas, étnicas, culturales, estéticas del planeta. América no era la periferia, sino el centro; no la prehistoria, sino el porvenir; no el desecho, sino el paradigma humanista del mundo: en América se habrían de dirimir las divisiones humanas (nacionalismos, religiones, razas, clases) en un monismo cósmico.

Esta profecía debía llevarse a cabo mediante el progreso científico y técnico (que acabaría con las necesidades materiales de los hombres y facilitaría su comunicación y transporte) guiado por una educación que aniquilara los prejuicios y antagonismos. Así, sobre las contingencias de la maldad y de la historia, se conseguiría un mundo regido por la estética purificadora y feliz. Lo ideal sería real, terreno lo edénico, cotidiana la utopía.[6]

A la distancia, el nacionalismo bolivarista de Vasconcelos es analizable y objetable teóricamente; pero el personaje que vive ese nacionalismo escapa a la refutación y se traza en una figura vigorosa, conmocionada ante, por ejemplo, la perduración de los rasgos hispánicos en Puerto Rico y que se explica, erróneamente, una situación que experimenta con *una pasión verdadera*. La geografía, la arquitectura, los colores del Caribe dan a la isla un temperamento de propiedad iberoamericana, y ese temperamento parece crecer a medida que el Partido Nacionalista de Puerto Rico se desborda en homenajes al "Abel" de México, al representante "puro e inteligente de la Revolución Mexicana". Las teorías de Vasconcelos, precisamente por su irracionalista y entusiasta carga emotiva, catalizaban el deseo de independencia de los adeptos a ese partido. Ya sin Obregón, Vasconcelos disfrutó en Puerto Rico y en Santo Domingo una gloria sólo comparable a la de su anterior viaje oficial por el Brasil y la Argentina.

6 *La raza cósmica*, pp. 9-53.

Mientras tanto, era causa de escándalo en el Perú. A raíz de discursos promilitares de Chocano y Lugones en el centenario de la batalla de Ayacucho, Vasconcelos los atacó con un artículo titulado "Poetas y bufones" (*El Universal*, 9 de marzo de 1925), que Chocano replicó con otro titulado "Apóstoles y farsantes", en el que sostenía que sólo existían "dos formas de gobierno: la fuerza y la farsa". En Lima se tomó partido en favor (Mariátegui, Luis Alberto Sánchez, Edwin Elmore) y en contra (Chocano) de Vasconcelos. Elmore abofeteó o intentó abofetear a Chocano a las puertas de *El Comercio*. Chocano lo mató a balazos.[7]

Indología: *Una interpretación de la cultura iberoamericana* fue, como Vasconcelos acepta, una ampliación de *La raza cósmica*. Se divide en siete temas:

El asunto, devolver realidad a la cultura: el intelectualismo abstraccionista "ha matado la realidad para sustituirla con fantasmas. El vulgo se ha dado cuenta siempre de ese hondo crimen del intelectual; por eso demuestra tan constante desdén para lo que comúnmente se llama filosofía"[8] Vasconcelos ratificaba su vieja idea de la sinfonía como forma monista de conocimiento (cuyo ritmo destruye "las representaciones", el "velo de Maya" y devuelve a la cultura la voluntad o energía schopenhauerianas); esa cultura sinfónica de síntesis en ritmo de epopeya espiritual era la apropiada para el mestizaje absoluto que habría de ocurrir en Iberoamérica.

La tierra es un elogio de la geografía tropical, que ponía a América bajo la advocación de la poesía mayor, de la Poesía Bárbara. El mestizaje racial venía anunciado por el mestizaje cultural: arquitectura, escultura, pintura, poesía ibero-

---

[7] Elmore, Edwin: *Vasconcelos frente a Chocano y Lugones. Los ideales americanos ante el sectarismo contemporáneo*, Miraflores, Perú, Ed. de Teodoro Elmore Letts, 1926. Rodríguez, José María (ed.): *Poetas y bufones*, Madrid, Agencia Mundial de Librería, s/f, 177 pp. (¿1926?). Santos Chocano, José: *El libro de mi proceso*, Madrid, Compañía Iberoamericana de Ediciones, 1931, 675 páginas.

[8] *Indología*, OC, t. II, p. 1120.

americanas. Las contradicciones geográficas de América eran reflejo de sus contradicciones culturales (espirituales, raciales). En un choque tan formidable podía profetizarse una cultura iberoamericana que fuera la Energía Total. Pero la redención cultural debía ser precedida en todo el Continente por la redención económica,[9] mediante la aplicación de la reforma agraria mexicana que iniciaba en ese terreno un mesianismo socioeconómico continental, a pesar de haber "degenerado en un feroz militarismo".

El hombre. Una profecía del iberoamericano futuro. "La civilización nació en el trópico y ha de volver al trópico."[10] "Los datos de la prehistoria no dejan duda con respecto a la inmensa superioridad intelectual de los habitantes de las zonas cálidas sobre los *moundbuilders* de Missouri y sobre los cazadores de Nueva Inglaterra y el Canadá";[11] en consecuencia, ¿qué tenían que ofrecer las prehistorias gélidas frente a los mayas? No debía imitarse a los dominadores contemporáneos, sino recobrar la enérgica compulsión de los orígenes. En la cósmica sensualidad del trópico estaba el germen de la Utopía.

El pensamiento iberoamericano es un panorama de dos siglos de cultura: como paradigmas, Sarmiento, Fray Servando, Bello, Montalvo, Rubén Darío. Debía igualarse el pensamiento iberoamericano con la rica, variada y violentamente contrastada geografía de su territorio. La influencia del pensamiento salvaje (influencia "nahual") modificaba la religión cristiana y la volvía churrigueresca. El materialismo de las izquierdas debía llevar como fin un ideal estético, espiritual, que redimiera la sociedad mediante un humanismo.

La educación pública es el relato de su ministerio. Paradigmas: Quetzalcóatl y los misioneros españoles. El guía: Sarmiento. La finalidad de la educación, y su método mejor,

[9] *Ibid.,* pp. 1065-1067.
[10] *Idem.*
[11] *Ibid.,* pp. 1167-1168.

era multiplicar escuelas e industrias. La raza constituía un "ingenio vivo" que no debía ser domesticado con pedagogía, sino catalizarse, incendiarse. Esta quinta parte de *Indología* fue el mejor y más completo relato de sus funciones e intenciones educativas y culturales como ministro, muy superior incluso a *El desastre*, y concluía con el conflicto entre civilización y barbarie:

> La educación se inspira en Quetzalcóatl, y Quetzalcóatl no reina, no se asienta, allí donde impera Huitzilopochtli el sanguinario. Destronemos primero a Huitzilopochtli.[12]

Finalmente, después de trazar el conflicto entre sajones y latinos en América, que de no dirimirse mediante la colaboración fraternal provocaría una guerra apocalíptica, proponía como ideal el ascenso social hacia la raza cósmica; según eso, las civilizaciones atravesarían cinco estados: el pretoriano (barbarie), el democrático (Grecia, la Europa del siglo XIX), el económico (imperialismo), el técnico (sociedad organizada y dirigida por técnicos humanistas) y finalmente el filosófico o estético (raza cósmica).

A medida que el éxito de público de Vasconcelos crecía, la estimación de los intelectuales por su obra declinaba en varios países: Mariátegui condenó la exaltación arrebatada de lo indígena y Aníbal Ponce recibió en Buenos Aires *Indología* con una reseña sarcástica. Hay personajes tan declamatorios, escribió Ponce, que pertenecen a un clima espiritual de trópico y desfallecen en regiones menos exuberantes: "El hecho curioso de un gran ministro de América, que siendo además pensador y filósofo en el trópico, no puede llegar a serlo en Buenos Aires", puesto que los argentinos "en vez de soñar con hegemonías del Cosmos, preferimos ir corrigiendo con sangre de blancos los resabios que aún nos quedan del indio y del mulato."[13]

---

[12] *Ibid.*, p. 1272.
[13] Ponce, Aníbal: *Los autores y los libros*, Buenos Aires, Ed. El Viento en el Mundo, 1970, p. 153.

Como también ocurrió en Europa, la cultura humanista liberal llega a su crisis en los treintas, y con ella sucumben actitudes y entusiasmos como los de Vasconcelos. El humanismo se escinde en tendencias antagónicas; o se proletariza y se vuelve populista y hasta socialista, como en Mariátegui, e incluso sostiene posiciones racistas como las de Ponce, o bien se encierra en el cultismo inteligente y desdeñoso de *Sur, Contemporáneos*, etcétera. La visión política de la "alta cultura" como anticolonialismo humanista es a fines de los veintes unánimemente anacrónica. Vasconcelos oscilará a partir de entonces hacia la segunda opción, y organizará un sistema filosófico personal completamente metafísico.

La muerte de Obregón, en 1928, precipitó una serie de desajustes políticos; se rompió la relativa unidad del ejército y algunos generales se rebelaron contra Calles. La rebelión cristera crecía en varias regiones del país. Para la clase media y para algunos sectores obreros y campesinos, la Revolución había caído en una *vendetta* de sanguinarios ambiciosos.

La inestabilidad política influyó en el crecimiento de la emigración a los Estados Unidos, precisamente cuando se avecinaba la Gran Depresión, en la que los primeros arruinados fueron los trabajadores mexicanos que tuvieron que repatriarse.[14] Ruidosos asesinatos como los de los generales Francisco Serrano y Arnulfo R. Gómez, rumores diversos, facciones conspirantes, leyendas difundidas de la crueldad diabólica de los callistas, conformaban la atmósfera política. Incluso se acusaba a Calles de ser el verdadero autor intelectual del asesinato de Obregón, pues era quien se beneficiaba.

En la alegoría que hizo Vasconcelos de la nación, Calles representó la maldad y la abyección absolutas. "El furor de Calles era el del verdugo que pega desde la impunidad, siempre a mansalva"; el caudillo que había ascendido al poder no ganando batallas, sino adulando servilmente a su amo,

---

[14] Carrera de Velasco, Mercedes: *Los mexicanos que devolvió la crisis*, México, Archivo Histórico Diplomático Mexicano, 1974.

Obregón, y luego traicionándolo; el "dios vernáculo" que entregaba el país a los norteamericanos mientras manipulaba a las masas con la demagogia heredada de la Revolución.

Bajo un ambiente de terror se consumó el cambio de mando, pero el país sintió algún alivio al comprobar que Calles era un prisionero. Todo el gabinete había sido nombrado por Obregón y a Calles no le quedaría sino la sombra del mando. Son, sin embargo, peligrosas estas situaciones aun para el mismo que cree usufructuarlas. Se conformó Calles, al principio, con ser un testaferro, pero con astucia aprovechó la debilidad de Obregón por el dinero, y lo dejó hacerse de grandes negocios. Extensiones enormes de tierras de Sonora y todo un ferrocarril (el de Yavaros) pasaron a manos de Obregón, por obra de contratos pergeñados en la Secretaría de Hacienda. El monopolio del garbanzo no sólo rindió a Obregón fuertes sumas, sino que acabó por hacerlo odioso a la gente de Sonora, su propio estado. Pues compraba Obregón a los productores según el precio que previamente hacía bajar, mediante la elevación arbitraria de las tarifas de exportación. En seguida, ya que era dueño de toda la cosecha, la Secretaría de Hacienda, sumisa a su mandar, bajaba o retiraba los derechos aduanales. También, aunque pudo irle a la mano, dejó que Calles se ensañara en su política de persecución religiosa, a fin de obligar a los católicos a ponerse de su lado cuando, después de violentar una reforma constitucional, volvió a presentarse como candidato a la presidencia. Se entabló, en general, una competencia de desprestigio y de crimen entre los dos hombres que regenteaban a su antojo el país...

Entre 1926 y 1928, Vasconcelos vivió en los Estados Unidos como profesor de Sociología en las universidades de Chicago y California. Decidió, a la muerte de Obregón, agrupar las diversas fuerzas de oposición a Calles, y entrando en el juego democrático que éste había prometido a la muerte de Obregón (que México dejaría de ser el país de un solo hombre y se convertiría en un país de instituciones), lograr el triunfo electoral que legalizaría, si el gobierno defraudaba las elecciones, una rebelión como la de Madero.

15 *Breve historia de México*, pp. 483-484.

En 1926 había pronunciado conferencias en Puerto Rico y Santo Domingo, y compartió con Manuel Gamio las "Conferencias Harris" de la Universidad de Chicago que se publicaron conjuntamente en el volumen *Aspects of Mexican Civilization*. En 1926 regresó a París, y de ahí partió a su exploración estética de Egipto y Tierra Santa. Volvió luego a Chicago a estudiar filosofía en las bibliotecas y de ahí se trasladó a Nueva York a continuar esos estudios. Entre 1925 y 1928 Vasconcelos vivió alejado del país, *precisamente* cuando se desarrollaban nuevas fuerzas políticas que en 1929 se agruparían en el PNR y estructurarían el Estado callista. Vasconcelos siguió creyendo que la política mexicana era caudillista, como la había vivido desde su posición de ministro, y subestimó el nuevo espacio político. Creía que Calles era un mero pelele de Obregón y que con la vuelta de Obregón el país regresaría a los métodos de 1920/24, entre los que acaso contara el retorno del propio Vasconcelos a la política. A la muerte de Obregón supuso que Calles no tenía más apoyo que el de un ejército dividido por las ambiciones de los diversos generales.

"Si Caín no mata a Abel, Abel mata a Caín"

Frente a Calles, hasta el propio Obregón llegó a representar el orden, la civilización y la cultura. El régimen presidencial de Obregón tenía hasta 1923 variados prestigios: nacionalista, desconocido por Washington, amigo de Iberoamérica, ejecutor de reformas agrarias y laborales revolucionarias, impulsor de la educación mesiánica. De la muerte de Carranza al brutal exterminio de los generales delahuertistas hubo años en los cuales Obregón hablaba de reconciliación nacional y mimaba a la clase media. En cambio, Calles tuvo todos los desprestigios: enemigo de la Iglesia y de las clases medias, asesino cotidiano sin el aura épica de grandes batallas; amigo de Washington, enfrió las relaciones diplomáticas con Iberoamérica; su retórica y la de la CROM carecían de grandes místicas o concepciones estéticas con que ornamentarse. Romain Rolland no elogiaba ni las juventudes del continente elegían como maestros a sus ministros; por el contrario, Morones y Amaro eran sus insolentes favoritos. Y el nacionalismo anterior se sintió traicionado con los cotidianos homenajes excesivos al embajador norteamericano:

Y Obregón confiaba en atraerse a los católicos. Al efecto, declaró que "aunque respetuoso de la Constitución, él había sabido conformar a todos los partidos durante su presidencia", insinuando que haría lo mismo al volver y que las leyes aplicadas rigurosamente por Calles serían echadas al olvido. Esta declaración lo mató. Desde que se hizo pública, todas las fuerzas que apoyaban al callismo por causas de su saña anticatólica, se pusieron en juego contra Obregón. Al fin y al cabo, Obregón era mexicano y podía dolerse de la guerra civil religiosa; interesaba a los enemigos de México que un descastado como el "Turco" [Calles] mantuviese activa la discordia sangrienta. Y durante meses no se habló sino de complots gobiernistas para matar a Obregón, para impedirle que tomara posesión. Pronto quedó señalado como el más decidido de sus complotistas el jefe de la Confederación obrera callista y sucedánea de la "American Federation of Labor", el señor Morones. Y alguien se adelantó o alguien obró con singular maestría, el hecho es que Obregón fue asesinado durante un banquete en San Ángel por el caricaturista León Toral, ferviente católico que, sin duda, no se imaginaba a quién iba a beneficiar su heroico sacrificio.[16]

Para los viejos maderistas, los mexicanos nacionalistas de clase media, la Revolución había llevado al país a un nivel aún inferior al del Porfiriato. La indiada y sus grotescos jefes se habían apoderado de México, como criados y barrenderos que se erigieran en los amos de la casa y pusieran a los antiguos dueños a servirles como barrenderos y criados. Obregón, criollo, parecía el más "decente" de los revolucio-

16 *Ibid.,* p. 495.

narios. Su antagonista en las elecciones, el general Francisco Serrano, era, según lo describe Vasconcelos, "un tipo de degenerado vicioso hasta la morbosidad, inteligente cuando se hallaba en su juicio, con ingenio de payaso, pues había sido comparsa de circo; en estado de ebriedad, en cambio, resultaba peligrosísimo; por gusto mataba choferes, mujeres públicas, amigos y enemigos. . ."[17]

En enero de 1928 la International House de Nueva York recibió a Vasconcelos como "el único civil mexicano que podría ser elegido presidente por el voto popular".[18] Prosiguió dando conferencias en universidades norteamericanas: Stanford, Berkeley, Seattle. En Stanford, según Vasconcelos (o en Berkeley, como corrige Phillips), se enteró del asesinato de Obregón y recordó lo que el caudillo le había dicho años atrás, en una justificación de sus asesinatos que ahora se volvía justificación de sus asesinos: "En este país, si Caín no mata a Abel, Abel mata a Caín."[19]

Calles se enfrentó con una grave división en el ejército entre quienes lo apoyaban y quienes lo culpaban del asesinato de Obregón y de querer perpetuarse en el poder, y trató de evitarla y de limpiarse de esos cargos declarando que México comenzaba una nueva etapa en la que el caudillismo quedaba liquidado por un sistema de instituciones. Entregó el poder a Emilio Portes Gil, presidente provisional, quien convocó a nuevas elecciones.

En un principio, se rumoró que el PNR postularía a Aarón Sáenz, pero su notoria incondicionalidad a Calles hacía demasiado evidente la perduración de éste en el poder; se postuló finalmente a un desconocido, Pascual Ortiz Rubio, embajador en el Brasil. La oposición presentó cuatro candidatos, pero la derrota de la rebelión escobarista, el 3 de marzo de 1929,

---

[17] *Ibid.*, p. 493.
[18] Phillips, Richard: *op. cit.*, p. 195. *The New York Times*, 17 de enero de 1928.
[19] *El desastre*, p. 676.

eliminó a los dos más poderosos que la habían apoyado: Antonio I. Villarreal y Gilberto Valenzuela; quedaron sólo Vasconcelos y el general Pedro V. Rodríguez Triana, del Partido Comunista. Triana tuvo poca fuerza política; la lucha se dio sólo entre Ortiz Rubio y Vasconcelos. Se vio con asombro cómo en un país dominado completamente por los militares, dos civiles luchaban con discursos por el poder (aunque militar, Pascual Ortiz Rubio funcionaba como figura civil). La publicidad oficial acusaba a Vasconcelos de reaccionario; las clases medias y la prensa extranjera vieron en Vasconcelos a una especie de Quijote, un civil liberal e idealista, filósofo metafísico por más señas, que se atrevía a atacar con las débiles armas de la civilización democrática el pasado azteca de la barbarie militar. Dominaba el ejército el general Joaquín Amaro, indio "tarasco" puro.

Vasconcelos atribuye la inspiración y la dirección de esa farsa a un personaje siniestro, el embajador norteamericano, Dwight W. Morrow, digno sucesor de Poinsett y de Henry Lane Wilson, que influyó en las finanzas y detuvo las expropiaciones de propiedades agrarias, mineras y petroleras norteamericanas, propició el "auge protestante" del callismo y exigió la legitimación del régimen ante el extranjero mediante las formas democráticas. Vasconcelos ve en Morrow a un nuevo Cortés, y en Calles y la CROM a los nuevos tlaxcaltecas.

La campaña del 29

Vasconcelos contra Calles. Abel y Caín. Civilización y barbarie. Quetzalcóatl y Huichilobos. El comportamiento de Vasconcelos en su campaña, establecido en estas alegorías maniqueas que predeterminan el fracaso del bien, hace pensar que no perseguía tanto el triunfo como la gloria del martirio. La muerte de Obregón acabó con la esperanza de recobrar el sitio de ministro genial al servicio de generoso y dispendioso déspota ilustrado; ahora sólo quedaba al individualista civil, si no quería doblegarse, el papel de héroe vencido, de mártir. Vasconcelos se negó a apoyar y no aceptó el apoyo de los generales obregonistas que se oponían a Calles; sólo remota y retóricamente defendió a los cristeros, no tomó precauciones para el probabilísimo fraude electoral, trató insolentemente al embajador norteamericano, minó con impertinencias personalistas la propia unidad del Partido Antirreeleccionista, jamás se esforzó para establecer alianzas políticas que dieran tanto a él como a sus seguidores seguridades mínimas. Su mayor aliado fue el propio Calles, a través de Emilio Portes Gil: Vasconcelos reconoció y justificó la legalidad del callismo y el callismo reconoció y justificó la legalidad de Vasconcelos como único opositor beligerante en 1929. Los beneficiarios de la campaña electoral de 1929 fueron el Estado y Vasconcelos; la etapa de instituciones comenzó con un escenario democrático y Vasconcelos logró el mayor sitial que México ofrecía entonces para un individualista civil: el Mártir, la Víctima, el Genio traicionado por toda su sociedad. De 1929 a 1959 Vasconcelos capitalizó este aspecto, el más exitoso y duradero de su personaje. Quienes perdieron la campaña de 1929 fueron los jóvenes vasconcelistas y las muchedumbres anticallistas que apoyaron a Vasconcelos porque era la única oposición permitida. Y deseable, pues el embajador norteamericano Dwight W. Morrow, el "procónsul", la "eminencia gris" del régimen callista, sostenía que el juego de la oposición electoral impedía —como válvula de escape— las revoluciones, e imponía un espacio legalista que desautorizaba el más peligroso espacio de las armas.

Vasconcelos inició su campaña en el Norte. Cruzó la frontera y avanzó apoteóticamente hacia la capital por los estados de Sonora, Sinaloa, Nayarit, Jalisco, Michoacán, Estado de México, hasta entrar en el Distrito Federal el 10 de marzo de 1929. La inauguración ocurrió en Nogales, el 10 de noviembre de 1928, con un discurso célebre en que establecía las características de su candidatura: no era candidato sólo por voluntad propia, sino por deber civil; se necesitaba que los civiles ilustrados (clase media, pequeños empresarios) rescataran el poder de las manos de los caudillos. Más tarde se defendería contra quienes lo acusaron de ser el candidato de la reacción y la burguesía contra la revolución y el proletariado callistas, argumentando que los grandes capitales locales y extranjeros ya estaban aliados con el gobierno. Las masas en sí no contaban: mostraba cómo eran acarreadas en ferrocarril para abigarrar los mítines oficiales y votar con papeletas llenadas de antemano. Las masas eran ciudadanos en potencia: se les debía convertir antes en clase media por medio de la educación y del cumplimiento del agrarismo. El precepto básico de la Revolución seguía siendo "Sufragio Efectivo y No Reelección" y el camino revolucionario fundamental era el maderismo. Si el gobierno no respetaba el sufragio el poder recaería legalmente en el candidato vencedor, que llamaría a las armas, como Madero, para hacer cumplir la voluntad democrática del pueblo. El voto efectivo era la forma única de escapar de la barbarie dictatorial. Si resultaba electo asumiría el programa agrario-obrero de la Revolución (aunque Vasconcelos no especificaba cuál, cabe suponer una mezcla de maderismo y obregonismo). Los tiempos de destrucción habían durado ya demasiado, se necesitaba retomar el trabajo constructivo. Finalmente, Vasconcelos tomó una de sus armas más efectivistas: la Revolución Mexicana había degenerado en una oligarquía de caudillos que, para enriquecerse, habían comprometido la soberanía de la nación a través de los Tratados de Bucareli y de la creciente deuda externa. Sin explicar cómo lo lograría, Vasconcelos prometía acabar con la subordinación a los Estados Unidos.

En Sonora lo apoyaron los militares obregonistas que se oponían a Calles y los sindicatos opuestos a la CROM. Al internarse en el país, pueblo tras pueblo, encontraba a militares omnipotentes y ebrios como pequeños tiranos de sus feudos. Las clases medias lo llamaban "el Madero culto". Sus lemas preferidos eran: la evolución constructiva, la sustitución del pretorianismo por la democracia, la amnistía a expatriados políticos, la moralización de la burocracia.

Vasconcelos evitó desde un principio tomar partido en las contradicciones políticas del momento, posponiéndolo todo para después de las elecciones. Ese no-compromiso con los enemigos del callismo se tradujo varias veces en un evidente apoyo real a Portes Gil. Atacaba en términos generales, pero rehuía los puntos particulares: declaró que en su régimen se daría plena libertad religiosa, que no se perseguiría ni a los católicos, ni a los protestantes, ¡ni a los budistas!, lo que significaba diluir el problema concreto de los cristeros contra Calles; y declaró también que la lucha por el poder debía ser solamente electoral, y sólo si se defraudaban las elecciones (de lo que estaba bien seguro, o dice que lo estaba) sería procedente la rebelión militar; de este modo apoyó a Calles y justificó el exterminio de los rebeldes en 1929. Ni los cristeros ni los generales anticallistas, aunque en un principio buscaron aliarse a Vasconcelos, contaron con él.

Al contrario de la política oficial, que convierte el partido en el poder en el poder mismo, y lo financia con los recursos del Estado, Vasconcelos imitó la práctica norteamericana: la campaña debía pagarse por colaboración popular. Se vendían boletos para los mítines, como para una función de teatro, y se agotaban. Vasconcelos se sentía orgulloso de que mientras el poderoso partido oficial se movía por el método de "la cargada", el público atestaba los mítines vasconcelistas pagando para asistir a ellos. El Estado tenía a las masas; Vasconcelos a la clase media.

En Sinaloa, Vasconcelos hizo mítines incluso en locales de la CROM.

Según avanzaba mi gira democrática, me sentía dueño de mi posición, más diestro en el manejo de esa potencia hipnótica que el orador ejerce sobre su público. De mudo que antes era, me había transformado en uno que dice lo que quiere con facilidad y decisión, aunque sin elegancia. Y ya sea por el mito que en torno al personaje se va formando y a uno mismo contagia, ya fuese porque la grandeza del propósito nos exalta, el hecho es que adquiría un dominio colectivo casi físico por medio de la palabra y el gesto que hacen de la multitud el eco de nuestras emociones, el brazo de nuestras fobias y el empuje de nuestros ideales.[20]

Habló en las escuelas de Culiacán, y entre el jazz, el jarabe tapatío y los fox-trots, mientras los muchachos que lo seguían cortejaban a las muchachas del lugar por el que pasara la gira y se desvelaban llevándoles serenatas; aplausos, aclamaciones, saludos alegres de marinos yanquis (Mazatlán), brindis, discursos, banquetes, Vasconcelos se exaltaba en una realidad falsa. En tanto, el gobierno, que conocía muy bien la realidad del país, movía acertadamente sus piezas y dejaba gozar a Vasconcelos de sus apoteosis: las utilizaba para inaugurar con un festival democrático (la primera parte de la campaña, de octubre de 1928 a abril de 1929) la etapa nacional de las instituciones. La apoteosis política de Vasconcelos fue entonces el disfraz que permitió, con grandes despliegues, ubicar en la lucha electoral la oposición contra el régimen, mientras en la trastienda, sin despliegue publicitario, el Estado iba aniquilando a sus enemigos más peligrosos.

En Nayarit continuó el éxito. Los militares recibieron a Vasconcelos y brindaron por él con coñac importado. Pero en Jalisco, explosivo entonces por causa de la rebelión cristera, cesó el festival. Las tropas bloquearon en Guadalajara la estación del ferrocarril para impedir que la muchedumbre que odiaba a Calles diera a Vasconcelos la mayor recepción de la campaña. La noche anterior a la llegada del

<hr/>

[20] *El proconsulado*, 3ª ed., México, Ediciones Botas, 1946, pp. 64-65.

candidato habían chocado violentamente varias veces los vasconcelistas y la policía. Pero la muchedumbre rebasó el cordón militar y se volcó; entre ella iban policías y barrenderos disfrazados de civiles que comenzaron en mitad de la masa provocaciones sangrientas. Llegaron más tropas y dispersaron a la gente, que inundó las calles huyendo entre disparos, puñaladas y gritería. Vasconcelos quedó atrapado entre la multitud histérica y escapó de ser herido o muerto porque nadie lo reconoció en la confusión.

En *El proconsulado* compara su salvación a la de Ulises, que salió ileso de otra emboscada, como si la diosa Minerva lo volviese invisible o irreconocible cubriéndolo con su escudo protector. Posiblemente entonces, si no antes, Vasconcelos se dio cuenta que la democracia era una locura. Pero como él no era militar, sólo por medio de juegos democráticos podía conquistar una posición política alta, de vencedor o vencido, pero de primer orden. En un régimen pretoriano, el intelectual sería siempre el mozo, el bufón o, en el mejor de los casos, el burócrata sumiso. El camino para su ambición personal era solamente el de las formas democráticas y legalistas; a los sucesos de Guadalajara respondió bravuconamente: "Terminó la kermesse y empieza la tragedia, pero a todo venimos dispuestos." [21]

En Guadalajara hizo contacto con los cristeros de Los Altos de Jalisco, pero no aceptó su alianza; los cristeros debían esperar, les dijo, el resultado de las elecciones (dar un año de ventaja al enemigo); si había fraude, Vasconcelos se pondría al frente de ellos, como su jefe, y dirigiría la rebelión. Los cristeros no aceptaron. En Guadalajara el Partido Antirreeleccionista, el viejo partido de Madero, representado por Vito Alessio Robles, se adhirió a Vasconcelos. "Era parte de la táctica del señor embajador [Dwight W. Morrow] que a la oposición se la dejase hablar, se le permitiese gritar;

[21] *Ibid.*, p. 110.

todo menos tocar el rifle." [22] A la oposición que tomó los rifles, se la venció; a la oposición que hablaba y gritaba, se le permitió hablar como válvula que gastara inofensivamente el rencor de la población. Le dijeron entonces a Vasconcelos: "Gane o no gane esta partida, está usted tomando aire de leyenda... En el futuro [respondió Vasconcelos] tendré que obrar conforme a mis compromisos, esclavo de mi propio mito." [23] El problema está en que para nutrir esa leyenda Vasconcelos justificó formalmente al callismo y permitió la muerte y el desengaño de quienes lo siguieron.

En Michoacán, cuyo gobernador era Lázaro Cárdenas, había poca clase media y menor odio popular hacia Calles. Allí Vasconcelos logró pocas y débiles adhesiones. En Morelia lo recibió un enviado de los generales obregonistas que preparaban en el Norte una rebelión contra Calles. Vasconcelos le respondió lo mismo que a los cristeros: había que ganar primero la legalidad, el triunfo electoral, y tener un jefe legítimo (él); posteriormente, si había fraude, el propio Vasconcelos encabezaría la rebelión armada. Los escobaristas tampoco aceptaron.

El *crescendo* que había comenzado en Sonora y estallado en Jalisco se apagaba: en Guanajuato sólo había miseria; los mítines de paga fracasaron y hubo que hacerlos gratis; las bellas muchachas ya no eran las "señoritas" a quienes los dirigentes vasconcelistas iban a llevar serenatas y en quienes se inspiraban para escribir o recordar tiernos poemas más o menos sentimentales y más o menos lujuriosos, sino que —huérfanas, viudas, empobrecidas— servían como coristas y prostitutas a la soldadesca. En Toluca se le unieron los representantes de los jóvenes estudiantes de la capital que, como algunos intelectuales, lo seguirían hasta el fin y serían la única perduración del vasconcelismo. Una lista tentativa: Manuel Gómez Morín, Octavio Medellín Ostos,

[22] *Ibid.*, p. 119.
[23] *Ibid.*, p. 171.

Carlos Pellicer, Octavio Bandala, Chano Urueta, José Ma. de los Reyes, Manuel F. Boyoli, Matías Santoyo, Adolfo López Mateos, Raúl Pous Ortiz, Germán de Campo, Antonio Helú, Ángel Carvajal, Antonio Armendáriz, Juan Bustillo Oro, White Marquecho, Carlos Toussaint, Luis Calderón, Guillermo Ruiz, Rubén Salazar Mallén, Vicente Mendiola, Salvador Aceves, Miguel Palacios Macedo, Chuchita López de Pacheco, Antonieta Rivas Mercado (Valeria), Humberto Gómez Landero, Baltasar Dromundo, Ponciano Guerrero, Alfonso Acosta, Andrés Henestrosa, Manuel Moreno Sánchez, Alejandro Gómez Arias, Vicente y Mauricio Magdaleno, Herminio Ahumada Federico Hever, Antonio González Mora, Ángel Salas, Octavio Bustamante, Salvador Azuela, Tufic Sayec, Chucha Mejía, Elvira Vargas, Armando y Gabriel Villagrán, Ciriaco Pacheco, Alfonso Sánchez Tello, Salomón de la Selva, Andrés Pedrero, Yuco del Río, Ernesto Carpy, Miguel Alessio Robles, Joaquín Méndez Rivas, Salvador Ordóñez Ochoa, Vilma Erény,[24] fueron algunos de los verdaderos vasconcelistas (es decir, los que apoyaban a Vasconcelos por él mismo, por su mística y su atracción, y no meramente al único opositor permitido).

La entrada a la capital recobró el ritmo de triunfo. El 10 de marzo de 1929, en la plaza de Santo Domingo, cercana a la Secretaría de Educación, Vasconcelos definió la lucha electoral como el enfrentamiento de Quetzalcóatl contra Huichilobos (Calles-Amaro-la CROM). Esa entrada fue más multitudinaria y apoteótica que la de Madero. Ahí pronunció Vasconcelos su discurso principal:

> Y por encima de todo este campo de devastación, levanto la vista en estos momentos solemnes y me parece que en estos mismos sitios de la vieja plaza de Santo Domingo resonó en otras épocas la voz que anunciaba catástrofes, horrorizada delante de las degollaciones y felonías de Huitzilopochtli. Y como el profeta fue expul-

---

[24] Magdaleno, Mauricio: *Las palabras perdidas*, México, FCE, 1956, pp. 28 ss. *Cf.* Bustillo Oro, Juan: *Vientos de los veintes*, México, SepSetentas, 1973.

sado y desterrado, fue olvidado, los caníbales continuaron su cena, pero el invasor no tardó en presentarse vengativo, con el hierro de los conquistadores. Y vino después el fracaso de otras predicaciones, otro eco de la voz milenaria que por boca de Madero condenaba a los asesinos de la dictadura, y la Revolución ha estado fracasando porque acalló aquella voz y asesinó al profeta, y lo echó en olvido y tornó al festín de Hutzilopochtli. Yo hoy siento que la voz de Quetzalcóatl, la misma voz histórica y milenaria, busca hoy expresión en mi garganta y le da fuerzas para que grite, yo sin ejércitos, a tantos que se respaldan con ejércitos [...] ahora como hace mil años, [lo que] en condensado exclamara Quetzalcóatl: Trabajo, Creación, Libertad.[25]

Quetzalcóatl jamás, hasta donde se sabe, si no fue más que un símbolo astrológico de la estrella de la mañana, exclamó nada parecido. Aquí se ve que, desgraciadamente, la lucha de Vasconcelos contra Calles fue oratoria, la lucha entre dos demagogias: el nacionalismo democrático y civilizado, en el mejor sentido de la tradición liberal (Vasconcelos) contra el nacionalismo populista de métodos salvajes con que se fue acallando, extinguiendo y purgando a los sobrevivientes y a las intenciones de la Revolución.

El 9 de abril, en el Teatro Politeama de la capital, Vasconcelos pidió a la población que, en caso de que no se respetara el voto, boicotera al fisco. Ya los cristeros habían intentado el boicot como arma contra el Estado y habían fracasado, en parte porque la población no estaba unida contra Calles y sobre todo porque quienes más tenían, y por ello alimentaban más al fisco, no eran intransigentes oponentes del Estado. Por entonces Vasconcelos sufrió un ataque de gota; en la cama terminó su *Metafísica* y preparó la siguiente etapa de su gira como candidato: Puebla, Veracruz, Tlaxcala, Hidalgo y Guerrero. Excluyó de sus planes el sur de la República, irredento, "entregado al pistolerismo irresponsable y cínico", aunque algunos anticallistas organizaron en

---

[25] *El Universal*, 11 de marzo de 1929. [Inexplicablemente excluido de *Discursos 1920-1950*.]

Oaxaca un mitin vasconcelista que fue reprimido sangrientamente.

Mientras Calles, con ayuda del gobierno de los Estados Unidos, derrotaba en el norte del país a los generales rebeldes, y en el gobierno empezaban a tramarse soluciones al clima revuelto que se respiraba en la política nacional, como el asunto cristero, Vasconcelos se dejaba llevar más y más por su impulso oratorio, entregado al pasmo de la grandeza de su propio personaje. Declaró que su programa era hacer de México un país de ciudadanos libres, no de ebrios soldados analfabetos. Incluso de lo que se trataría, afirmó, sería de poner al ejército a trabajar como peones de albañil en la construcción de caminos, edificios, puentes, escuelas. Vasconcelos sabía bien que, en plena época del poderío militar, cuando empezaba a ascender Joaquín Amaro, afirmar tales cosas era una arrogancia y estimular el odio de los civiles al ejército. Alentados de este modo, los vasconcelistas se envalentonaban y provocaban a los soldados: y eran reprimidos. Como meros ejemplos en que el ejército reprimió a la población que apoyaba a Vasconcelos, pueden contarse los de Guadalajara (2 de febrero de 1929), Pachuca (16 de junio), Torreón (6 de agosto), Tampico (8 y 17 de septiembre, 8 de octubre y 4 de noviembre), la ciudad de México (20 de septiembre, cuando murió Germán de Campo en San Fernando), y otros encuentros sangrientos en Mérida, Veracruz y León. En un clima tan peligroso, Vasconcelos se comportaba como un provocador irresponsable y como un predicador impertinente (hablaba de Platón en los mítines).[26]

El 28 de abril, en Puebla, se declaró el verdadero caudillo de la Revolución (maderista) y acusó al gobierno de haber claudicado y entregado el país a la dictadura y al poder de

---

[26] Pineda, Hugo: *José Vasconcelos, político mexicano*, Thesis Ph. D., The George Washington University, p. 136. *Cf.* Taracena, Alfonso: *La verdadera Revolución Mexicana*, México, Jus, XV etapa. Portes Gil, Emilio: *Polémicas*, México, Costa-Amic, 1975, pp. 89-125.

Washington. Huitzilopochtli no sólo acababa con la utopía de Quetzalcóatl, sino que fundaba la pretoriana barbarie azteca-cromista que sería castigada con la llegada de los *marines*, nuevos hombres blancos. Pero había en las palabras de Vasconcelos cosas que la gente necesitaba oír, como la acusación al gobierno de haber fundado una nueva oligarquía: el Obregón guerrero de Santa Rosa había degenerado, según Vasconcelos, en la ignominia del oligarca de Cajeme. El gobierno trataba al pueblo como a sus "pobres peones de hacienda" mientras los jerarcas se enriquecían desde sus altos puestos burocráticos y/o militares con el tesoro fiscal.

El 8 de junio, en Apizaco, Tlaxcala, Vasconcelos habló en otro mitin: "Pero no agachéis la cabeza, campesinos humildes; no volváis el rostro cuando ellos pasen; miradlos bien, retened sus facciones; son unos cuantos gobernadores que saquean el tesoro local soñando con ministerios para mañana", y los incitó a convertirse en ciudadanos y votar por él: "os prometo purificar la Revolución y consolidar las conquistas legítimas."[27]

El 16 de junio, en Pachuca, se dirigió a los mineros hidalguenses que, como los de Zacatecas y multitud de pequeñas agrupaciones de obreros y artesanos, se oponían a la CROM. Las elecciones libres evitarían, afirmó, que ocurriera la catástrofe de una nueva revolución. El 23 de junio, en Magdalena Contreras, declaró que "ni el ejército ni el pueblo quieren más imposiciones" y recordó breve pero explícitamente a los muertos en la batalla de Jiménez y a los vasconcelistas asesinados por el ejército en el Distrito Federal.

Vasconcelos todavía gozó el éxito en Toluca y en Pachuca. Pero la derrota de los generales en Jiménez, sumada al arreglo entre clero y gobierno que terminó con la rebelión cristera, modificó el espacio político. Antes convenía al gobierno que Vasconcelos fuera un opositor arrogante y provocador;

[27] *Discursos 1920-1950*, pp. 127-128.

de este modo en las ciudades y en el extranjero aparecía como una oposición más beligerante que las armadas, a las que se hacía pasar como delincuencia. En cuanto la oposición armada de los cristeros y los generales rebeldes fue abatida, el gobierno modificó su actitud hacia Vasconcelos. Fortalecido por esas victorias, el callismo se lanzó de lleno contra los vasconcelistas. Las reglas del juego se mantenían: Vasconcelos reconocía a Portes Gil, actuaba en el marco de la ley, no insultaba directamente a Calles, y por su parte el gobierno declaraba a Vasconcelos como la única oposición legítima. Pero la cantidad de muertos en mítines creció.

El arreglo del asunto cristero fue para Vasconcelos "un golpe bajo el cinto y completamente inesperado".[28] "Vi en ello la mano de Morrow que así nos privaba de toda base para la rebelión, que el desconocimiento del resultado del voto lógicamente debería traer." [29]

A principios de julio de 1929 se efectuó en el Frontón Hispanoamericano, en México, la IV Convención Antirreeleccionista, que postuló el 5 de julio por aclamación eufórica a Vasconcelos. Desde el punto de vista de las formas democráticas, fue un hecho insólito: reunió 835 delegados independientes de toda la oposición del país, incluyendo los estados sureños de Yucatán, Tabasco y Oaxaca, y activos representantes de los mexicanos residentes en los Estados Unidos.[30] Y en el momento de aceptar oficialmente esa postulación y entrar en la "recta final" y más peligrosa de su campaña, estimulando a sus seguidores a actividades políticas más intensas, Vasconcelos *ya sabía*, según acepta en *El proconsulado*, que no tenía la menor esperanza de triunfo. Da dos razones: una, la pérdida del apoyo que los cristeros y los generales obregonistas le habrían brindado. Si la rebelión de unos y otros hubiera continuado, pensaba, se habría exten-

---

[28] *El proconsulado*, p. 175.
[29] *Ibid.*, pp. 177-178.
[30] *Excélsior*, 3 y 6 de julio de 1929.

dido y legitimado al defraudarse las elecciones. La segunda: la curación de Joaquín Amaro y su vuelta a la vida pública como símbolo del encumbramiento de las masas brutales en el poder. Una vez liquidada la oposición armada, Calles salió del país en un viaje de descanso por Europa. Portes Gil y Amaro quedaron a cargo del gobierno.

A partir por lo menos de julio de 1929 es ya imposible confiar en Vasconcelos, que *seguro del fracaso exalta* a sus seguidores. Explica: "Salir con honor del enredo sangriento era lo único que nos quedaba por hacer. Y, por lo pronto, no dar a conocer juicios que hubieran hecho cundir el desaliento." [31] Pero ese "honor" costaba vidas. No parece exagerado o injusto calificar la parte última de su campaña como una valiente promoción de su personaje (la Gran Víctima), desleal a sus seguidores. Los discursos se encienden, Vasconcelos suena cada vez más seguro del triunfo, incita con mayor apremio a quienes lo apoyan, posa ante las cámaras, grita, escribe. Usó la maldad evidente del enemigo para erigirse en bondad vengativa. Y ya sabía desde entonces, en el momento de la convención, que ni habría respeto a las elecciones ni, mucho menos, tendría él los guerreros ni las armas para rebelarse. Y conforme se acercaban las elecciones la represión a los vasconcelistas fue más sanguinaria. En consecuencia, Vasconcelos comparte con Calles y Amaro la responsabilidad de esos múltiples asesinatos hasta el de Topilejo (1930) y de la farsa de democracia, con el agravante de que las armas que Vasconcelos usó deslealmente fueron la moral y la cultura. El "Maestro de la Juventud" y el "intelectual honesto y revolucionario" se revela como un pillo comparable a sus enemigos. Su feroz individualismo, su sed de triunfos, su vanidad personal sacrificaron toda la credibilidad de sus palabras. Mauricio Magdaleno escribió un bello libro al respecto, que se titula precisamente: *Las palabras perdidas*. De julio de 1929 en adelante, la crítica que Vas-

---

[31] *El proconsulado*, p. 178.

concelos hace del sistema político mexicano sólo se sostiene
por la prodigiosa eficacia personal para el insulto, pero queda claro que es otro mentiroso quien arremete. A la imagen
del mesías para señalar la función del intelectual latinoamericano vino a añadirse la del traidor, que capitaliza en pro-
vecho de su mito personal tanto la corrupción del gobierno
como las vidas y la fe de quienes creyeron en él. Los partidarios de Vasconcelos fueron asesinados o desengañados: perdieron. Vasconcelos ganó su mito y el Estado su *set* democrático.

En el discurso de la Convención Antirreeleccionista Vasconcelos estableció su programa, al que compara con el de
Madero. Trazó una imagen apocalíptica del país, dominado
por una oligarquía bárbara de políticos como Garrido Canabal. Descalificó a las masas como ciudadanía responsable;
eran sólo "centenares de siervos [acarreados para votar] que
ni siquiera alcanzan el tostón prometido, porque éste se queda
en el bolsillo de intermediarios que ya con esto se sueñan
diputados".[32] Esta actitud hacia las masas como no-mexica-
nos, no era nueva en Vasconcelos. Había escrito un año antes:
"Desde Cortés, el que se gana en México la simpatía de los
indios, se gana el poder."[33] La clase media, en cambio,
reunía a los mexicanos verdaderos y era la única capaz de
construir.

Se trataba de barrer corrupciones, ningún pasado de nuestra tur-
bia historia merecía resucitar. En cuanto a programas, ya lo sabían: mi programa y mi promesa se ejemplificaban en la obra
que había realizado durante mi única gestión pública. Si mis oyen-
tes hallaban obra administrativa y constructora superior a la mía,
que se apresuraran a retirarme su apoyo, a fin de prestarlo a quien
más valiese. Por encima de todo hacía falta que el país designase
para su gobierno a los mejores, no a los peores, como se venía
haciendo; a los ilustrados, no a los palurdos.[34]

[32] *Discursos 1920-1950*, p. 133.
[33] *El Universal*, 25 de junio de 1928.
[34] *El proconsulado*, p. 63.

Vasconcelos no sólo no quería, sino que no debía lanzar un programa específico, porque su fuerza no era uniforme: lo único que compartían todos sus diversos partidarios era el odio a Calles, y los pronunciamientos específicos habrían separado a los vasconcelistas. Su programa es una mera enumeración de buenas intenciones planteadas a grandes rasgos: moralización de la burocracia, legalismo, redención por la enseñanza, independencia nacional (acabar con la deuda exterior), democracia (acabar con la casta militar); son interesantes, sin embargo, sus coincidencias concretas con el programa del PNR: prometió cumplir el artículo 123 y declaraba que el Estado debía ser el promotor y el generador de la economía nacional.[35]

Más que en el discurso-programa leído en la Convención Antirreeleccionista, es en sus artículos de *El Universal* donde se encuentran sus puntos de vista: deseo de democracia a la norteamericana, bolivarismo, maderismo. Prometió combatir el alcohol en México, implantando una ley seca como la de los Estados Unidos (3 de diciembre de 1928); el sindicalismo debía liberarse de los caudillos (13 de abril de 1929); había que aprender a vivir sin conflicto con las culturas indígena, hispánica y norteamericana que se mezclaban en México (1º de julio de 1929); la comunidad latinoamericana debía quitarse la tutela norteamericana (5 de marzo de 1928); el sistema económico ideal para México era un capitalismo sin oligarquías de caciques-caudillos-hacendados (8 de abril de 1929); durante toda la campaña, uno de los motivos más efectivistas fue el de los braceros mexicanos humillados en los Estados Unidos (17 de septiembre y 19 de noviembre de 1928; 11 de febrero y 27 de marzo de 1929), además de los temas reiterados: educación, democracia, civilización, cultura, revolución constructiva, redención del indio, etcétera.

La campaña le dio, como escritor, un espacio y un poder

35 *Discursos 1920-1950*, pp. 132-142. *Cf.* Pineda, Hugo, *op. cit.*, pp. 29-85.

que de otro modo jamás habría logrado; un poder moral real, extendido a un público amplio. Fue tan importante su obra crítica de escritor en esa coyuntura política, que el gobierno acusó a Vasconcelos de ser una ficción creada por *El Universal*: "Que Vasconcelos es, políticamente hablando, hijo de las gacetillas de *El Universal,* que nació de la intención entre líneas de este diario, y que suprimido el nombre de Vasconcelos en *El Universal,* no habría antirreeleccionismo, ni Vasconcelos, ni líderes." [36] Por presiones del gobierno, *El Universal* expulsó a Vasconcelos de sus páginas el 8 de agosto de 1929, y no volvería a colaborar en ellas hasta 1941. Como intelectual Vasconcelos tenía un enorme poder entre la clase media y sobre todo entre los jóvenes estudiantes de la capital. Su campaña fue, para los muchachos que lo siguieron, un grito de pura exaltación al compás de su himno, titulado precisamente *Me importa madre.* Contra el ejército, contra el gobierno central y los gobernadores (Saturnino Cedillo, Tomás Garrido Canabal, etcétera), contra la CROM, el PNR, la embajada norteamericana;[37] sin organización, experiencia ni programa, apoyados económicamente sólo por los donativos de particulares (Luis Cabrera, Antonieta Rivas Mercado, Gómez Morín, Joaquín Moreno, Federico González Garza, Alfonso Madero, Joaquín Baranda, etcétera) y por los ingresos que lograban en los mítines o en recolecciones de los clubes vasconcelistas de provincia, esa exaltación dio a una generación de jóvenes una posibilidad de acción política; apenas en 1968 otra generación de jóvenes tendría una participación importante en la política nacional. Vasconcelismo llegó a ser sinónimo de juventud, de locura, de idealismo; frente a él, el desprestigio popular de Calles; cuenta Magdaleno:

> Por esos días apareció el último libro de Vasconcelos, la *Metafísica,* base de su sistema filosófico. Los humildes veían el volumen

[36] *El Universal,* 31 de julio de 1929.
[37] Magdaleno, Mauricio: *op. cit.,* p. 168.

en nuestras manos y todos querían obtenerlo a fin de que el maestro les dedicase un ejemplar. Explicamos a los nuestros que se trataba de un libro de filosofía, ajeno en absoluto a ningún fin político, pero nadie les quitaba de la cabeza que en sus apretadas páginas campeaba un temible alegato contra el gobierno. Un día alguien, un modestísimo zapatero de Peralvillo, lo vio en la mesa del candidato y, sin poderse contener, exclamó —¡Qué duro debe estar ese libro contra Calles! [38]

Vasconcelismo era cultura y muchachos entusiastas contra la corrupción de poderosos sanguinarios; era el arte, el saber y la moral, y detrás de todo este monopolio de grandes palabras también se atrincheraban débiles y torpes reacciones contra los mejores logros sociales de la Revolución. De algún modo, el odio contra Calles también incluía a Zapata y en la lucha contra la crueldad y la barbarie había un solapado deseo de las clases medias de desprestigiar y detener los avances en la política agraria y laboral. Pero lo frontal era el entusiasmo juvenil. Un verso de Pellicer: "Tengo vida para mil años hoy". Un comentario de Magdaleno: "Nos batimos conforme lo demandó un intenso estado del alma, y todo concluyó en un sordo golpe de viento... Nos quedaba lo nuestro, ¿no? Y la compensación de un embriagador sentimiento cósmico que me volvía minúsculos los jadeos, los pobres jadeos que no obtuvieron fruto en la tierra." [39] El mesianismo de los libros de Vasconcelos resulta más explicable cuando se comprueba que, en efecto, aun los estudiantes que cuando fue ministro se le habían rebelado, lo miraban como mesías. Declaró entonces Magdaleno:

Saludamos en José Vasconcelos, la más alta figura de América, según las palabras de Romain Rolland, el despertar de una raza que ha encontrado su prototipo y con él las más seguras formas de su anhelo. Limpio de sangre y de prevaricación, poderoso de capacidad intelectual, mundialmente admirado y amado, lleno de generosas bondades, de cristiana inquietud y, a la vez, de una

[38] *Ibid.,* p. 86.
[39] *Ibid.,* p. 122.

mezcla de energía y austeridad y de una visión iluminada de la realidad y de los hombres; tan grande como Sarmiento en la Argentina, tan total como Bolívar, y tan puro como Mazzini...[40]

Una vez abolidos los escobaristas y los cristeros, el único grupo oposicionista activo eran los muchachos vasconcelistas. Portes Gil trató de robárselos a Vasconcelos con un golpe maestro: la autonomía universitaria, que ellos ni siquiera soñaban, para que en mitad de un país tiránico tuvieran un espacio inofensivo (hasta 1968) en el que se jugaran formas democráticas.

Después de la convención, Vasconcelos inició su tercera gira, sangrienta, por la provincia. Guerrero, Querétaro, Aguascalientes, Zacatecas, Coahuila y Chihuahua. Los restos dispersos de oposiciones suprimidas, como los cristeros, los escobaristas, los villarrealistas y los partidarios de Pablo González, se le unían. De julio a noviembre de 1929 los enfrentamientos, con heridos y muertos, en mítines vasconcelistas fueron hechos cotidianos. El día de las elecciones las tropas patrullaron ciudades como Oaxaca, y en el Distrito Federal se acuarteló preventivamente a 12 mil soldados.

El fraude fue escandaloso. En los lugares de franca simpatía por Vasconcelos no se distribuyeron credenciales ni papeletas de voto. Las casetas electorales se instalaban en otros lugares de los señalados, para confundir a los votantes y evadir a los inspectores del Partido Antirreeleccionista. Fue obvia y enorme la cantidad de votos falsificados. Muchas casetas se cerraron varias horas antes de la hora fijada. Multitud de asaltos armados que sustrajeron las cajas de votos en lugares vasconcelistas. En las escasas casetas que funcionaron sin atropellos Vasconcelos ganó por amplio margen. En el Distrito Federal 10 mil personas protestaron ese mismo día en el Palacio de Justicia porque se les había impedido llegar a las urnas. En varias ciudades de provincia se había

[40] *Ibid.*, pp. 26-27.

distribuido la noche anterior armas y pulque abundante a los soldados. Los totales oficiales fueron ridículos. En sus mítines, Vasconcelos había reunido más gente que la cantidad de votantes que oficialmente se le atribuyó.[41]

	DF	País
Ortiz Rubio	117 149	1 948 848
Vasconcelos	21 517	110 979
Triana	2 124	23 279

El día de las elecciones Vasconcelos estaba en Guaymas. Un enviado del embajador Morrow le aseguró que el gobierno le daría, a cambio de reconocerse derrotado, la rectoría de la Universidad. Se negó. El 1º de diciembre de 1929 lanzó el "Plan de Guaymas", en que se declaró vencedor y llamó a la rebelión. Salió del país, prometiendo regresar en cuanto existiera un ayuntamiento vasconcelista. Portes Gil lo desterró.

Vasconcelos tanteó la opinión de Washington: si estallaba pronto la rebelión vasconcelista, los Estados Unidos se declararían neutrales; de otro modo, reconocerían a Ortiz Rubio.

No hubo rebelión; apenas conatos: se fusiló al general Bouquet, acusado de intentar rebelarse. Daniel Flores, que no había sido cristero ni vasconcelista, trató de asesinar a Ortiz Rubio; nunca se supo a quién obedecía y la maledicencia culpó a Calles nuevamente. El gobierno escarmentó a los vasconcelistas apresando a muchos de ellos y fusilando a medio centenar en Topilejo. Dirigieron esta maniobra represiva Eulogio Ortiz y Maximino Ávila Camacho.

El 12 de diciembre de 1929 Vasconcelos cruzó la frontera norte. El 27 de diciembre el presidente Hoover recibió oficialmente a Ortiz Rubio como Presidente Electo de México. El 29 de diciembre Vasconcelos informó a *The New York*

---

[41] *Excélsior,* 29 de noviembre de 1929; *The New York Times,* 18 y 19 de noviembre de 1929 (*Cf.* Pineda, Hugo: *op. cit.,* pp. 146-181).

Times que desistía de la política y se retiraba a trabajar en el exilio, como profesor en la Universidad de California.[42] El 15 de marzo de 1952 apareció en la revista *Hoy* una entrevista en la que Vasconcelos dijo a José Alvarado: "Además, a mí no me importa nada el vasconcelismo; olvide usted esas cosas y vamos a tomar otra botella de oporto, que realmente está delicioso."

Dos balazos cierran esta historia. Uno, el disparado por Daniel Flores contra Pascual Ortiz Rubio, quien resultó herido en la quijada. Salvador Novo resumió la opinión de la clase media sobre el gobierno en un epigrama:

> Quiera la bala asnicida
> —no por perdida, ganada;
> ni por ganada, perdida—
> trabar mejor la quijada
> para impedir la mordida.[43]

El otro balazo, el terrible y definitivo, fue aquel con el cual Antonieta Rivas Mercado se suicidó en la catedral de Nôtre Dame el 11 de febrero de 1931, cerrando trágicamente el episodio más célebre de la vida sentimental de Vasconcelos.

La soledad política, social y cultural en que se vio encerrado cuando la Revolución rompió el oasis nacionalista de clase media porfiriana y desató la lucha de clases, no sólo influyó en la obra y la actitud política de Vasconcelos, sino en su persona misma. Arrogante, desdeñoso, brutal. Las dos mujeres más importantes de su vida, Elena Arizmendi Mejía (Adriana) y Antonieta Rivas Mercado (Valeria), se expresaron de él en los mismos términos. Dice Adriana hacia 1915:

> Ya no te ocupas de mí, veo que no te hago falta para nada, acaso te estorbo... Un hombre como tú no necesita de nadie... Tú eres de los que creen en una misión, y los hombres así pueden ser fríos, pueden ser terribles.[44]

[42] Phillips, Richard: *op. cit.*, p. 235.
[43] Epigrama proporcionado por José Emilio Pacheco.
[44] *La tormenta*, pp. 335-336.

Quince años después escribió Antonieta Rivas Mercado:

No me necesita, él mismo lo dijo cuando hablábamos largo la noche de nuestro reencuentro en esta misma habitación. En lo más animado del diálogo, pregunté: "Dime si de verdad, de verdad, necesitas de mí." No sé si presintiendo mi desesperación o por exceso de sinceridad, reflexionó y repuso: "Ninguna alma necesita de otra; nadie, ni hombre ni mujer, necesita más que de Dios. . ." No cabe duda que su fuerza es su fe. Sus debilidades sexuales no lo dominan, se entrega con naturalidad. A ratos me parece que soy su obsesión, pero luego siento que podría prescindir de mí de un modo total. . . Sé que no renegará de mí, ni siquiera con motivo de mi suicidio. . . Por lo pronto, al saber lo que he hecho se enfurecerá. Sólo más tarde, mucho más tarde, comprenderá que es mejor para mi hijo y para él mismo. Entonces se enternecerá y no podrá olvidarme jamás: me llevará incrustada en su corazón hasta la hora de su muerte.[45]

Antonieta Rivas Mercado pertenecía a una rica y prestigiosa familia porfiriana; su padre diseñó el Monumento a la Independencia y heredó a su fiel hija favorita una fortuna que ella dilapidó en aventuras culturales como el Teatro Ulises y diversas publicaciones del grupo literario "Contemporáneos" que colaboraron en gran medida a la revitalización de la literatura mexicana del siglo xx. Otra solitaria: mujer bella, inteligente, culta, que habría desempeñado en algún lugar más propicio el papel de la Condesa de Noailles en Francia o de Victoria Ocampo en la Argentina, pero que en México sólo tuvo dos oportunidades: la literatura de vanguardia, con los Contemporáneos, y el vasconcelismo. Se unió a Vasconcelos en Toluca, cuando el candidato avanzaba en la primera etapa de su gira rumbo a su apoteótica recepción en la Plaza de Santo Domingo, en el Distrito Federal. Vasconcelos la describe como una sensualidad demasiado

---

[45] Rivas Mercado, Antonieta: *Cartas a Manuel Rodríguez Lozano*, México, SepSetentas, 1975, pp. 155-157. [La portada reproduce la escultura que Guillermo Ruiz hizo de ella.]

moderna para su gusto y algo fría, como la estatua que Guillermo Ruiz hizo de ella.[46] El encuentro entre la mujer más audaz y moderna de la época y el hombre más decimonónicamente machista, ambos casados y con hijos, fue siempre violento y apasionado, hasta culminar en el adulterio público, el repudio que la familia y la alta sociedad hicieron de Antonieta, y su suicidio. Mundana, moderna, ambiciosa, desequilibrada, feminista, aventurera, apasionada, decadente, son algunos de los adjetivos que usa Vasconcelos al hablar de ella; en sus libros, ella es la que ama frenéticamente y él quien, por caridad cristiana y cortesía, se deja amar a distancia. Muchos, entre ellos García Lorca, amigo de Antonieta, culparon a Vasconcelos del suicidio; él sencillamente explica que Antonieta era una figura trágica que en su adolescencia, cuando visitaba Nôtre-Dame, había presentido su destino: "¡Qué lugar más hermoso para suicidarse, lanzándose desde la torre!",[47] la hace decir Vasconcelos. Lo acompañó en toda la campaña, como la versión *high society* de la soldadera, y la narró en crónicas publicadas en *La Antorcha*, que Vasconcelos reproduce en *El proconsulado* y *La flama*; son malas crónicas, declamatorias y ampulosas, más del estilo del propio Vasconcelos que de la prosa llana, emotiva e inteligente de otros artículos de Antonieta (como los que recientemente se han rescatado; *La Cultura en México*, número 741, 20 de abril de 1976, reproduce un texto escrito originalmente en inglés y traducido por Elena Urrutia, sobre el feminismo en los veintes) y sobre todo de sus admirables *Cartas a Manuel Rodríguez Lozano*. Con el fraude electoral, huyó al lado de Vasconcelos a los Estados Unidos y a París, abandonando a Alberto E. Blaer, su marido, y perdiendo a su hijo. Mientras Vasconcelos se convertía en el "mártir", ella representaba el menos exitoso papel de "mujer perdida".

---

[46] *La flama*, 7ª impresión, México, Cía. Editora Continental, S. A., 1974, página 122. Cfr. Villaurrutia, *Obras,* p. 608.

[47] *Ibid.*, p. 116.

Como después de su público adulterio con Vasconcelos no había lugar para Antonieta en la alta sociedad capitalina a la que ella pertenecía, fuera de la cual no habría podido vivir; como su dinero se agotaba y Vasconcelos estaba prescindiendo de ella cada vez más, no halló otra salida que el suicidio. Vasconcelos había comprado una pistola para protegerse durante la campaña: nunca llegó a usarla; fue ésa la pistola con que Antonieta se mató en 1931:

> Terminaré mirando a Jesús, frente a su imagen, crucificado... Ya tengo apartado el sitio, en una banca que mira al altar del Crucificado, en Nôtre-Dame. Me sentaré para tener la fuerza de disparar. Pero antes será preciso que disimule. Voy a bañarme porque ya empieza a clarear. Después del desayuno, iremos todos a la fotografía para recoger los retratos del pasaporte. Luego, con el pretexto de irme al consulado, que él no visita, dejaré a Vasconcelos esperándome en un café de la avenida. Se quedará [Carlos] Deambrosis acompañándolo. No quiero que esté solo cuando le llegue la noticia.[48]

Fue enterrada en un cementerio judío, después de que se examinó su cadáver en un hospital de caridad.

[48] Rivas Mercado: *op. cit.,* p. 157. Cfr. *Excélsior,* 7 de agosto de 1977, Sección B, p. 1.

VII. EL ASCO DE SER SIN PLACIDEZ
NI PLENITUD

ANTES de cumplir los cincuenta años de su edad, Vasconcelos había pasado por los mayores éxitos y fracasos a que podía aspirar un civil, pero aún preparaba nuevas y escandalosas sorpresas: una autobiografía en cinco gruesos tomos, que es una impugnación del propio país; todo un excéntrico y voluminoso sistema filosófico, y una extensa labor de panfletario en varios libros e innumerables artículos periodísticos.

De 1930 a 1932, Vasconcelos residió y viajó por los Estados Unidos, Centroamérica, Francia y España. *La Antorcha* volvió a aparecer, desde Madrid y París, con mayor rabia y violencia, de abril de 1931 a septiembre de 1932. Entre 1933 y 1938 residió en la Argentina y los Estados Unidos. En Buenos Aires no tuvo mucho éxito como intelectual, aunque en sectores del público nacionalista conservó restos de su anterior apoteosis como profeta bolivarista de la raza; capitaneada por Victoria Ocampo, la élite intelectual lo consideró un mero demagogo.

Un recrudecimiento de la política mexicana anticatólica hizo que los obispos exiliados conjuraran contra el gobierno: llamaron a Vasconcelos a los Estados Unidos, le costearon el viaje a Nueva Orleáns, con el fin de planear una nueva rebelión cristera que ahora llevaría a Vasconcelos a la presidencia de la República. Pero el nuevo presidente, Cárdenas, dio garantías al clero: los planes de rebelión fueron desechados y Vasconcelos se quedó nuevamente frustrado y solo en Nueva Orleáns. En estas condiciones escribió los primeros tomos de su autobiografía, muchos artículos periodísticos contra el gobierno mexicano, el comunismo, los judíos y la república española, así como su *Breve historia de México*.

En vísperas de la segunda Guerra Mundial, Vasconcelos afirmó que el fascismo no representaba un nuevo peligro para México. "En México hemos padecido el fascismo desde que somos república. Un tipo de fascismo salvaje, que nada crea, pero sí obedece ciegamente a la fuerza."[1] No vio otro camino para México que la continuidad de ese fascismo, pero sustituyendo a los dictadores necios por déspotas ilustrados: "Si el fascismo llegase a significar entre nosotros, gobierno de los mejores, a objeto de construir un país capaz de defender su autonomía, su personalidad y con ello su economía [...] El mal de todo fascismo, como de todo comunismo o todo régimen dictatorial, estriba en la calidad del dictador y de sus auxiliares. Un dictador genial puede hacer algo. Un dictador mediocre es la plaga peor que puede padecer un pueblo", ya que "con más razón que una democracia, el gobierno de tipo autoritario exige inteligencia superior en la persona que detenta el mando."[2] El primer rasgo de la amargura política de Vasconcelos fue su abandono de la democracia; en los treintas su lenguaje es ya lo opuesto al maderismo.

Cuando en 1936 Cárdenas desterró a Calles, éste trató de vengarse y de recobrar el poder mediante un cuartelazo que harían los generales que le eran adeptos, y que se legitimaría con la formalidad de unas elecciones que ganaría... ¡Vasconcelos! El crítico del pelelismo trataba de ser el último pelele. Las diferencias entre Calles y Vasconcelos, gravísimas, fueron, sin embargo, menores a las de cualquiera de ellos con Cárdenas. En 1937, en el rancho del general José María Tapia, en San José, California, Calles y Vasconcelos se entrevistaron, se reconciliaron y se aliaron en una conspiración que ni siquiera pudo intentarse.[3] A pesar de ello, Cárdenas invitó a Vasconcelos a regresar al país en 1938 como rector de una universidad que habría de fundarse en el estado de

[1] ¿Qué es la Revolución?, pp. 189-191.
[2] Idem.
[3] La flama, pp. 463-469.

Sonora. Por dificultades entre los políticos regionales y Vasconcelos, que en un principio había aceptado la invitación, esa universidad se fundó sin él en 1942. De cualquier modo Vasconcelos continuó expresándose de Cárdenas con insultos.

En 1939 Vasconcelos apoyó a Ávila Camacho, y desde entonces, aunque no abandonó el sarcasmo como método de crítica histórica, fue más complaciente y hasta respetuoso con los presidentes mexicanos. En 1940 reingresó a la Iglesia católica y se erigió en su intelectual principal en México; las últimas ediciones (expurgadas, no en su contenido de política local, como podría suponerse, sino "pulidas" en asuntos de vocabulario) de su autobiografía, han sido publicadas por la editorial JUS. Del 2 de mayo de 1941 al 28 de febrero de 1947, aceptó la consolación que le ofrecía el gobierno mexicano y dirigió la Biblioteca Nacional que, sin embargo, como pertenecía a la Universidad, no le permitía absoluta libertad de acción; por ello, ya desde 1945 el gobierno le había dado medios para que se encargara despóticamente, a su manera, de otra biblioteca, como feudo personal: la Biblioteca de México —a la que, por cierto, Vasconcelos convirtió en poco tiempo en una de las mejores del país. La amargura y la decepción políticas lo llevaron a un sitio de Reaccionario Total que lo hizo repugnante para el mismo público mexicano que décadas antes lo había tomado por Mesías o Profeta: en 1940 fundó la revista *Timón* abiertamente en favor de Hitler y Mussolini,[4] y no dejó dictador extranjero no-comunista sin elogiar, como Franco o Batista, porque en países incapacitados para la democracia era saludable que una "mano fuerte" defendiera la raza, las costumbres, la personalidad y la soberanía nacionales, así como las fuerzas latinoamericanas del hispanismo y la religión católica.

Pronto se volvió lugar común la teoría de los dos Vasconcelos, el anterior y el posterior a 1929. Oficialmente se re-

---

[4] *La revista "Timón" y José Vasconcelos*, comp., pról. y notas de Itzahak, *Bar Lewaw*, México, Edimex, 1971.

verenciaba al primero: citas de sus discursos educativos, de *Indología* y de *La raza cósmica* (en el discurso de toma de posesión del presidente José López Portillo, el 1º de diciembre de 1976, se refiere explícitamente a "la raza cósmica" como nervio orientador de su programa de gobierno) son abundantísimas en toda la literatura oficial y prácticamente inevitables en la oratoria cívica. Por los méritos anteriores al 29 se nombró a Vasconcelos miembro del Colegio Nacional, de la Academia de la Lengua y doctor *honoris causa* de la UNAM en el IV Centenario de la fundación de la universidad novohispana. Por los méritos posteriores al 29, la iniciativa privada, las escuelas particulares, asociaciones culturales y políticas de extrema derecha (como el MURO) lo endiosaron y usaron contra los restos de "comunismo" que había dejado Cárdenas.

Sin embargo, entre uno y otro Vasconcelos corren muchas cosas comunes: la raza, la nación, los mesianismos culturales, el Espíritu, el culto al superhombre, la idealización del pasado hasta identificarlo con Utopía, y estos elementos admitieron *lo mismo* el uso progresista del Secretario de Educación como el a veces escalofriante del simpatizador del Eje. Y acaso sea el último Vasconcelos, el posterior al 29, el detestable, el más importante como escritor: violento, capaz de insultar como nunca antes se había elevado tanto la voz en nuestra literatura, con tanta eficacia y extraordinario talento. Las palabras con que E. M. Cioran describió a Joseph de Maistre definen exactamente a este Vasconcelos y a su relación con el México contemporáneo:

Elevando el menor problema al nivel de la paradoja y a la dignidad del escándalo, manejando el anatema con una crueldad en la que se mezclaba el fervor, tuvo que crear una obra rica en enormidades, un sistema que no deja de seducirnos ni de exasperarnos. La amplitud y la elocuencia de sus cóleras, la pasión que ha puesto al servicio de causas indefendibles, su encarnizamiento para legitimar más de una injusticia, su predilección por la fórmula

sanguinaria, constituyen este espíritu extremista que, no dignán-
dose persuadir al adversario, lo aplasta de repente por medio del
adjetivo. Sus convicciones tienen una apariencia de gran firmeza,
supo responder a las llamadas del escepticismo con la arrogancia
de sus prejuicios y con la vehemencia dogmática de sus desprecios.[5]

El fantasma de lo que fui durará muchas generaciones

Su obra principal es su ciclo autobiográfico en cinco tomos.
A diferencia de su *Breve historia de México*, en la que más
que historia nacional nos ofrece una percepción personal de
la nación, la autobiografía tiene como asunto principal los
hechos y los personajes de la historia política de México de
Díaz a Cárdenas —la autobiografía carece de intimidad, así
como la *Breve historia* carece de visión social; a cambio, la
autobiografía nos ofrece un testimonio histórico y la *Breve
historia* nos narra la experiencia personal de un hombre en
el espacio nacional.

Con la excepción del último tomo, *La flama*, que se publicó
hasta 1959, los libros autobiográficos fueron escritos prácticamente de un tirón y alcanzaron a salir a la venta oportuna-
mente, permitiendo la polémica y la impugnación por parte
de muchos personajes y testigos aludidos, por lo que concentra un momento polémico al que puede considerarse con vali-
dez histórica; la valentía de expresar sus juicios y sus recuerdos, y los nombres de las personas a quienes acusa, cuando
aún está caliente la época narrada, reafirma su valor testimonial. Sin embargo, este tejido de detalles trágicos, criminales y
caricaturescos de sí mismo y de sus contemporáneos, es menos
relevante que la alegoría de la nación que postula y explica:
un sistema de mitos y conflictos en los que él mismo se vio
enredado, en cuyo marco actuó enérgicamente, como una ma-
lla que terminó por apresarlo.

---

[5] Cioran, E. M.: *Joseph de Maistre*, Editions du Rocher, Monaco-Ville, 1957,
p. 9. *Cf.* Azuela, Mariano: *op. cit.*, t. III, pp. 700-711.

El género del diario personal y las memorias comúnmente se divide en dos grandes ramas, según la intención que la obra particular persigue; por un lado, la más corriente, es el mero testimonio de una vida importante que registra hechos y se defiende de acusaciones, erigiendo su justificación y su gloria: sólo en ocasiones excepcionales en que las memorias estén excepcionalmente escritas o signifiquen un momento característico de la lengua, sobrepasan el mero interés de documento archivable. Pero aunque la vida de Vasconcelos fue importante en algunos momentos de la historia del país, y en sus memorias aparecen muchos hechos significativos, no son lo que más destaca ni lo más literario (incluso representa la menor porción de la obra, pues esos hechos importantes eran del dominio público y Vasconcelos no necesitaba narrarlos, sino calificarlos), y de cualquier modo existirían obras y fuentes muchísimo más ricas y fidedignas al respecto.

La otra rama, más rara y literariamente más valiosa, es la que considera el diario personal y las memorias como una introspección, un análisis o representación de una sociedad y de una época en el conejillo de Indias del pensador que escribe sobre sí mismo; en la literatura española este tipo de relatos ha ocurrido escasamente y, en rigor, no se ha registrado en la mexicana, pero la francesa es rica en "egotistas" de este tipo y Vasconcelos los leyó y admiró a casi todos: Maine de Biran, Benjamin Constant, Stendhal, Amiel, Jules Renard, Jules y Edmond de Goncourt, Gide, Mauriac, y sobre todo los grandes clásicos: Montaigne, Pascal, Rousseau, Chateaubriand. En esta concepción del género de memorias como la narración de un análisis interior, se emparenta y confunde la filosofía asistemática, irracionalista, emotiva, que entusiasmó a Vasconcelos a través de las obras de Nietzsche, Kierkegaard y Bergson. Pero la noción de "sinceridad" jamás aparece en la autobiografía de Vasconcelos, ni la práctica de ese análisis interior.

De ahí que el ciclo autobiográfico resulte una obra excéntrica: Vasconcelos generalmente tiene los ojos hacia el exterior, pero no para ver objetivamente la realidad, sino algo más allá: una alegoría profética. Encabalgada entre la narración de los hechos y la construcción de su personaje autobiográfico, la autobiografía de Vasconcelos se parece menos a otras autobiografías y más, mucho más, al tipo de "biografía heroica" que autores como Carlyle, Emerson o Romain Rolland hacían de grandes hombres (Goethe, Shakespeare, Dante, Beethoven), con la particularidad de que Vasconcelos sería tanto el biógrafo del genio como el genial biografiado. Es decir, hay en la autobiografía de Vasconcelos una distancia que *no* es autobiográfica entre el narrador y lo narrado: el escritor no es lo que está escribiendo, el escritor es el amanuense o el cronista de un Personaje Universal, prototípico de un destino nacional, que si bien encarnó en él, lo trasciende.

Esta característica permite a Vasconcelos ser extraordinariamente franco sobre sí mismo en sus aspectos menos gloriosos y, en cambio, ser casi desdeñoso con sus momentos más admirables. No habla de sí mismo, sino de un Hombre Representativo o de un Héroe, de una figura mítica que importa como Idea, Destino o Símbolo más que como concreción de una vida cotidiana. No es autobiografía, sino biografía heroica; no cuenta una vida, provoca en el lector una figura simbólica a la cual seguir, interiorizar e imitar.

Cuando murió el escritor conservador Joseph de Maistre, Talleyrand lo condenó al sopor eterno de un sueño anacrónico por haber pretendido profetizar cuando lo que en realidad hacía era registrar recuerdos ya obsoletos, prejuicios pasados de moda, proyectos políticos cuya oportunidad ya había pasado. No fue otra la respuesta de la crítica a la obra de Vasconcelos: profeta al revés, hacia el pasado (aunque ningún Talleyrand mexicano fue capaz de definirlo coherente e informadamente). Es incluso una ironía que Vasconcelos haya elegido, para ejercer su profecía, el género más antiprofético de todos: las memorias ubicadas y encerradas en el pasado, como quien arremete en retirada.

Los propios prólogos de sus libros autobiográficos dan la idea más exacta de la intención, las limitaciones y la importancia de ese intento: en *Ulises criollo*:

El nombre que he dado a la obra entera se explica por su contenido. Un destino cometa, que de pronto refulge, luego se apaga en largos trechos de sombra, y el ambiente turbio del México actual, justifican la analogía con la clásica *Odisea*. Por su parte, el calificativo de Criollo lo elegí como símbolo del ideal vencido en nuestra patria desde los días de Poinsett, cuando traicionamos a Alamán. *Mi caso es el de un segundo Alamán hecho a un lado para complacer a un Morrow.* El criollismo, o sea la cultura de tipo hispánico, en el fervor de su pelea desigual contra un indigenismo falsificado y un sajonismo que se disfraza con el colorete de la civilización más deficiente que conoce la historia; tales son los elementos que han librado combate en el alma de este Ulises Criollo, lo mismo que en la de cada uno de sus compatriotas.[6]

No ofrece Vasconcelos su vida personal, sino el destino de "lo mexicano" que encarna en él, y ese destino es el del nacionalismo mexicano que surgió con los criollos en confrontación con las masas indias que entraban sanguinariamente a saco (la actitud de Abad y Queipo) y con los norteamericanos que invadieron el país a partir de 1847.

En *La tormenta*:

Profeta, en el sentido lato, es quien anuncia a los pueblos la verdad y la justicia. Y hay momentos en que el profeta, por respeto a sí mismo, ha de callar. Pues no se merecen profetas los pueblos que escuchan la verdad y no se apasionan por ella. Por algo únicamente los hebreos dieron profetas entre los antiguos, y, en el mundo moderno, es en los pueblos dominantes donde la palabra vence, se impone, gana el mando, en tanto que los delincuentes van a presidio. *Las masas embrutecidas no engendran profetas y si llegan a tenerlos, no los comprenden*; oyen sus palabras y aun simulan aprobarlas; pero no actúan. Separan el ideal de la prác-

6 *Ulises criollo*, pp. 5-6. Cursivas de J. J. B.

tica, y esto ya es degradación y estulticia. Pues la palabra noble
ha de mover el ánimo; de otro modo se vuelve farsa.

Y para no desperdiciar el esfuerzo, para no envilecerlo con la
impotencia, se inventó el consejo sagrado: No eches perlas a los
cerdos. ¡Ay de los pueblos donde el profeta se calla porque siente que le envilecen su palabra los mismos que la aplauden pero
no obran![7]

La amargura y la rabia de Vasconcelos registran el fracaso
de toda la tradición cultural mesiánica latinoamericana de
"redimir desde arriba". Para utilizar el contexto de la conquista española, esencial en Vasconcelos, los indios no nece-
sariamente distinguían entre misioneros y conquistadores; de
hecho, el misionero *era parte* de la tropa conquistadora. Para
las masas, aun el más mesiánico y bien intencionado de los
"redentores", era parte de los otros. Intentar redimir desde
arriba, despótica e ilustradamente, a las masas (sin tomarlas
en cuenta ni conocerlas realmente, borrándoles por decreto
su modo de vida e inventándoles un elemental parecido con
la "gente decente" para elevarlas de la barbarie a imitacio-
nes improvisadas de ciudadanos, como era la política de Vasconcelos de "incorporar a las masas a la Nación"), era un
proyecto cuya practicabilidad nacía de la fuerza del caudillo, de los conquistadores, que apoyaban al misionero. Vasconcelos no parece comprender que su propia fuerza política
como ministro provenía de Obregón, que sin conquistador
poco contaba el misionero; de esta incomprensión surgieron
tanto el impulso para luchar democráticamente contra los
caudillos como la rabia moral y la desesperación al sobre-
venir la derrota. En el prólogo a *El desastre*, el tomo de su
autobiografía que comprende el periodo más generoso de su
vida, de 1920 a 1928, registró explícitamente esa situación:

La presente narración abarca un periodo de madurez en que apa-
gada, amortiguada la flama erótica, el anhelo se concreta en la

---

[7] *La tormenta*, p. 9. Cursivas de J. J. B.

obra social. Breves años en que fue mi pasión la multitud, sus dolores y sus potencialidades. Igual que otros amores, también me fue infiel, me traicionó con rufianes, hasta que la patria misma, impotente y deshonrada, me vio salir de su territorio entre las maldiciones de los ignorantes y las risas de los malvados.[8]

Después de fracasar su destino alegórico de redentor, el propio hombre se hace añicos, reniega de sí mismo, y si antes había tenido el impulso y la arrogancia necesarios para atribuirse una personalidad y una misión casi suprahumanas, ahora se empequeñece y anula hasta perderse de vista como "voluntad". Se convierte así en una simple, extraviada, ingenua "criatura del Señor".

En *El proconsulado*:

En el prólogo del tomo tercero de estas memorias, dije con cierta irreflexiva arrogancia que toda vida que se completa es un *crescendo* en sinfonía, un tema en tono mayor en ascenso, desde la cuna hasta la muerte. Y que la muerte misma no es otra cosa que la antesala de la resurrección. No es ése el mismo estado de ánimo de quien penetra en la vejez, sino uno mucho más lúgubre que contempla el tránsito como una prolongada experiencia, hecha de altos y bajos, dichas engreídas y profundas, pero falaces, y caídas de abismo, etapas de desconsuelo y horas de tormento. Una suerte de marcha fúnebre heroica... Y en resumen sombra y luz, dicha y quebranto, en misteriosa, inevitable concatenación, indescifrable propósito. Larga lamentación entrecortada por jubilosos arpegios. *Y en el fondo, confianza, ya no en el propio arranque, sí en la piedad del Dios Padre que, pese al enojo del mal uso que hicimos de nuestro pobre libre albedrío, tendrá que perdonar, llevado del mismo impulso que nos hace sonreír de los yerros y los aciertos, las maldades y las ternuras de los infantes.*[5]

Años después, cuando poco quedaba de su pedestal de héroe y apóstol revolucionario, y Vasconcelos había sido satanizado políticamente y ninguneado culturalmente, dejó un odio ya frío en *La flama*, contrapartida del desastre perso-

---

[8] *El desastre*, p. 9.
[9] *El proconsulado*, p. 7. Cursivas de J. J. B.

nal, condenación del país en cuya historia se había comprometido y frustrado: "Una realidad simplemente ruin, no merece otra cosa que el olvido. Para cierta clase de mezquindad, una conciencia esclarecida tiene la defensa del desdén perfecto."[10]

Esta frase concluye la trayectoria del intelectual mexicano que, más que ningún otro, trató de convertir la "inteligencia esclarecida" en una redención y dirección del país: de la "pasión por la multitud" al "desdén perfecto".

En términos generales, la alegoría que Vasconcelos construye en su autobiografía parte de una estrecha identificación entre él mismo y la nación; heredero histórico, cultural y hasta racial del país, el ahora "criollo" ve cómo las masas ("otra raza", "otra nación") y los Estados Unidos invaden su heredad. La alianza de los caudillos tanto con las masas como con Washington es, para Vasconcelos, una reiterada forma de despojar al "mexicano" (clase media nacionalista) de su reino. Como Ulises, Vasconcelos se arrojó a luchar contra los enemigos de ese ideal de nación; tuvo sus aventuras épicas (naufragios, huidas ingeniosas con ayuda del Destino, sirenas, circes, nausícaas, calipsos y demás diosas y musas tutelares). Con Obregón, se dedicó a hacer real su utopía, pero los caudillos —como los pretendientes de la *Odisea*— le trataron de arrebatar su Ítaca. Quiso en 1929 recobrar su tierra prometida y fracasó. Consternado porque no se había cumplido el mito, descendió del papel de Ulises al de un mentor de ulises futuros, del papel del Mesías al del simple profeta que lo anuncia en el desierto. Esta alegoría se desarrolla en los cuatro primeros tomos autobiográficos, los que forman un bloque por haber sido escritos en la misma época; en el quinto, dos décadas posterior, *La flama*, cambia el asunto: en 1959 ya no sólo los yanquis y los indios conjuraban contra la "nación mexicana", sino también, exi-

[10] *La flama*, p. 9.

tosamente, la técnica, la demografía, los medios de comunicación, el urbanismo, y desde las costumbres hasta el lenguaje, de la provincia a la capital, de los mercados a las escuelas, la "suave patria" decimonónica, aquella de Vasconcelos, había dejado prácticamente de existir, y la suplantaba otro país, casi irreconocible.

La flama aparece cuando la nueva clase media mexicana adora la TV y los supermercados, puebla ciudades modernas, vive otros mitos. Vasconcelos parece entonces un fantasma que sueña con fantasmas. Podría haber prologado este libro con aquellas palabras que en ocasión parecida escribió más de cien años antes Fray Servando: "Aunque con veinticuatro años de persecución he adquirido el talento de pintar monstruos, el discurso hará ver que no hago sino copiar los originales. No tengo ya contra qué ensangrentarme; todos mis enemigos desaparecieron de este mundo. Ya habrán dado su nombre al Eterno, que deseo les haya perdonado." [11]

La flama retoma el hilo que había dejado trunco *El proconsulado*, y narra la década que siguió al fracaso electoral de 1929. Se subtitula: "Los de arriba de la Revolución", historia y tragedia. El título alude a la zarza ardiente de Moisés, como símbolo de la perdurabilidad de la cólera, que se incendia sin apagarse. La edición corriente lleva un *exlibris* ridículo: un dibujo waltdisneyano de un caballero medieval armado y a caballo que alza un estandarte con la leyenda: "Irrito a los malvados y complazco a los buenos". La función del libro es rematar la venganza del autor contra sus enemigos del 29.

Parecería tanto más necesaria *La flama* cuanto *El proconsulado* es un libro fallido. De hecho, sólo los dos primeros tomos de la autobiografía tienen valor literario y gran interés testimonial; en *El desastre* el estilo afloja, hay capítulos escritos con desgano y muchas páginas de artículos periodís-

---

[11] Mier, Fray Servando Teresa de: *Memorias*, México, Porrúa, t. I, p. 4 (2ª ed., 1971).

ticos reproducidas sin apenas retoque. Esto se debe al desdén
de Vasconcelos por la literatura y al éxito de los dos primeros
tomos, que aceleró la redacción de los siguientes; si se considera que en sólo diez años, la década de los treintas, Vasconcelos redactó y publicó cerca de *quince* gruesos y apretados
volúmenes, resulta muy comprensible que fallen literariamente. En *El proconsulado*, por ejemplo, Vasconcelos casi se li-
mita a garabatear meras uniones o costuras entre las crónicas
de sus discípulos y de Antonieta Rivas Mercado y las ideas
y hechos que él mismo ya había reiterado demasiadas veces
en los periódicos.

La flama, en cambio, tiene una estructura más ambiciosa;
imita tonos griegos y ofrece un estilo académicamente pulido. Sin embargo, es un libro malo y prescindible: el personaje "mártir" ya ha explotado demasiado su martirio, y los
nuevos recursos que aquí pone en juego son evidentemente
tramposos. Vasconcelos, que en 1929 se había cuidado de no
comprometerse con los cristeros e incluso había apoyado al
gobierno contra ellos, como se demostró en el capítulo anterior, ahora los usa como sus precursores y se autoproclama
su aeda. León Toral y Anacleto González Flores le sirven
como monaguillos para su autocelebración personal. Imita coros griegos para cantar como propia una tragedia que no le
corresponde. Propone Los Altos de Jalisco como la "polis
griega", ideal nacionalista, asolada por los bárbaros y Calles
para complacer al protestantismo norteamericano; con buena
prosa describe esa patria altiva, de gente blanca y "decente".
Por supuesto, sólo remotamente considera a los campesinos
pobres que libraron la lucha cristera: le importa el grupo de propietarios rurales que los encabezaron; en el texto
hace comparaciones infortunadas entre los cristeros y los ir-
landeses, entre González Flores y O'Conell, y lanza varios
ataques disparatados y macarthistas (fue escrita en los cin-
cuentas) contra todo lo que huela a cardenismo y a comunismo. La capacidad de insulto está aún presente, pero ya en-

vejecida, y pierde verosimilitud porque quien la escribe ya
no es el exiliado, sino el intelectual que recibe los homenajes
a sus dos épocas, del gobierno y de los empresarios, y ya
no es la época en que Vasconcelos escribía contra el poder
(Calles, Cárdenas), sino una nueva situación en la cual Vasconcelos escribe desde su alianza con el poder (Alemán).

La flama cuenta el destierro de Vasconcelos y termina con
su regreso al país en 1938; de ahí su otra desventaja: además de las dos intentonas de tomar por asalto la presidencia
de la república, con los frustrados apoyos del clero y de
Calles, nada importante hizo en esa década; sólo escribir (a
la literatura Vasconcelos no le confiere importancia alegórica
ni vitalista). Y lo que hubiéramos querido saber: la crónica
minuciosa de la concepción de su sistema filosófico y del
autobiográfico, de sus lecturas y opciones intelectuales, no
aparece por ningún lado.

El paraíso está en la acción; el limbo en la literatura

En 1931 apareció *Pesimismo alegre*, libro con que Vasconcelos inició su nueva etapa ya, al parecer, alejado de cualquier esperanza de retornar a la política mexicana. Siguió la
línea de *Divagaciones literarias* (1919) y la prolongó todavía a *La sonata mágica* (1933). Poca diferencia, si la hay,
separa a estos tres volúmenes que se propusieron ser muy
literarios; incluso cada cual contiene varios textos que aparecen en los otros, y que posteriormente, barajándose de diferentes maneras, integraron con el mismo material otros títulos
como *El viento de Bagdad* o *La cita*. Fueron en realidad un
solo y uniforme libro que comprendía quince años, por lo
menos, de labor literaria; fracasaron porque a Vasconcelos
no le importaba la literatura, aun cuando la escribió volunta-
ria y a veces entusiastamente; despreciaba el acto de escribir, lo consideraba de segundo rango, como si fuera un limbo

de borrosos fantasmas contrapuesto al brillante, sólido paraíso de la acción política.

Vasconcelos justificaba la literatura no con los valores de la prosa o de la inteligencia, sino con el fetichismo vitalista de vivir con aventura, que hacía aun del fracaso una emoción perdurable: un pesimismo alegre. Su obsesión personal por la grandeza instituía una vocación humana, "Resplandecer es un verbo dedicado a las criaturas" [12] y una graduación de los valores literarios en la cual lo declamatorio ocupaba la jerarquía superior. Los libros que leía "sentado", "sin sobresalto", eran una concesión a la realidad mediocre; en cambio, los libros que leía "de pie" eran una verdadera catapulta, con ellos "declamamos, alzamos el ademán y la figura, sufrimos una verdadera transfiguración". Y aun esa literatura impulsiva era harto inferior a los vuelos espirituales del pensamiento activo, enormes como acto mental que en cuanto se transformaban en signos verbales se despeñaban en la mediocridad de lo humano. "El poeta no cambia sus visiones por sus versos y el héroe prefiere vivir pasiones y heroísmos, más bien que contarlos, por más que pudiera hacerlo en tupidas y bravas páginas. Escriben el que no puede obrar y el que no se satisface con la obra [...] Un libro, como un viaje, se comienza con inquietud y se acaba con melancolía." [13] ¿Pero qué hacer cuando la acción es imposible? Si la acción elevaba al individuo dotado a superhombre, la literatura ofrecía apenas una consolación fantasma, una tablita de salvación: "No cabe duda que hay ciertos conjuntos de palabras que salvan al hombre de la general estupidez de lo humano." [14] Esos conjuntos, como lo sostendría en su autobiografía y a veces llegaría a demostrarlo, se caracterizaban porque "la verdad sólo se expresa en tono

---

[12] *Pesimismo alegre*, Madrid, Aguilar, 1931, pp. 232-241.
[13] "Libros que leo sentado y libros que leo de pie", *OC*, t. I, pp. 81-83.
[14] *Letanías del atardecer*, México, Clásica Selecta Editora Librera, 1959, p. 25.

profético, sólo se percibe en el ambiente trémulo de la catástrofe". Esquilo, Platón, Beethoven.

La verdadera manera de escribir, la emocionante, la poderosa manera de escribir, es aquella en que un taumaturgo logra dar a cada palabra el toque peculiar que despierta y pone en acción las virtudes mágicas. Hacer resaltar la potencia que encierra dentro de sí cada término: tal es el secreto del estilo. Cada vocablo se convierte entonces en una caja de Pandora, de donde irrumpe el prodigio. En seguida la potencia de cada voz suscita y hace estallar las potencias afines de las otras palabras, y así se inicia un torbellino, se suelta una corriente de voces afortunadas, de frases hirientes, de apóstrofes destructores, de imprecaciones y de alabanzas que conmueven y transforman el mundo de los conceptos hasta que, tarde o temprano, la realidad social, los hechos mismos, se acomodan a nuevas y superiores normas.[15]

No como teoría, sino como mera descripción del estado de ánimo que suscitaron en los lectores, las páginas políticas más afortunadas de Vasconcelos cumplieron tan grandiosa misión literaria (los discursos de ministro y de candidato, *Indología*, *La raza cósmica*, *Ulises criollo*, *La tormenta*, la *Breve historia de México* y algunos de sus más lapidarios panfletos reaccionarios); pero sin el impulso de la acción política inmediata su prosa literaria no logra ese objetivo. Incluso *Pesimismo alegre*, su libro no político más fresco, exige que el lector sepa muy bien quién es Vasconcelos para tomar en serio y con emoción declaraciones como "¡Tantas y tantas luminosas ciudades de donde estoy desterrado!"[16] O bien, "Y yo, exaltado rebelde, ¿voy a servir de prueba y ejemplo a todo el rebaño de los optimistas tan sólo porque mi fortuna ha logrado arrebatar a la suerte una que otra aventura intensa, o porque ya no me importa la pérdida de las cosas que se pueden perder?"[17] Llega a describir, con

---

[15] *Pesimismo alegre*, pp. 28-29.
[16] *Divagaciones literarias*, *OC*, t. III, p. 392.
[17] *Ibid.*, p. 112.

acierto, rasgos de la vida norteamericana de los veintes, los *ragtimes* con bellas coristas y sanotes marineros, compañeros de juerga, en Los Ángeles; o el encanto asiático de San Francisco que dispara a Vasconcelos a "intuir" la filosofía indostana. Entre "el azar que desorienta" y "la necesidad que embrutece" busca algunos asideros: uno, la soledad ("El secreto del genio no es otra cosa que su capacidad de soledad") ;[18] otro, el arrebato de un Destino; finalmente, el paulatino abandono y escarnio de las pasiones terrestres, que duelen, trocándolas en castas pasiones franciscanas y resentidas ambiciones de lo absoluto.

Notas de viaje construidas sobre disparatadas teorías sociológicas comparan a España con Roma y sugieren que la historia románica de Europa se repetirá en América; traza mapas estéticos de los continentes, mitologiza todas las tiranías, escribe "himnos breves" como canciones indostanas, "descifra" los secretos de España, Italia, el Oriente. En la repartición de los dones estéticos, "la América española no posee sino el folklore".[19] Los paisajes son el psicoanálisis de las sociedades: desfilan Chicago, la "gigantasia" Nueva York, Santa Sofía, Sevilla, Inglaterra, China. El fracaso de México se debe al determinismo geográfico de su "altiplanitis", que lo induce a la cobardía y al aturdimiento. Los refrescos modernos norteamericanos son casi veneno, mientras, ¡ah!, las tradicionales bebidas españolas..., etcétera.

En *La sonata mágica* trata de escribir cuentos, calcados técnicamente de la moda narrativa norteamericana: llanos, moralizantes, breves, para ser leídos por los muchos en revistas comerciales. Así narra varias historias; la mayoría fracasa porque a Vasconcelos se le olvida que está narrando y se pone a teorizar sobre todos los temas, apoyándose tan sólo en falibles divulgaciones de la ciencia moderna, tanto psicológica como física, y lo adereza todo precipitadamente con sus

[18] *Pesimismo alegre*, p. 22.
[19] *La sonata mágica*, 2ª ed., México, Espasa-Calpe, 1950, p. 90.

personales ideas sobre la estética: "La casa imantada", "Las dos naturalezas" y "La sonata mágica" ilustran ese caso.

En su cuento más famoso, que incluso ha tenido buena suerte en su traducción norteamericana y figura en antologías modernas del tipo de "los mejores cuentos del mundo", "La cacería trágica", cumple perfectamente con las normas norteamericanas de la narrativa de los veintes (las que hicieron tan importante, por ejemplo, a Upton Sinclair): un grupo de latinoamericanos se adentra en la selva amazónica a cazar jabalíes salvajes; los animales los devoran castigando de este modo a los hombres que se perfeccionan en la crueldad.

En dos cuentos, "El viento de Bagdad" y "Ciudadela turca", la anécdota es lo accesorio y lo principal es la teoría del paralelismo entre los mexicanos (cristianos y criollos, dueños legítimos del país, oprimidos por norteños bárbaros y hasta "turcos", como Calles) y los griegos, también cristianos y herederos de la Cultura, y también oprimidos por turcos salvajes.

Los dos mejores cuentos de Vasconcelos son los más simples: "El gallo giro", sobre un hombre que por ganar en la pelea de gallos es perseguido y encarcelado por el jefe de armas del pueblo, quien además le roba a su esposa y tiene con ella dos hijos, hasta que aquel hombre sale de la cárcel y regresa al pueblo a matar al militar; el mérito del cuento es la limpieza de la narración, la ligereza y alegría en la tragedia. El segundo, "Es mejor fondearlos", sólo compara a sangre fría dos métodos de exterminio de los prisioneros: el chileno, que silenciosamente los hace ahogarse en el mar, y el mexicano, que festivamente los asesina en público, con música y pirotecnia.

Los momentos que parecerían más interesantes en *La sonata mágica* son los peores; al contar la misa de purificación de Nôtre-Dame, después del suicidio de Antonieta Rivas Mercado, como al narrar los asesinatos de Topilejo, Vasconcelos no se conmueve al recordar a quienes de alguna manera fue-

ron *también* sus víctimas. Como si cumpliera un mero trámite de gratitud, y hasta de cortesía, describe las cosas con
la mayor frialdad y simplismo imaginables. Ni una frase
interesante hay en estos textos, salvo esa indiferencia.

En realidad, estos ensayos, crónicas y cuentos, eran una
obra muy menor, si bien prestigiosa como "literatura"; las
mayores energías de Vasconcelos estaban desbordándose en
su autobiografía, en su sistema filosófico y en sus panfletos
contra la política y la historia mexicanas.

En México la ambición y el talento de los "individuos
dinámicos" sólo podía satisfacerse con la presidencia de la
república —la ciencia y el arte no contaban. Ésa fue la musa
de Vasconcelos y acaso de sus lectores, si, como dice Cosío
Villegas, es "la única que apetecemos todos los mexicanos".
La ambición multitudinaria.

El asco de sí mismo

En 1924 Vasconcelos había publicado un breve ensayo, puente entre su pensamiento filosófico anterior a su obra educativa y el posterior a sus fracasos políticos: *La revulsión de
la energía*. Volviendo sobre sus huellas de 1905, definió la
energía como la fuerza creadora, y la revulsión como el ímpetu que elevaba la materia del mundo físico y de la torpeza
del simio a los estadios superiores del pensamiento audaz y
de la alegría.

Vasconcelos, que sin saber griego había inventado una
teoría de Grecia, que sin noción del sánscrito había lanzado
una alegoría paradigmática de la civilización indostana, que
sin información lingüística ni arqueológica, sino basándose
en el material meramente legendario, había construido una
eficaz interpretación de lo prehispánico durante su estancia
en la Secretaría de Educación, trató también de ser un pensador moderno y científico con sólo referencias esporádicas
de la literatura norteamericana de divulgación científica. La

falsedad o parcialidad de los datos derriba toda la construcción teórica que en ellos se basa, y deja evidente e inmediatamente al descubierto errores que otro tipo de exposición menos contundente habría ocultado. La mecánica es igual en todos los libros filosóficos de Vasconcelos: una ascensión de lo ínfimo a lo supremo, que es tanto ética (del mal al bien), como estética (de lo inerte y lo torpe al ritmo y a la alegría) como política (del crimen, la explotación y la barbarie al entusiasmo cósmico de Utopía). Aquí, en *La revulsión de la energía*, de la planetaria materia inerte a la individualizada existencia cósmica.

En 1929, mientras luchaba por la presidencia, había publicado su primer "tratado": la *Metafísica*. Desilusionado ya de volver a la política, a partir de 1926 había retomado el ideal de filósofo a la europea que tanto lo había exaltado en su juventud. Acaso haya una ley de contraste que separa en la polarización más extrema al espíritu de la realidad, a la utopía de la historia, al filósofo del caudillo, concluyó Edmund Wilson al estudiar la figura de Cristo frente a la de Herodes (*The Dead Sea Scrolls*, "General Reflections"). Pero ese contraste, esa polarización se da en un espacio que incluye ambas antagónicas tendencias, de modo que Vasconcelos, como filósofo mexicano, no debe ser considerado en otro marco que el del México de los veintes y treintas, es decir, que a Calles y a Obregón en la política corresponde Vasconcelos en la cultura. Tan voluntarioso, audaz y arbitrario como ellos, tan tramposo y pintoresco, tan rudimentario también. Sería injusto e inútil exigirle una obra más refinada; su rudeza, incluso su ingenuidad, le son sustanciales.

Hay una situación predominante: la inconciliabilidad de la cultura popular y la alta cultura. Vasconcelos reúne ambos extremos: de ahí la excentricidad de su intento y la inevitabilidad de su fracaso. De haber optado por una de ellas, habría dejado una obra más coherente, como la cultista de Reyes o los monotes de los muralistas. No: optó por el conflicto de ambas.

"Siempre he concebido las filosofías creadoras como una especie de superpoemas" [20] escribió en la *Metafísica*. Y, en efecto, la obra filosófica de Vasconcelos fue el "superpoema" del desconcierto y la indefensión de la cultura mexicana, que aparecía en el mundo moderno de Einstein y las poderosas industrias, sin mayor acervo que tradiciones mal asimiladas y el total rencor de ser siempre la periferia retrasada. Pobre intelectual mexicano de la clase media, tan lejos del pueblo como de Harvard. La adoración y el rencor por la Ciencia y la Modernidad en Vasconcelos encontraron su registro definitorio: fueron *todo* menos lo probable ni lo cotidiano; fueron utopía o apocalipsis, altar de adoración o asunto de escarnio, el cielo o el infierno, no la realidad contemporánea de México.

Para un escritor educado en libros pasados de moda, sin escuelas de buen nivel ni publicaciones efectivas, formado autodidacto, los meros nombres de Pasteur y Einstein tienen un efecto comparable al de las máquinas modernas en las colectividades agrícolas casi prehistóricas. El abigarramiento de nombres, datos, referencias, siempre mal aprendidos —generalmente con errores de ortografía cuando se les cita en idiomas extranjeros—, que caracterizan sus libros de filosofía, muestran el desorden que la modernidad introdujo en el pensamiento culto tradicional de México conforme fue avanzando el siglo XX.

Ante la ajena y casi indescifrable producción tumultuosa, norteamericana y europea, de cultura científica, de pensamiento moderno, con los cuales el mexicano no podía ni competir ni relacionarse fácilmente, por la sumisión colonial que imponía un medio intelectual quieto e ignorante, Vasconcelos reaccionó con arrogancia. Primero la despreció: asumió como

[20] *Metafísica, OC,* t. III, p. 392.

Ciencia las caricaturas que los medios de divulgación científica daban de ella. Luego creyó destruirla: tomando sin orden, de aquí y de allá, esas caricaturas (a veces disparatadas visiones *science fiction*), trató de incorporarlas en un rudimentario esquema de idealismo decimonónico. El "superpoema" trata del furioso afán de despreciar la cultura metropolitana moderna, porque —en el espacio de Vasconcelos— lo otro sería someterse a ella, como el campesino despreciado y extraviado a quien devora la gran ciudad. Para los retrasados al banquete occidental de la cultura sólo quedaba la complacencia en las sobras del festín... o la arrogancia de creer que el festín no valía la pena. Vasconcelos se asienta en sus únicas, débiles armas: el Espíritu, aprendido en el catolicismo; la Poesía, única forma de alta cultura que no había rechazado a los hispanoamericanos; la Exaltación, cualidad personal constante. Estas Diosas Eternas hacen trizas a la "ciencia" y a la "modernidad" con las armas del prosista Vasconcelos: si no tiene datos que oponer al enemigo, sí puede derribarlo mediante el adjetivo contundente, la paradoja, el desprecio moral. De este modo, la *Metafísica* de Vasconcelos es un farragoso alegato que admite el siguiente resumen: si nos están vedados —y lo estaban— el poder y los beneficios de la modernidad científica y técnica, no por ello estamos liquidados. Hay cosas que no nos discriminan: la emoción, la inspiración, la grandeza personal, el Espíritu y, en última instancia, la protección de Dios Padre Omnipotente. Y algo más, la aristocracia humana no está en realizar cosas materiales —que las hagan Einstein, Wall Street, Rockefeller—, función que se deja a los siervos, sino en lograr "ciudades del espíritu". La *Metafísica* no apunta solamente hacia algo más allá (y más valioso) de lo físico, sino también a algo más allá de esa Economía, de esa Ciencia, de esa Técnica, de esa Industria, de esa Historia, de esa Modernidad, en suma, que tan mal nos tratan —una Latinoamérica mental más allá y mejor que sus amos norteamericanos y europeos, un mito ilusorio que, por supuesto, permite también la exaltación personal del filósofo latinoamericano, Vasconcelos, ya que con los anteriores supuestos puede perfectamente situarse más allá y en un sitio espiritual más valioso que todos los filósofos metropolitanos juntos.

Su segundo tratado filosófico, la *Ética*, de 1931, ofrece, además de lo ya señalado, una postulación global de lo cósmico como sujeto ético; es decir, la ética considerada como armonía general de lo universal, jerarquizada como la bíblica "escala de Jacob",[21] un movimiento sinfónico en el cual es posible trascurrir a lo ínfimo o hacia lo supremo. Dios, los ángeles (felizmente definidos como esos seres "desdeñosos de la gravitación"),[22] el poeta filósofo, el hombre honrado, el vil, el demonio, la bestia, lo inerte, la nada, son los grados de esa escala. No es su *Ética* un sistema judicial, sino *una corriente general de pasiones*. Su objetivo no es el buen ciudadano, sino la inteligencia apasionada y activa. La ética no dirige la filosofía, actúa como el policía indeseable, pero necesario en un mundo imperfecto. La ética no es más que una provisoria administración de la conciencia en sus estadios vulgares; el impulso enérgico perfecciona al hombre y lo lleva a la estética: el fin de lo humano no es la bondad ética, sino el *ordo amoris* de San Agustín.

El conocimiento ético es un conocimiento emotivo que va elevando y purificando al hombre por impulsos de pasión hacia formas superiores de existencia personal. De la vileza a la honradez, de la honradez al arte, del arte a la filosofía, de la filosofía al Ángel, del Ángel —salto mortal— a Dios.

La ética no es jurisprudencia porque el hombre es enigmático; sólo puede ser emotiva. El conocimiento humano es sensible y sentimental; nos movemos por *pathos*, no por elección objetiva entre lo bueno y lo malo. El comportamiento

[21] *Ética*, 2ª ed., México, Ediciones Botas, 1939, p. 86.
[22] *Ibid.*, p. 12.

ético es la atracción o rechazo emotivos de cosas y personas. Y la más alta finalidad del hombre sobre la tierra es "ser con alegría", punto en el cual la ética-policía es rebasada y uno trata con la autoridad moral última, la Estética.[23] Esta pasión ascendente en la jerarquía universal o escala de Jacob se contrapone a la de ser con crueldad o vileza, pasión descendente. El hombre nunca es realidad fija, sino energía pasional; las acciones buenas o malas son consecuecia de una energía hacia el mal o hacia el bien, y lo sustancial es dirigir esa energía; lo provisional y policiaco es calificar o juzgar los actos —de ahí su hincapié en dirigir hacia la estética la energía popular para redimir la crueldad mexicana, mientras, en esta concepción, los caudillos y politicastros la dirigirían al revés. Para Vasconcelos, no vivimos a golpe ético (libre albedrío), sino a golpe lírico (*pathos*).

"El fruto humano viene de árbol enfermo. El milagro es que en tantos siglos de miseria no hayamos acabado por devorarnos."[24] Ante esta definición de la maldad natural del hombre, otros pensadores reaccionarios han justificado la represión, el estado policiaco, el orden político restrictivo que impida a la sociedad abandonarse a su "natural" tendencia hacia la destrucción infame. Vasconcelos, además, pide la imposición de un orden estético, la utopía de conducir a los hombres a los modelos superiores de energía: artistas, filósofos, santos.

La visión de Vasconcelos del libre albedrío es entre oposiciones de una escala *vertical*, es decir, entre graduaciones de la energía que es *la misma* para el bien o para el mal, y sólo la diferencia la "temperatura" ascendente o descendente del termómetro pasional. Lo bueno y lo malo no se excluyen, se siguen; no ética de crucero, entre caminos diferentes, sino entre la ascensión y la caída. Esto implica una gran tolerancia ética, puesto que el tropiezo es una categoría

---

[23] *Ibid.*, p. 111.
[24] *Ibid.*, pp. 187-188.

inevitable y se define como eso, como tropiezo, nunca abandono definitivo del bien o del mal; incluso en el tropiezo moral, emotivo,· interviene el azar (las circunstancias felices facilitan la ascensión, la amargura propicia la caída). A veces el hombre es víctima de una tendencia degradatoria o purificadora que él no elige ni acaso merece. La ética es tan amplia, relativa y enigmática como la vida misma; lo único verdaderamente maldito está en la necedad en caer,[25] lo único verdaderamente beatífico es aquel acto estético por excelencia, el perdón, que comprende la falibilidad y la debilidad de lo humano. Por eso la jurisprudencia católica miente en la concepción del infierno eterno, haciendo permanente la provisoria función policiaca de la ética: el hombre es mínimo y efímero y no puede merecer ninguna pena eterna; Dios es estética, la fuerza suprema del Perdón, no un policía ensañado. Por personal, la *Ética* es el libro filosófico más heterodoxo y entrañable de Vasconcelos.

En el plano social, la *Ética* es elitista e impone un sistema moral de embudo en el cual son pocos los escogidos y muchos los degradados: sólo unos cuantos artistas, filósofos y santos llegan a la boca del embudo. Una redención estética de las masas, trocándoles la "energía para la crueldad" en energía para la contemplación y la creación, ampliaría para la muchedumbre el privilegio ético de los selectos. Como se ve, el pensamiento de Vasconcelos sigue inscrito en la experiencia personal de la Revolución, en la cual, como para muchos otros personajes de clase media, la "fiesta de las balas" define y enmascara a las masas en un gesto sanguinario cuyo solo esbozo mueve a Vasconcelos al asco y al terror.

La *Ética* es tan farragosa como la *Metafísica*, un libro tan disparatado y petulante, lleno de citas erróneas, referencias que más desmienten que apoyan, autores mal comprendidos, digresiones seudocientíficas e históricas inverosímiles, etcéte-

[25] *Ibid.*, pp. 241-243.

ra. Pero más pintoresco. Tiene capítulos memorables por su humor involuntario, como el de la jerarquía ética de los animales. Vasconcelos los divide en serviles y libres. Serviles: "El perro, antipático pese a su fama arraigada; odioso, porque lame; desconcertante, porque mira con ternura; insoportable cuando ladra y estorba con saltos el paso e interrumpe el ensimismamiento de nuestra reflexión [...] el perro sigue al amo, quienquiera que sea el amo, igual que las milicias primitivas y caudillescas siguen a cualquier bribón." [26] Más servil e inmoral es el gato, "haragán y cínico. Además es estúpido y sucio; no lame a los demás, pero se lame a sí mismo y come ratones, lo que le aumenta la hediondez. Y la sensación más desagradable es la de tropezar con un gato: su carne viscosa resiste apenas y escapa; nos provoca ancestrales terrores y, con ellos, el instinto brutal de matar." [27]

Los animales nunca le gustaron a Vasconcelos y son motivo reiterado de sus mecanismos de insulto: llama a Diego Rivera sapo, recuerda a un subalterno suyo que lo traicionó como "cualquier renacuajo"; proclama al burro el único héroe mexicano porque fue el único que en algo alivió a los indios, cargando por ellos los fardos; califica a los caudillos como huichilobos y huichiperros; los chacales, buitres, zopilotes también aparecen profusamente en sus páginas sobre la Revolución. En cambio, hombre de acción, adora al caballo nervioso, diestro y leal. Y a las águilas, símbolo de la redención nacional opuesta a la ponzoñosa serpiente que retrae al pasado bárbaro. En su época de ministro pronunció un discurso exitoso sobre la revolución constructiva contra la revolución sanguinaria: "Cuando el águila devore a la serpiente",[28] y ahora canta al águila que sobrevuela las quebradas "atenta a matar víboras".[29] Poco antes de morir escribirá: "Pobre bes-

[26] *Ibid.*, p. 472.
[27] *Idem.*
[28] "Cuando el águila devore a la serpiente", *OC*, t. II, pp. 893 *ss.*
[29] *Ética*, p. 278. *Cf.* Borges, Jorge Luis: "Arte de injuriar", *Historia de la eternidad*, 5ª ed., Buenos Aires, EMECE, 1968, pp. 172 *ss.*

tia, el hombre: respira, come y excreta. ¿Cómo un ser así puede presumir de su ser? En cierto sentido es peor que el animal, que siquiera no siente el asco de sí mismo, el asco de ser sin placidez y sin plenitud." [30]

La discusión sobre los animales se vuelve más minuciosa y regocijante, sobre todo cuando hace combatir a San Agustín y a Lutero a propósito de las moscas. San Agustín pensaba que eran absurdas, mínimas e inútiles. Para Vasconcelos, San Agustín se equivocaba, mientras Lutero, "que no era filósofo pero metía su nariz en todas partes", señalaba —y Vasconcelos toma su partido fervorosamente— que las moscas que sobrevuelan las altas cabezas de los sabios eran útiles como "instrumento del demonio para tentar nuestra paciencia".[31] Vasconcelos también estudia la historia filosófica de los animales, lo que han pensado de ellos los filósofos desde los hindúes y los egipcios hasta la fecha. Se arroba ante las enigmáticas, limpísimas especies marinas.

Lo entusiasman las plantas y halla en el comportamiento vegetal el modelo a seguir por las civilizaciones humanas:

> La moral de la selva, moral de la flora, a diferencia de la moral de la fauna [...] no se apresura y sin cesar construye. Y perdura, indiferente a la angustia de los destinos que vacilan, ignorante del dolor y la responsabilidad, segura de su tarea, tejiendo su vasto plan, reprimiendo el clamor de su triunfo espléndido. Con razón el hombre estalla en lírica alegría cuando el alma se impregna del hálito de la selva.[32]

La erótica, como parte de la ética, queda definida: "Es una de tantas exigencias de un organismo imperfecto, atenido a digestiones, secreciones y embolias." [33] Las ideas son, a veces, comunes a todos los moralistas católicos, pero el *tono profundamente autobiográfico* las vuelve frescas, encarnadas:

[30] *Letanías del atardecer*, p. 10. Cfr. *El Proconsulado*, p. 68.
[31] *Ética*, p. 480.
[32] *Ibid.*, pp. 504-505.
[33] *Ibid.*, p. 510.

el amor sexual como asco y como catástrofe es tema obligado, pero resulta menos mojigato cuando quien lo declara es
un hombre, sí, asqueado, pero lleno de cicatrices eróticas mal
cerradas —como los sermones contra el alcohol que suelen
pronunciar en las cantinas los borrachos perdidos. El amor
es como el mal, inevitable: un tropiezo de mala suerte que
puede fascinar momentáneamente, pero que nunca deja ileso
a quien sufre el tropezón. Como católico, en este asunto Vasconcelos fue un perfecto hereje, y mucho más en 1931: dijo
pestes del matrimonio, recomendó autoritariamente los contra-
ceptivos, insultó el bíblico "creced y multiplicaos" traducién-
dolo como "una procreación como la de las bestias".

En realidad, su odio al amor era un machismo: no sopor-
taba a la mujer, la veía como un estorbo o como una traición
segura. La amante lujuriosa que corrompía instantáneamen-
te, la esposa molesta que estorbaba y chantajeaba, la herma-
na que complicaba e importunaba: eran lazos, extravíos, obs-
táculos para la genialidad masculina. El lugar del genio era
la soledad y la castidad; lugar del amor más alto, el monas-
terio. Como para otros escritores católicos (Mauriac o Green),
"el proceso sexual, limpio en las especies ovoides, sucio en
los mamíferos, se vuelve terrible y confuso en el hombre".[34]
Tanto como al amor a mujer odiaba las "aberraciones" sexuales que exhibían sin decoro su apetito: esos "sobreexcita-
dos lamentables, que interesan más a la terapéutica que a la
ética [...] lo mejor para éstos es una disciplina violenta: la
guerra, la aviación, el peligro, el castigo físico infligido por
propia mano; en suma, un ascetismo que sea como la pasión
erótica vuelta al revés y encendida con el fervor de la purificación".[35] Sin embargo, en el asunto erótico, como en todos
los demás, sólo le interesaban las personas excesivas. El sexo,
esa "plaga que no respeta hombre ni mujer, joven ni viejo,
no se domina razonando, sino jugando pasión contra pasión

---

[34] *Ibid.*, pp. 508-517.
[35] *Ibid.*, p. 541.

[...] no suprimir la aventura, cambiarle el botín".[36] El otro botín era el amor místico, la filosofía, el arte que sólo a los amantes excesivos les era dado. En el misticismo lo ético y lo estético se confundirían: lo absoluto-sensual, la sensualidad perfecta.

Poco añadió a los dos tratados anteriores la *Estética* (1935). Tomó de Nietzsche las categorías de lo apolíneo y lo dionisiaco, como estadios anteriores al grado supremo de la estética: lo místico. Definió lo romántico ("capítulo turbio de lo dionisiaco") y lo dionisiaco ("comedia de lo místico"); lo apolíneo sería, en este mismo contexto, una parodia de la divinidad eterna.

Nuevamente el método fue la "escala de Jacob", de lo ínfimo a lo supremo, mediante el ascenso de la Energía que se iba transformando en pasiones superiores:

Cuando se me ocurría un tema nuevo como, por ejemplo, el de la sinfonía [...], me entraba una borrachera de entusiasmo; me paseaba por las calles como en delirio, imaginando capítulos y capítulos, de libros que podría escribir como desarrollo de lo que se me aparecía como don del cielo, compensación del estrago de una vida sentimental [con Adriana] en bancarrota. En general, mi naturaleza se acomodaba más al himno y a la alabanza que a la reflexión. Por eso es raro que me sintiese filósofo; lo que en mí filosofaba más que un raciocinio era la ambición de totalidad en todas las direcciones, el pensamiento, la emoción y la acción.[37]

Algunos de los tópicos principales de la *Estética*: la grandilocuente misión que Wagner asignaba a la ópera heroica, como suma de todas las artes, Vasconcelos la trasladó a la liturgia católica;[38] la religión católica era el arte del entusiasmo, "la euforia perfecta", el revés de la "mediocridad del libre examen" protestante que descomponía utilitariamen-

---

[36] *Ibid.*, pp. 546-547.
[37] *La tormenta*, pp. 358-359.
[38] *Estética*, p. 606.

te la fuerza religiosa;[39] la estética podía definirse como la "síntesis emotiva de lo heterogéneo" que permitía un optimismo humanista: "La voluntad, vencedora de fatalismos, vacila entre el poder de realizar todo lo que es amable y bueno para el hombre, y la ignorada aventura de emprender algo diverso y superior a lo humano";[40] el eterno menosprecio de la razón y la alabanza del sentimiento.[41] La "teoría del *a priori* estético", en la que tanto él como sus seguidores confiaban como en su carta filosófica mayor, quería "demostrar que la actividad estética obedece también a ritmos y regularidades y que nuestra conciencia goza según cierto *a priori mental* o espiritual",[42] un paradigma dado y beligerante cuyos elementos serían —en cuanto ideas estéticas— el ritmo, el acorde, la melodía, la armonía, el contrapunto y la sinfonía.

La *Estética* no es menos pintoresca que la *Ética*; así, por ejemplo, Vasconcelos logró en su clasificación de los sentidos descripciones equiparables a la jerarquía ética del gato, el perro y la mosca. Resulta que el ojo era apolíneo y dado a la belleza objetiva, al color y a la línea, al juego de la geometría; los ojos registraban la belleza formal, fría, que si bien representaba el movimiento perfecto no lo desataba emotivamente: ver, como plasmar algo plásticamente, era un acto de congelamiento. En cambio, el oído era dionisiaco, el registro libre del ritmo: disonancia, melodía y armonía. Sólo el Espíritu creaba Belleza (la teoría del *a priori estético* excluía la capacidad creadora del hombre, reduciéndolo a un mero adecuador entre las cosas que percibía y el paradigma espiritual, universal, previo y ajeno al hombre, que poseía la Forma de la belleza); el hombre era la nada entre el espíritu y la materia, acaso el impulso y la posibilidad de conciliación entre ellos; podía, en momentos inspirados, re-

[39] *Ibid.*, p. 604.
[40] *Monismo estético* (*OC*, t. IV, p. 35.)
[41] *Estética.*, pp. 57-90.
[42] *Ibid.*, p. 213 ss.

gistrar los sonidos del mundo con el ritmo preimpuesto del Espíritu. Y en ese registro, el ojo sólo captaba la apariencia de las cosas, mientras que el oído aprehendía también y sobre todo su movimiento, su impulso. Por su parte, el olfato, el gusto y el tacto eran los sentidos de la sensualidad: el aroma, la gula y la lujuria. Respecto a los aromas Vasconcelos tenía mucho qué decir: había olores apolíneos como el limón, dionisiacos como el almizcle, místicos como las resinas, etcétera.[43] El lector puede justificadamente suponer que para Vasconcelos el hombre era una nariz morbosa que andaba rastreando los Grandes Olores del universo.

Parte de la *Estética* es su historia del arte. Una sucesión de arbitrarias y previsibles descripciones de todas las formas artísticas en todos los tiempos, unificadas en una teoría que buscaba comparar los diversos espíritus nacionales con sus producciones artísticas; así, por ejemplo, Vasconcelos intuye la esencia de los pueblos a partir de sus jardines y de sus danzas.[44]

Varios autores han establecido ya las referencias posibles de la filosofía de Vasconcelos y la han estudiado desde diversas perspectivas.[45] Un rápido catálogo: el engaño de las

[43] *Ibid.*, pp. 363-401.

[44] *Ibid.*, pp. 517-548.

[45] Entre otros, Agustín Basave y Fernández del Valle: *La filosofía de José Vasconcelos* (México, Ed. Diana, 1970); José Gaos: *Filosofía mexicana de nuestros días* (México, UNAM, 1945), *Pensamiento de lengua española* (México, Stylo, 1945) y "Cinco años de filosofía en México" (*Revista de Filosofía y Letras*, octubre-diciembre de 1945, núm. 20, UNAM, México); Juan David García Bacca: *Nueve grandes filósofos contemporáneos y sus temas* (vol. II, Caracas, Imprenta Nacional, 1947); Eduardo García Máynez: *Homenaje del Colegio Nacional a Samuel Ramos y José Vasconcelos* (México, El Colegio Nacional, 1960); Alicia Gómez Orozco: *El joven Vasconcelos* (*del positivismo al antiintelectualismo*), Tesis, UNAM, Facultad de Filosofía y Letras, 1965; Alain Guy: "José Vasconcelos et Bergson" (*Revista Mexicana de Filosofía*, año II, núm. 3); John H. Haddox: *José Vasconcelos, Philosopher and Prophet* (The Texas Panamerican Series, Austin, USA); Francisco Larroyo: *La filosofía americana* (México, UNAM, 1958); Samuel Ramos: *Historia de la filosofía en México* (México, UNAM, 1943); Oswaldo Robles: "Filósofo de la emoción creadora" (*Revista Mexicana de Filosofía y Letras*, México, UNAM, núm. 26, abril-junio de 1947); Patrick Rommanell: *La formación de la mentalidad mexicana*

sensaciones y la voluntad de existir como fuerza; la cultura
vitalista que en su ímpetu se confunde con la locura; el humanismo grandilocuente, con muchas voluntarias e involun-
tarias semejanzas con el fascismo; el relativismo, el irracionalismo, el intuicionismo del Pensador Poeta; los misterios
de las más antiguas filosofías y culturas religiosas; la filosofía como acción redentora ("Cada raza que se levanta necesita construir su propia filosofía, el *deus ex machina* de
su destino"); la confrontación entre una filosofía latina
pasional y mestiza contra las doctrinas sajonas: behaviorís-
mo, darwinismo social, pragmatismo, etcétera. Algunos nombres: Pitágoras, Euclides, Empédocles, Platón, Plotino, San
Agustín, los mitos indostanos; Kant, Hegel, Schopenhauer,
Nietzsche, Wagner, Bergson, Croce, Vossler, Whitehead, Ma-
ritain, ... Para Rommanell, Vasconcelos y Antonio Caso, filósofos mellizos, origen siamés de la filosofía mexicana,
partieron de Bergson y el idealismo antipositivista de fin de
siglo, y se diferenciaron luego simétricamente en una oposición exacta: [46]

Caso	Vasconcelos
Ético	Estético
Dualista	Monista
Académico	Predicador

La filosofía de Vasconcelos no es crítica, sino "sintética",
petrificante, grandilocuente ("crear en grande") y dirigida
a lo suprahumano: "El hombre total es la única aspiración
eterna. Los demás hombres, los hombres parciales, se agotan

(México, El Colegio de México, 1954); Fernando Salmerón: "Los filósofos
mexicanos del siglo xx" (*Estudios de Historia de la Filosofía en México*, México, UNAM, 1963); José Sánchez Villaseñor: *El sistema filosófico de José Vasconcelos* (México, Polis, 1939); Abelardo Villegas: "La filosofía de José
Vasconcelos" (*Revista Mexicana de Filosofía*, Año II, núm. 3); Margarita Vera
y Cuspinera: *El concepto de filosofía de José Vasconcelos* (México, Tesis,
UNAM, Facultad de Filosofía y Letras, 1972).

[46] Rommanell: *op. cit.*, p. 115.

en su tarea, se confunden con su época. Desempeñan una misión de instrumento, simple materia prima del proceso de la historia."[47]

En mi opinión, de todos los fracasos de Vasconcelos el mayor es su filosofía; ante los gruesos y apretados volúmenes advierto una injusticia: un talento formidable, una mente riquísima y atrevida que no merecían enfangarse tan inútilmente. Releo, busco párrafos mejores, trato de inventar cualquier esquema, cualquier justificación, cualquier forma de volver coherente mi lectura, de unir la impresión contradictoria de pésimos textos y vigoroso escritor que merecía mejor obra. La filosofía de Vasconcelos fue el arranque rabioso del iberoamericano culto, lejano de la cultura europea y también lejano de la cultura popular, entre los amos y los siervos, furioso contra ambos; una valiente e inútil competencia entre él, hijo de un país convulso y analfabeto, colonial, y los múltiples y poderosísimos símbolos, realidades y paladines de la cultura europea. Más que el de Ulises, prefiero el mito de Áyax para evocarlo; según la tragedia de Sófocles conocemos la desgracia de aquel guerrero en Troya que, una vez muerto Aquiles, compite contra Ulises para recibir las armas del héroe caído. Áyax representa el mundo pasado, el de la *Ilíada*: impetuoso, fuerte, sincerote, monumental. Ulises, en cambio, es el héroe moderno: prudente, astuto, tramposo, corrupto. Si con base en la justicia personal se juzgara confrontando los méritos de ambos guerreros, el triunfo correspondería al mejor, a Áyax. Pero Áyax había sido rebasado por la historia, por el tiempo, y la diosa Atenea lo hace fracasar enloqueciéndolo de cólera: así, Áyax arremete contra todo ese ejército envilecido por la modernidad; pero la diosa de la sabiduría, la tramposa, lo ha enloquecido de modo que Áyax toma por ejército al ganado y, ante la burla de quienes deberían ser sus víctimas, sólo se ensaña, destrozándolos con extraordinaria furia en combate

47 *Pesimismo alegre*, pp. 232-241.

cuerpo a cuerpo, contra bueyes y carneros. Así Vasconcelos se lanza contra la historia y la filosofía modernas en sus libros.

Su fracaso evidencia brutalmente dos situaciones sin salida: por una parte, la imposibilidad de la "alta cultura" en el México de los veintes y treintas, precisamente cuando las condiciones sociales y políticas propiciaron un impresionante auge populista (todas las manifestaciones de alta cultura de esa época, como las del grupo Contemporáneos, fueron marginales y un tanto *amateurs*); por la otra, la soledad de un intelectual nacionalista igualmente enemigo del pueblo y de los países metropolitanos. Por lo demás, su filosofía es un proyecto que debió haberse realizado mucho antes, al que las circunstancias de la Revolución pospusieron, de modo que apareció al filo de la segunda Guerra Mundial cuando que estaba situado, concebido y delineado en la situación cultural mexicana anterior a Madero. Todos los contemporáneos de Vasconcelos se reconocieron una generación coartada y se refugiaron en la modestia: el silencio de Torri, el reportazgo de Martín Luis Guzmán, las actitudes puramente inventariales de Reyes y Henríquez Ureña. Vasconcelos, enloquecido como Áyax, ni tuvo esa modestia ni aceptó que la revolución y el siglo xx hubieran cambiado sus ideales y sus ideas de 1905 (ya aparecen claramente en su tesis de licenciatura en Derecho). Aun sus "defensores" más necios (no me defiendas, compadre), como el doctor Basave, tienen que recurrir a una imagen tan cursi como la de un "gigante americano que abandona sus selvas por los jardines de Versalles" [48] para describir su empuje y su fracaso filosófico. ¿Un elefante en una cristalería?

Es necesario insistir en que Vasconcelos, como sus compañeros de generación, fueron formados en el Porfiriato, quedaron moldeados por él, y la revolución los liquidó como fuerza cultural.

---

[48] Basave y Fernández del Valle: *op. cit.*, p. 190.

Aquella generación de jóvenes —escribe Alfonso Reyes— se edu-
caba —como en Plutarco— entre diálogos que el trueno de las
revoluciones habría de sofocar. Lo que aconteció en México, el
año del Centenario, fue como un disparo en el engañoso cielo de
un paisaje polar: todo el circo de glaciales montañas se desplomó,
y todas fueron cayendo una tras otra. Cada cual, unido a su tabla,
se ha salvado como ha podido; y ahora los amigos dispersos, en
Cuba o Nueva York, Madrid o París, Lima o Buenos Aires —y
otros desde la misma México— renuevan las aventuras de Eneas,
salvando en el seno los dioses de la patria.[49]

Vasconcelos no aceptó quedar liquidado y logró sobrevivir
cincuenta años al tiempo que lo definió: no fue un hombre
que evolucionara, sino una fuerza abrumadora y rígida que
se negó a morir o a rezagarse. Aunque todo su pensamiento
filosófico ya estaba cuajado en 1905, todavía en 1945 (*Lógica orgánica*) y hasta en 1952 (*Todología* o *Filosofía estética*, que son lo mismo) siguió plantándose, vigoroso y anacrónico; si bien un tanto fatigado, academizado y católico en
sus últimos años. Vasconcelos era consciente de lo que le
pasaba:

Vale poco, en general, todo lo que hasta la fecha hemos podido
realizar los hombrecitos de este anémico Nuevo Mundo, pero dentro de esta relatividad, ¡yo no cambio mi *Estética* por la mayor
de las batallas de Simón Bolívar! ... ¡No se ría, anote usted, que
no es mala una jactancia que sirve de ariete contra la injusticia!" [50]

Ariete de sobrevivir, pensando y escribiendo; ariete y refugio. Cuando, en 1915, fracasó políticamente por primera
vez, como ministro del gobierno de la Convención de Aguascalientes, "expulsado de mi país por las balas de Carranza
y por el asco de la situación que ahí triunfaba, me encerré
en la Biblioteca de Nueva York y ahí tuve por patria a la

[49] Reyes, Alfonso: *El suicida*, OC de AR, t. III, p. 302.
[50] *¿Qué es la Revolución?*, p. 84.

filosofía griega [...] ¡Qué valían la revolución y sus ini-
quidades, mis propias inquietudes, delante de aquella labor
inmortal del espíritu!" [51] Y el Espíritu, además, no tenía
nada que ver con Villa, Zapata o Carranza; la cultura "espiritual" no "retrocedería" a la barbarie azteca —volver a
Huichilobos, para él, fue la revolución. El culto al espíritu
definía su personal nacionalismo, el de su generación de "jóvenes que se educaban como en Plutarco", contra la cultura
de las masas y de la civilización industrial: "Que hubiera
adoradores de ídolos, me parecía estúpido; el concepto del
Espíritu me era más familiar, más evidente que cualquier
plástica humana." [52] Del asco de la revolución logró el impulso filosófico... pero ese impulso, ante la frustración personal le produjo un permanente asco de sí mismo, al grado
de escribir en sus últimos días una serie de notas, publicadas
póstumamente bajo el título Letanías del atardecer; ahí se
encuentra aquella definición del hombre como el animal que
sí tiene asco de sí mismo, "asco de ser sin placidez ni plenitud".

El asco de los demás

La elocuencia de Vasconcelos ha seguido varias etapas: su
juventud nietzscheana le ha dado un énfasis arrogante y poderoso y una persistencia individualista, como un héroe wagneriano capaz de reducir a un orden alegórico y grandioso
el desorden ruin de la realidad.

Desde la tribuna de la rectoría de la Universidad y de la
Secretaría de Educación, las anteriores características se con-
solidaron y alegraron gracias a la posibilidad de ponerlas
en práctica —desde la impotencia, en cambio, se manifesta-
ron amargamente. El triunfo del callismo modificó el estilo
literario que, como él aceptaba, se debía más al himno que
a cualquier otra forma artística; aparece una forma agria y

<hr>

[51] La tormenta, pp. 331-332.
[52] Ibid., pp. 335-336.

sitiada que no discute, arremete; un estilo de frases asesinas, de adjetivos contundentes, de sarcasmos y caricaturas. Del mismo modo en que la censura brutal de, por ejemplo, la Rusia de Nicolás I, creó ahí el estilo literario de la implicación y "el arte de Pushkin, con su maravilloso poder de implicación, fue una creación, en gran medida, de la censura" (Edmund Wilson, "The Historical Interpretation of Literature", en *The Triple Thinkers*), el estilo literario de Vasconcelos, lleno de dogmatismos, necedades, declaraciones escandalosas, bravuconerías ultrarreaccionarias, es también una creación de la demagogia callista. Si quería hacerse oír, y lo quería a toda costa, Vasconcelos tenía que hablar más fuerte, en tono y significado, que los líderes, diputados y presidentes. Éstos habían acaparado todos los santos, las consignas prestigiosas, y sobre todo las mejores palabras de la Revolución, muchas de ellas creadas por el propio Vasconcelos; de modo que el antiguo intelectual revolucionario, excluido del poder, improvisó un nuevo estilo personal: el insulto.

Si la importancia histórica de Vasconcelos se centra en los veintes (educación, campaña del 29), la literaria está en los treintas en los escritos contra el gobierno. La calidad verbal que no logró en sus libros hímnicos, *Monismo estético, Raza cósmica, Indología*, la ganó en el escarnio: *Bolivarismo y monroísmo* (1934), *Breve historia de México* (1936), *¿Qué es el comunismo?* (1936) y *¿Qué es la Revolución?* (1937). Posteriormente, con menor credibilidad pública, desgastó ese estilo en obras poco memorables: *Simón Bolívar* (1939), *Hernán Cortés* (1941), *Los robachicos* (1946), *Temas contemporáneos* (1955) y *En el ocaso de mi vida* (1959), escritos todos estos últimos en México, cuando su autor ya no tenía conflictos con el sistema contra el cual supuestamente escribía, y más bien le prestaba el servicio de polo retórico ultraderechista que permitía considerar "centrista" la actitud de los regímenes de Ávila Camacho, Miguel Alemán y Adolfo

Ruiz Cortines, en una balanza cuyo polo izquierdista oficial era Lombardo Toledano.

Los tópicos principales del Vasconcelos planfletario son pobres, su enorme eficacia en los treintas se debe al genio verbal con que son proferidos; es decir, lo mismo con palabras menos encendidas resultaría banal. Sus principales armas: la Revolución Mexicana sólo había llevado a pillos al poder; las masas y el socialismo son estúpidos y están al servicio de los judíos millonarios; el espíritu es aristocracia; la aristocracia es espiritual y las clases aristocráticas deben dominar a la plebe, pues en la degeneración actual de las sociedades sólo cabe el despotismo, y más vale un despotismo ilustrado que uno bárbaro; México tiene tres elementos, dos podridos (indios y norteamericanos) y un tercero sublime y redentor, lo hispánico: hay que volver a Nueva España; el bolivarismo es la unión de las clases latinoamericanas "blancas" (ricos y clase media) contra masas y norteamericanos; el hombre es esencialmente malo, por eso las doctrinas perversas, como el socialismo, gozan de popularidad; guerra a muerte a los símbolos de las masas (Cuauhtémoc, Zapata, Villa) y encumbramientos de los símbolos "blancos", "civilizados" o "criollos" (Cortés, Alamán, Bolívar —el Bolívar que ve en los treintas Vasconcelos es muy diferente al que veía en los veintes) ; el populismo, el comunismo, la degeneración sexual y la delincuencia popular (nótese que le aterran los "robachicos" arrabaleros, no los delincuentes "en grande") son los jinetes del Apocalipsis; la modernidad es degeneración, Sodoma; la cultura burguesa tradicional es Atenas, etcétera. Como a lo largo de esa evocación, en los diferentes capítulos, he aprovechado muchas citas que ilustran cada uno de los puntos enunciados, puede el lector verificar en este y anteriores capítulos cómo el genio verbal de Vasconcelos dio vida a argumentos que no siempre la merecían, y lo extraordinario de un talento que consiguió prácticamente lo imposible, en los treintas: resucitar fórmulas y pensamientos con el solo impulso del prosista.

Este impulso es lo liberador, aunque las cosas a las que lo aplicó sean funestas. Si se considera que la cultura mexicana, precisamente porque ha carecido de libertad y claudicado ante el poder, es mojigata, cobarde, apenas susurrante, queda claro el incendio que, así se gastara en infiernitos, provocó la prosa reaccionaria de Vasconcelos. La mayoría de los escritores se contienen (tono crepuscular, medio tono, México pulido y discreto, país de la cortesía), y aunque lleguen a pensar cosas diferentes escriben generalmente desde el punto de vista de la Virtud Oficial en turno, de la Justicia Oficial, del Pueblo Oficial, de la Historia Oficial. Vasconcelos dio —nos da todavía— *otra* cosa; de ahí que, como escribió E. M. Cioran de Joseph de Maistre, sea "precisamente el lado odioso de su doctrina lo que lo mantiene vivo y actual".[53]

Las deformaciones justas o injustas que Vasconcelos hizo de la historia oficial de México, por ejemplo, son una caricatura, pero por principio la caricatura muestra algo que potencialmente *ya estaba* en el modelo, son una consumación de aspectos dados. Y esa caricatura constituye *una respuesta*, está circunscrita en la polémica política de su tiempo; Vasconcelos respondió a la oratoria oficial, ambos son contrincantes gemelos: declamatorios, histéricos, mentirosos. Pero la respuesta de Vasconcelos —en los treintas, y sólo entonces— era un intento de crítica y de lucha personal contra el poder. La retórica oficial puede ilustrarse con los discursos de los políticos, sobre todo los de los presidentes. Estudios como el de Héctor Aguilar Camín de las "Nociones presidenciales de cultura nacional",[54] configuran el espacio de la polémica y ubican al interlocutor contra el que disidentes como Vasconcelos se empeñaron en luchar.

[53] Cioran: *op. cit.*, p. 9 *ss.*
[54] Aguilar Camín, Héctor: "Nociones presidenciales de 'cultura nacional'. De Álvaro Obregón a Gustavo Díaz Ordaz", *En torno a la cultura nacional*, Sepini, núm. 51, México, Instituto Nacional Indigenista, 1976, pp. 95-133.

De este modo, Vasconcelos se propone desmentir al gobierno porque "mientras sigamos borrachos de mentiras patrióticas, no asomará en nuestro cielo la esperanza"; [55] a la historia oficial: "Nuestros historiadores se empeñan en ofrecer a la niñez la figura de cada uno de nuestros hombres representativos, juzgándolos no por lo que fueron, sino por el papel que representaron. Según este criterio burocrático el haber sido presidente, el llegar a diputado, absuelve por sí solo de toda culpa y predispone la consagración de una historia servil." [56] Hay momentos de inspiración:

Quien de buena fe quiera enterarse y no sea un obcecado, un enfermo de su propio veneno, abra los ojos y compare esta ecuación que señalo: A medida que los títulos del gobernante en turno aumentan —Benemérito de las Américas, Alteza Serenísima, Jefe Máximo de la Revolución—, el mapa se va estrechando. El mapa crecía cuando los jefes de México se llamaban simplemente Hernando Cortés o Antonio de Mendoza. Y hoy que ha cambiado el sistema de conquista, que ya no es armada, sino moral y económica, hoy que no queda mapa qué estrechar porque sobre todo el territorio domina el plan de los amos nuevos, una insulsa palabrería sustituye a la dignidad del patriotismo.[57]

Su mejor carta fue el imperialismo norteamericano (como la mejor carta de los políticos era la Revolución). Para Vasconcelos, todo el mal nacional provenía de los Estados Unidos y de su protestantismo. Su principal acusación contra el Estado mexicano fue la de representar un lacayo —así, término aristocrático— de los Estados Unidos. Esto se complicaba con ideas racistas, desprecio al indio, y con el desdén hacia los pobres con el pretexto de que eran analfabetos. Y aún más: se confundía en abstractas alegorías de la Historia, en la que regían los combates de los hijos de la luz contra los hijos de las tinieblas.

[55] *Breve historia de México*, p. 26.
[56] *Ibid.*, p. 9.
[57] *Ibid.*, p. 20.

En parte, el éxito de Vasconcelos se debió a la mezcla de
confusión y violencia en sus argumentos; en cuanto violencia
independiente, satisfacía la necesidad de sus lectores de ver
insultados a los poderosos, tanto más cuanto aquéllos no se
atrevían ni sabían cómo hacerlo; en cuanto confusión, porque al manejar mitos y alegorías no estaba proponiendo opciones, ni actitudes practicables y concretas: ¿qué hacer
contra el Mal norteamericano, contra el Mal indígena, contra
el Mal de la modernidad? Vasconcelos ofrecía una crítica tan
dogmática y alegórica que sus lectores satisfacían sin compromiso su rencor contra los poderosos y bien podrían sentirse
disculpados de actuar y ratificados en su buena conciencia.
Hay ocasiones en que el autor y el lector son cómplices de
un mero desahogo, por ejemplo: "El sistema dictatorial exige que el sucesor sea más inculto que el jefe que lo nom-
bra." [58] Como el lector y el autor se consideran cultos ratifi-
can una superioridad de clase sobre los caudillos, surgidos
muchas veces del pueblo analfabeto. En ocasiones este odio
a los caudillos es un solapado desprecio por las masas, vistas
míticamente como aztecas caníbales; la crítica de Vasconcelos
reafirma en sus lectores el odio al pueblo subvertido; odio
que puede convertirse en el terror de verse, el grupo de los
lectores, devorados como en una película de los treintas sobre
los caníbales del África: "Posteriormente [a Obregón], la
dictadura personal ha degenerado en gobierno de grupos y
facciones, partidos y mafias, que están conduciendo a un tipo
de organización política semejante a los cacicazgos que pre-
valecían en la época precortesiana." [59]

La perspectiva aristocrática se funda en el desprecio y el
terror que siente un antiguo propietario de la "nación" contra los criados a quienes ve adueñarse de ella (como cuenta
Vasconcelos que ocurrió en Campeche, en *Ulises criollo*); ve
a esos criados derrocar al antiguo amo, imitarlo "simiesca-

---

[58] *Ibid.*, p. 514.
[59] *Ibid.*, p. 545.

mente", decir discursos, sentarse en la silla presidencial, firmar tratados, lanzar decretos, recibir el homenaje de la tropa. El odio a los caudillos revolucionarios tiene entonces qué ver con el odio al sector social del que esos caudillos surgían generalmente: esos "mexicanos advenedizos", los caudillos, se oponen en la obra panfletaria de Vasconcelos a los "mexicanos viejos". Esta idea española medieval se cumple en todas sus características: los *mexicanos nuevos* son desleales, incompetentes, degenerados, ebrios, deshonestos y aliados a los Estados Unidos. Había pues que volver a una simbólica "limpieza de sangre", eliminando los elementos advenedizos para regresar al siglo XVIII novohispano.

El catolicismo en Vasconcelos es algo más que una mera religión; los dogmas y la beatería resultan accesorios, importa el carácter estamental, la conciencia de grupo en sectores conservadores principalmente de provincia (Puebla, Monterrey, Jalisco). Nada queda en Vasconcelos de su catolicismo de los veintes, aquella liturgia popular, mestiza e indígena, llena de fiestas y pasiones; ahora se trata de un pacto entre Dios y sus elegidos: la "gente decente". El nietzscheano "enemigo personal de Dios" de otros tiempos se ha vuelto el vocero intelectual del catolicismo mexicano más conservador.

También fue vocero de los empresarios. Nunca había dejado de creer en la estructura capitalista, aunque en el obregonismo apoyó la reforma agraria. Ahora defiende a la "gente decente" con otra carta eficaz: el Estado como bandolero.

La inestabilidad en materia agraria ha sido la primera consecuencia de tan funestos principios [facultades de expropiación agraria]. Consecuencia de esta inestabilidad es que los mexicanos enajenen sus propiedades a ciudadanos de Norteamérica, que ellos sí cuentan con la protección de su gobierno [...] Y como las facultades de expropiación se delegan en toda clase de representantes, sucede que, todo aquel que tiene algo, vive bajo el terror de causar desagrado a los que mandan: gobernadores, jefes de armas, porque el pretexto de los repartos agrarios basta para dejar en la calle a los enemigos del gobierno y para enriquecer a los amigos.[60]

Para el Vasconcelos panfletario la patria que surgió de la Revolución Mexicana ya no es la revelación de la fuerza original, el surtidero de mitologías, la virginidad órfica o pitagórica, el reino de la inocencia popular y su alegría, el origen de una nueva civilización universal, la enérgica belleza de lo bárbaro, sino una farsa que sólo puede producir *asco*: "Para todo el que quiere mirarnos, hemos llegado a ser una suerte de monos humanos, renegados de su abolengo, desmemoriados de su pasado grandioso." [61]

Sin embargo, hay una infamia mayor a la de escribir cosas como las anteriores, y es leerlas literalmente. El que ha sido capaz de amores y generosidades enormes tiene, por derecho propio, privilegios también desmesurados en el odio y en el asco. Sencillamente se los ha ganado. Y a pulso. Y con creces. Hay incluso grandes cosas qué aprender en el odio y en el asco terribles de Vasconcelos. Por lo demás, es obvio que el Vasconcelos nazi o mocho *no* causó mayor daño al país, si se le compara con los incalculables beneficios que lograron su talento, su ambición, su acción cultural y educativa, su ejemplo de energía osada y sus vigorosas páginas. Y como autor no tiene por qué darse gratis; el lector debe tragarse varios títulos purgantes o somníferos como precio por los extraordinarios momentos que recibirá a cambio. En cuanto aventura literaria, en el instante de escribir esto su imagen se me asocia a la de Luis Cernuda, un caso sin duda bien diverso, que se hizo poeta para hablar de la ternura con la tierna voz de Garcilaso, y fue lo suficientemente atrevido para asumir los riesgos de su época, de su propio tem-

---

[60] *Ibid.*, p. 459.

[61] *Ibid.*, p. 21. (Sobre la producción periodística de Vasconcelos, *Cf.* Sierra, Carlos J.: *Hemerografía de José Vasconcelos (1911-1959)*, México. Sobretiro del *Boletín Bibliográfico* de la Secretaría de Hacienda y Crédito Público, 15 de enero de 1965, núm. 311. Contiene 1526 fichas sin comentario.)

peramento y de la experiencia vivida, y escribir lo opuesto
a aquello que tanto había ambicionado:

> Si vuestra lengua es la materia
> que empleé en mi escribir, y si por eso,
> habréis de ser vosotros los testigos
> de mi existencia y su trabajo,
> en mala hora fuera vuestra lengua
> la mía, la que hablo, la que escribo.
> Así podréis, con tiempo, como venís haciendo,
> a mi persona y mi trabajo echar afuera
> de la memoria, en vuestro corazón y vuestra lengua.

O bien:

> Alguna vez deseó uno
> que la humanidad tuviese una sola cabeza, para así cortársela.
> Tal vez exageraba: si fuera una cucaracha, y aplastarla.[62]

Close up

Ahora bien, sobre el panorama general de una vida y de una
historia, de sus despeñaderos, arranques y momentos de placidez, poco importa hacer un balance. El reo de la crítica
está muerto, y en nada puede beneficiarle o perjudicarle el
juicio contemporáneo; se le podrá encumbrar en estatuas o
insultar y sepultar en la conciencia. Su vida ya fue vivida.
Pero en su recuerdo y en sus libros, los vivos pueden vivirla
un poco. Y pocas cosas ofrece la cultura mexicana contemporánea tan enriquecedoras en cuanto vastedad, contradicción,
energía y audacia. Como autor de variados contrastes, José
Vasconcelos suscita demasiadas cosas, pone al lector a vivir
abigarrada y convulsivamente; meses o años después de haberlo leído, sigue bullendo en las mentes con tal extraordina-

---

[62] Cernuda, Luis: "A sus paisanos" y "Birds in the Night", *La realidad y el
deseo*, 4ª ed., México, FCE, 1970.

ria amplitud que atrae y rechaza por igual a los más opuestos lectores. Los libros y artículos que se han escrito sobre él despliegan múltiples versiones y demuestran la capacidad que tiene su leyenda, su obra, de reaccionar en lo peor y en lo mejor de sus lectores. No hay nada qué concluir sobre Vasconcelos. Prefiero fijarlo adolescente, en su recámara de Piedras Negras, alguna noche del siglo pasado, cuando la excitación de un Destino ambicioso lo mantiene insomne.

ÍNDICE

Este libro se terminó de imprimir el día 14 de octubre de 1983 en los talleres de EDIMEX, S. A., Calle 3 núm. 9, Naucalpan, Edo. de México. Se tiraron 5 000 ejemplares.